Traumtyp per Mausklick

Von Susanne Kammerer

Buchbeschreibung:

Buchhändlerin Luisa ist eigentlich überhaupt nicht auf der Suche nach Mr. Right. Doch als sie auf einer Datingplattform den geheimnisvollen 007 trifft, ist sie sofort fasziniert und will ihn unbedingt kennenlernen.

Jonas führt ein Leben, um das ihn viele beneiden. Als berühmter und gefeierter Musiker braucht er sich um Geld keine Sorgen zu machen, und die Frauenherzen liegen ihm zu Füßen. Doch so richtig glücklich ist er nicht. Als er beim Chatten L.A. Woman begegnet, geht sie ihm nicht mehr aus dem Kopf. Zu gerne würde er sie treffen. Doch wie wird sie reagieren, wenn sie erfährt, wer er in Wirklichkeit ist?

Über die Autorin:

Susanne Kammerer lebt mit ihrer Familie in Bayern. Vormittags schreibt sie Geschichten und nachmittags ist sie als Taxifahrerin für ihre Kinder tätig. Wenn sie nicht gerade in die Tasten haut, näht und liest sie gerne oder genießt einen ausgedehnten Waldspaziergang mit ihren Lieben. Außerdem hat sie eine Schwäche für Spaghetti mit Tomatensoße und die Gilmore Girls.

Traumtyp per Mausklick

Von Susanne Kammerer

2. Auflage, 2022

Copyright © 2022 Susanne Kammerer
Korrektorat: Carina Rogaschewski, Wortverzierer
https://wortverzierer.de/

Herstellung und Verlag:
BoD- Books on Demand, Norderstedt
ISBN: 9783753406244

©Covergestaltung: Torsten Sohrmann
www.buch-gewand.de

Grafiken/Fotos:

depositphotos.com: © rishagreen25
stock.adobe.com: © Julija, © ComicVector, ©
Salnikova Watercolor, © angry_red_cat, ©
MarinaErmakova, © Millaly, © Daniel Bahrmann

Für meine fabelhafte Schwester

Kapitel 1

Tristan Evers atmete tief durch und starrte aus dem Fenster seiner Hotelsuite im obersten Stock. Er konzentrierte sich auf den dunklen Asphalt weit unter ihm und wunderte sich, wie unterschiedlich die Regentropfen im Licht der Straßenlaternen schimmerten.

Jonas Kluge. So hieß er in seinem wirklichen Leben. Doch in letzter Zeit fragte er sich immer häufiger, wie viel davon eigentlich übrig geblieben war. Wann war es ihm zum letzten Mal gelungen, ganz er selbst zu sein? Hatte er für die Karriere seine Seele verkauft? War dieser ganze Zirkus den hohen Preis wert?

Bei diesem Gedanken wurde seine Kehle eng und seine Hände fingen an zu zittern. Jonas schluckte schwer. Eine unsichtbare Hand schien sein Herz wie ein Schraubstock zu umklammern. Der Raum fing an sich zu drehen und viele kleine Sterne tanzten vor seinen Augen. Als er den Boden unter seinen Füßen zu verlieren glaubte, ließ er sich auf das riesige Kingsize-Bett fallen. Für einen kurzen Moment fürchtete er zu ersticken und rang nach Luft.

Er erinnerte sich an eine Entspannungsübung, die ihm sein Vater am Anfang seiner Karriere gezeigt hatte, wenn ihn das Lampenfieber wieder einmal zu überfallen drohte. Jonas nahm einen tiefen Atemzug, hielt für 10 Sekunden die Luft an, bevor er sie kraftvoll wieder ausstieß. Nachdem er das ein paarmal wiederholt hatte, beruhigte er sich und sein Herz schlug im gewohnten Rhythmus.

Noch vor einer Stunde hatte er in einer ausverkauften Halle vor einer jubelnden Menge, die bestimmt zu achtzig Prozent aus Frauen bestand, eine Auswahl seiner erfolgreichsten Singles zum Besten gegeben. Viele Fans kannten die Lieder auswendig und hatten aus voller Kehle mitgesungen. Wie so oft hatten ihm einige der Damen vor dem Backstagebereich aufgelauert und ihm ihre Telefonnummer aufgedrängt. Obwohl er nach den Auftritten am liebsten seine Ruhe haben wollte, bemühte er sich immer um einen freundlichen und lässigen Eindruck. Um die wirklich hartnäckigen Mädels kümmerte sich allerdings der Sicherheitsdienst.

Eigentlich hatte er heute mit seinen Bandkollegen ausnahmsweise noch in die Bar nebenan gehen wollen. Justus, sein bester Freund und Gitarrist, lag ihm ständig damit in den Ohren, dass er kaum noch unter die Leute ging. Aber dann war seine Stimmung plötzlich umgeschlagen und er sehnte sich nach Ruhe von dem ganzen Trubel um seine Person. Er wollte sich höchstens mit seinen Freunden unterhalten, aber nicht von unzähligen Menschen umringt werden, mit denen er entweder für ein Selfie posieren sollte oder die sich zumindest ein wenig Smalltalk mit ihrem Superstar erhofften.

Es war nicht so, dass er seine Fans nicht mochte. Darunter waren viele sympathische Leute. Doch es machte ihm zu schaffen, dass ihm überhaupt keine Privatsphäre mehr vergönnt war. Im Gegensatz zu seinen Kollegen wollte er heute weder feiern noch irgendeine Frau abschleppen, die am nächsten Tag bei ihren Freundinnen damit angab, mit dem berühmten Tristan Evers im Bett gewesen zu sein. Womöglich fand sie auch noch erfolgreich den Weg in sämtliche Klatschblätter und behauptete, die neue Frau an seiner Seite zu sein. Das waren vielleicht Probleme! Dabei hatte er sich fest vorgenommen, sein Leben wieder aus einem positiveren Blickwinkel zu betrachten.

Jonas liebte das Kribbeln auf seiner Haut und das Adrenalin, das durch seinen Körper jagte, wenn er vor großem Publikum seinen Auftritt hatte und aus ganzem Herzen seine Lieder sang. Gleichzeitig empfand er es als beängstigend, wie sehr er als Tristan Evers vergöttert wurde, und fürchtete sich vor dieser schrecklichen Leere, die nach jedem Auftritt nicht lange auf sich warten ließ. Denn der ganze Applaus, die aufgeheizte Stimmung des Publikums und die Hingabe für seine Musik waren wie ein einziger Rausch.

Er hasste die Einsamkeit, die danach über ihn herfiel. Wie ein dunkler Schatten schien sie in einer Ecke auf ihn zu lauern und darauf zu warten, sich in einem schwachen Moment auf ihn zu stürzen.

Anfangs hatte er versucht, die trüben Gedanken mit Alkohol zu verscheuchen. Oder er hatte eines seiner Groupies mit aufs Zimmer genommen. Oft sogar beides. Zu Beginn seiner Karriere, als seine zweite Single es auf Anhieb in die Top 10 der deutschen Charts geschafft hatte, konnte er sein Glück nicht fassen. Dass er nun statt Jonas Kluge Tristan Evers hieß, hatte ihn damals nicht gestört. Sein Manager war der Ansicht gewesen, der Name würde besser zu dem Image passen, das er für ihn vorgesehen hatte. Tristan Evers, einsamer Draufgänger, geheimnisvoll, undurchschaubar und von den Frauen umschwärmt.

Sein Magen verkrampfte sich und er sehnte sich nach einem Gespräch mit seinem Vater. Hannes Kluge war der Einzige, der Jonas' Ängste, die ihn so oft überfielen, wenn er wieder einmal in einem fremden Hotelzimmer vor sich hin grübelte, ernst nahm. Außerdem sorgte er dafür, dass sein Sohn nie den Boden unter den Füßen verlor.

Bei Hannes Ex-Frau verhielt sich die Sache ganz anders. Jutta Kluge wurde niemals müde in der Öffentlichkeit damit anzugeben, wessen Mutter sie war. Die unterschiedlichen Standpunkte im Hinblick auf seine Karriere hatten bei Jonas' Eltern, die seit einigen Jahren geschieden waren, für reichlich Diskussionsstoff gesorgt. Seine Mutter besuchte er nur noch selten. Denn jedes Mal befürchtete er, dass sie der Presse wieder einen dezenten Hinweis geben könnte, wie zu Weihnachten im letzten Jahr.

»Tristan Evers besucht seine einsame Mutter« hatte die wenig einfallsreiche Schlagzeile gelautet. Dann wurde wie so oft darüber spekuliert, wann er endlich die Frau fürs Leben finden würde. Die Schauspielerin Tanja Borowski war es ja anscheinend nicht gewesen.

Doch darüber wollte er nicht weiter nachdenken. Über Tanja hatte er sich lange genug den Kopf zerbrochen. Jonas biss sich in die Wange. Ein wenig zu fest. Mit einem Mal lag ein widerwärtiger metallischer Geschmack auf seiner Zunge. Er schleppte sich ins Badezimmer und spülte sich mit etwas Wasser das Blut aus dem Mund.

Müde betrachtete er sein Spiegelbild, das ihm erschöpft entgegenstarrte. Jonas ließ den Kopf auf die Brust sinken und seufze. Gerade als er überlegte, noch schnell unter die Dusche zu springen, hämmerte jemand wild gegen seine Hotelzimmertür.

»Jonas! Ich bin's!«

Justus. Eigentlich war ihm jetzt gerade so gar nicht nach Gesellschaft. Auch nicht, wenn es sich um seinen besten Freund handelte.

»Komm schon. Ich weiß, dass du da bist. Jetzt mach endlich die Tür auf!«

Jonas wusste zu gut, dass Justus keine Ruhe geben würde und keine Skrupel hatte, mit seinem Geschrei das ganze Hotel zu wecken, wenn er ihn nicht bald hereinließ. Also öffnete er ihm.

»Mensch, Jonas!« Justus gab ihm einen freundschaftlichen Klaps auf die Schulter, bevor er sich auf das braune Sofa fallen ließ, das von ein paar Goldfäden durchzogen war.

Das Zimmer war für Jonas allein viel zu geräumig. Eigentlich bevorzugte er es schlichter, doch dieses Mal hatte er auf die Wahl des Hotels keinen Einfluss gehabt. Aber er wollte sich nicht beschweren. Besser als ein Leben im Tourbus war es allemal. Anfangs hatten sie dabei eine Menge Spaß gehabt, doch es gab häufig Streit unter den Bandmitgliedern und nach einem Unfall, bei dem zum Glück alle bis auf den Bus heil davongekommen waren, stiegen sie nun nach jedem Auftritt in einem luxuriösen Hotel ab.

»Ich hab mir Sorgen um dich gemacht. Du wolltest doch noch mit rüber ins *Saxx* kommen. Früher war das mal so was wie deine zweite Heimat.« Justus gab sich keine Mühe, den Vorwurf in seiner Stimme zu verbergen. Sein Blick huschte Richtung Kühlschrank.

»Tu dir keinen Zwang an. Nimm dir, was du willst.«
Erschöpft rieb Jonas sich die Stirn.

Sein Freund hatte recht. Früher waren sie nach jedem Konzert hier in München in der gemütlichen Kneipe neben dem Hotel eingekehrt. Die Atmosphäre dort war heimelig und manchmal gab es sogar Livemusik. Einmal hatte er dort selbst spontan gesungen. Doch je berühmter er wurde, desto schwieriger war es, unerkannt irgendwo hinzugehen.

Justus ließ sich nicht lange bitten und nahm sich eine Flasche Bier, Jonas drückte er eine Cola in die Hand. »Muss ich mir Sorgen um dich machen?« Er musterte seinen besten Freund besorgt, die dunklen Ringe unter dessen Augen waren ihm nicht entgangen.

»Blödsinn. Ich bin nur müde. Alles ist bestens«, log Jonas wenig überzeugend.

»Sagt wer? Jonas Kluge oder Tristan Evers? Wann warst du das letzte Mal mit uns unterwegs und hast dir ein bisschen Spaß gegönnt?«

Jonas nahm einen Schluck und verzog angewidert das Gesicht. Justus hatte versehentlich eine Cola light erwischt. Möglicherweise teilten sie nicht mehr die gleichen Ansichten darüber, was ein spaßiger Abend bedeutete. Während Justus gerne feierte und in Sachen Frauen nichts anbrennen ließ, wünschte sich Jonas eher einen gemütlichen Abend in der Bar mit seinen Kumpels.

Er ließ den Daumen über den Flaschenhals gleiten und setzte sich auf einen Sessel. »Irgendwie ist es nicht mehr das gleiche wie am Anfang. Erinnerst du dich noch daran, wie neu und aufregend uns damals alles vorgekommen ist? Gott, wie wichtig habe ich mich gefühlt, als alle möglichen Leute mich plötzlich um ein Autogramm gebeten haben oder wir zu den verschiedensten Events eingeladen wurden.« Er seufzte. »Aber jetzt ist alles so furchtbar stressig geworden. Wir hetzen von einem Termin zum nächsten. Ich kann mich gar nicht daran erinnern, wann ich das letzte Mal bei mir zu Hause gewesen bin.«

Justus zuckte lässig mit den Schultern. »Jetzt hast du ja ein bisschen Pause.«

Jonas schaute nachdenklich in Richtung Fenster. Er war froh, dass die Tour so gut wie vorbei war und er sich danach hoffentlich ein wenig erholen konnte. »Außerdem bin ich mir nie sicher, ob sich jemand ernsthaft für mich interessiert oder nur den Überflieger Tristan Evers in mir sieht.«

Justus trank einen kräftigen Schluck aus der Flasche, bevor er ungeniert rülpste. »Was genau meinst du? Geht es um die Ladys?«

»Vielleicht.«

»Ach, komm schon. Weißt du, wie gerne ich mit dir tauschen würde? Was gäbe ich für deinen Schlag bei den Frauen!« Justus' Blick ließ vermuten, dass er sich gedanklich nicht länger im selben Raum aufhielt.

Jonas wollte lieber nicht genauer nachfragen. Gegen seinen Willen musste er grinsen. Es war gewiss nicht so, dass Justus sich hinten anstellen musste. Seine neugierigen braunen Augen mit den goldenen Sprenkeln, sein unwiderstehlicher Charme in Kombination mit seinem frechen Lächeln, hinterließen durchaus einen bleibenden Eindruck bei den Damen.

Jonas konnte sich nicht erinnern, dass sein Freund sich jemals um eine Frau hatte bemühen müssen. Meistens kamen sie ganz von allein auf ihn zu. Er machte auch kein Geheimnis daraus, dass er an einer ernsthaften Beziehung nicht interessiert war. Zumindest nicht in absehbarer Zeit.

Justus war seit Anfang an in seiner Band und ein großartiger Gitarrist. Sein Spiel erinnerte Jonas manchmal an Slash von *Guns'n'Roses*. Diese Band hatte er als Teenager rauf und runter gehört. Doch seinem Freund verschwieg er das besser, schließlich hielt der höchstens Vergleiche mit Jimi Hendrix für angemessen.

Es war Freundschaft auf den ersten Blick zwischen ihnen gewesen. In den letzten Jahren hatten sie viel gemeinsam durchgestanden. Als Justus' Zwillingsbruder samt seiner Frau und dem Baby bei einem schweren Verkehrsunfall ums Leben gekommen war, hatte der Gitarrist Trost und Halt bei seinem Freund gefunden. Das war mittlerweile acht Jahre her.

Für einen kurzen Moment dachte er wieder an Tanja. Damals war es Justus gewesen, der ihn davor bewahrt hatte, in ein dunkles Loch zu fallen.

»Woher will ich denn wissen, ob eine Frau ernsthaft an mir als Mensch interessiert ist.«

»Die Luxusprobleme eines berühmten Musikers ...« Justus grinste. Doch dann verschränkte er die Arme und wirkte mit einem Mal betreten. »Du meinst das ernst, oder?« Er musterte Jonas, als wöge er ab sofort jedes Wort ganz genau ab.

Jonas nickte. So viele Gedanken rasten durch seinen Kopf.

Manchmal stellte er sich vor, wie es wäre, wenn er Tristan Evers einfach abstreifen und alles hinschmeißen würde. Wie sehr er sich nach einem unkomplizierteren Leben sehnte! Zumindest nach einem Privatleben, das nicht auf Schritt und Tritt von Pressefutzis verfolgt wurde. So sehr er anfangs den Ruhm und die Aufmerksamkeit der Frauen genossen hatte, sehnte er sich im Grunde nach einer richtigen Partnerschaft.

Er wünschte sich eine Frau an seiner Seite, die Jonas Kluge liebte und Tristan Evers nicht brauchte. Eine, die das Herz am rechten Fleck hatte, mit der er lachen konnte. Nicht so einen Kühlschrank, wie Tanja einer gewesen war. Jedes Mal, wenn er einer Frau näherkam, hinterfragte er insgeheim sofort deren Absichten. Mochte sie ihn seinetwegen? Oder weil er Tristan Evers war, reich und berühmt? Die Sache mit Tanja hatte alles noch viel komplizierter gemacht.

Für einen kurzen Moment blitzte ihr Bild vor seinem inneren Auge auf: ihre blauen Augen mit den dichten Wimpern und das lange schwarze Haar, das ihr bis über die Taille reichte. Manchmal war es seltsam, wie ein einziger Gedanke es schaffte, in die Schatzkiste verschütteter Erinnerungen vorzudringen und damit die Gefühle hervorzurufen, die man eigentlich viel lieber verdrängen wollte.

Er ließ den Kopf auf seine Brust sinken und seufzte. Sie hatte ihn verletzt. Mehr als nur das. Doch er wollte nicht länger darüber nachdenken. Das ewige Grübeln brachte ihn auch nicht weiter. Besser, er würde endlich nach vorne schauen.

»Jonas?«, hakte Justus vorsichtig nach. »Alles in Ordnung?«

Er nickte. »Vielleicht sollte ich einfach aufhören, so viel über alles nachzudenken.«

Sein bester Freund warf ihm einen vielsagenden Blick zu und grinste.

»Was hast du vor? Wenn sich deine Mundwinkel auf diese Art und Weise nach oben biegen, verheißt das meistens nichts Gutes.« Trotzdem konnte sich Jonas ein Lachen nicht verkneifen und fragte sich, was Justus im Schilde führte.

»Ich hab da so eine Idee. Wir suchen im Internet eine Frau für dich. Wenn du kein Profilbild von dir verwendest, weiß niemand, wer du in Wirklichkeit bist.«

»Und was soll mir das bitte bringen?«, fragte Jonas wenig begeistert.

»Ich sage das nur ungern Kumpel, aber manchmal bist du echt schwer von Begriff.« Dabei klang Justus ganz und gar nicht so, als kämen ihm diese Worte besonders schwer über die Lippen. »Das ist die Gelegenheit auszutesten, wie du bei den Frauen ankommst, wenn du nicht Tristan Evers bist!«

»Ich weiß nicht so recht …« Jonas war nicht überzeugt.

»Ach, komm schon, Jonas. Manchmal muss man das Schicksal herausfordern. Oder traust du dich nicht?«

Zwischen den beiden Freunden herrschte für einen Moment ein erwartungsvolles Schweigen.

Jonas musterte ihn amüsiert und neugierig zugleich. »Also schön. Was hab ich schon zu verlieren?« Er stellte die Colaflasche auf dem kleinen Tisch zwischen ihnen ab und sah Justus unverwandt an. »Wie stellst du dir das eigentlich vor?«

Justus ließ seinen Daumen flink über das Display seines Handys huschen, bevor er es seinem Kumpel unter die Nase hielt.

»Dahoam verliabt?«, las Jonas laut vor. »Was soll das denn bitte sein?«

Justus schlug die Hände über dem Kopf zusammen. »Das ist ein Chatraum für Leute, die in Bayern leben und nach einer Partnerin suchen. Da melden wir dich an.«

Jonas war immer noch skeptisch und wusste nicht, was er von der Sache halten sollte.

»Hast du Angst, dass du es nicht mehr draufhast? So ganz ohne die Tristan Evers Nummer?« Justus grinste ihn herausfordernd an.

»Von wegen! Warte, ich hole meinen Laptop aus dem Schrank. Da sieht man das auf jeden Fall besser als auf deinem mickrigen Smartphone.«

»Du sollst dich ja auch nicht mit einer Frau treffen. Aber wenn eine dich wenigstens einigermaßen sympathisch findet, können wir zufrieden sein.«

Jonas lachte und warf ein Kissen nach seinem Freund.

»Wenn du das schaffst, lade ich dich übrigens das nächste Mal zu deinem Lieblingsitaliener ein«, meinte Justus gnädig.

»Die Wette gilt.«

Jonas ließ sich von ihm zeigen, wie die Plattform funktionierte. Ob er selbst schon seine Erfahrung damit gesammelt hatte? Schließlich kannte er sich überraschend gut aus. Doch statt einer ordentlichen Antwort bekam Jonas nur ein lässiges Schulterzucken.

Genervt gab er nach, als Justus auf 007 als Nicknamen für den Chatraum bestand. Für einen kurzen Moment bekam er Skrupel, eine Frau anzubaggern, die er im Grunde genommen gar nicht näher kennenlernen wollte. Doch den Gedanken schob er schnell beiseite und klickte sich durch die Website, auf der Suche nach einer geeigneten Kandidatin.

Kapitel 2

»Ach, wissen Sie, eigentlich habe ich dieses Mal an einen Krimi gedacht. Möglicherweise sogar an einen Thriller.«

Thea Baumann, eine langjährige Stammkundin, strich sich eine hartnäckige, blonde Strähne aus dem Gesicht. Bei ihrem letzten Besuch in der Buchhandlung hatten ihr die Wellen noch bis über die Schultern gereicht. Heute trug sie einen flotten, etwas längeren Bob, der ihr sehr gut stand. Anscheinend wollte sie nicht nur ihre Lesegewohnheiten verändern.

»Aber zu brutal darf es auch wieder nicht sein. Vielleicht können Sie mir ein Buch empfehlen, in dem es nicht ganz so viele Tote gibt. Sonst kann ich nachts womöglich nicht schlafen.«

Luisa schmunzelte und zwinkerte ihrer Kundin, die bei ihr bisher immer nur Liebesromane gekauft hatte, freundlich zu. »Wir finden bestimmt etwas für Sie. Ich finde es toll, dass Sie etwas Neues ausprobieren wollen.«

Frau Baumann zuckte gleichgültig mit den Schultern. »Mein Mann und ich haben uns getrennt. Deshalb mag ich gerade nichts über das Liebesglück anderer Menschen lesen.«

»Das tut mir leid«, sagte Luisa und hätte Frau Baumann am liebsten aufmunternd die Schulter getätschelt.

Die Kundin winkte ab und setzte ein Lächeln auf. »Ach was. Wenn ich ehrlich bin, war bei uns sowieso schon lange die Luft raus. Vielleicht sind wir ohneeinander besser dran.

Soll er doch mit seiner Neuen glücklich werden. Also, was haben Sie für mich?«

Luisa zog ein Buch aus dem obersten Fach in der Krimi-Ecke. »Was halten Sie von dem hier?« Sie reichte Frau Baumann einen Kriminalroman von Elisabeth George. »Ich lese ihre Bücher sehr gerne und dieses hier ist großartig geschrieben und gar nicht brutal.«

»*Denn keiner ist ohne Schuld*«, las sie laut und studierte den Klappentext. »Liest sich gut. Hoffentlich soll der Titel keine Anspielung sein.« Sie grinste.

»Auf keinen Fall. Sie kennen mich doch, Frau Baumann.«

»Eben, meine Liebe. Eben.« Als sie Luisas leicht verunsicherten Gesichtsausdruck bemerkte, fügte sie ein »Das sollte ein Scherz sein« hinzu. »Aber im Ernst, haben Sie vielleicht noch einen Tipp für mich? Diese Woche haben wir in der Firma Betriebsurlaub und ich habe viel Zeit zum Lesen. Da wird mir ein Buch nicht ganz reichen.«

Luisa musterte die Frau, die mindestens einmal im Monat zu ihnen in *Connys Bücherecke* kam und ein Buch kaufte. Sie fischte ein weiteres Exemplar aus einem der Regale. »*Die Rivalin* von Michael Robotham. Der Mann kann schreiben, sage ich Ihnen.« Sie drückte es Frau Baumann in die Hand. »Möchten Sie noch ein wenig reinlesen und ich bringe Ihnen einen Kaffee?«

Frau Baumann schielte auf die Uhr und schüttelte den Kopf. »Das ist wirklich sehr lieb von Ihnen. Aber ich freue mich jetzt auf meine Couch zu Hause. Es war ein langer Tag für mich. Außerdem schließen Sie doch gleich und bestimmt haben Sie an einem Freitagabend noch etwas vor.«

Luisa begleitete ihre Kundin zur Kasse.

»Vielen Dank, Luisa. Sie haben mir schon so viele tolle Bücher empfohlen. Mein monatlicher Einkauf bei Ihnen und Conny gehört immer zu meinen persönlichen Highlights.«

Luisa freute sich aufrichtig über das Kompliment, verabschiedete sich, um gleich darauf den Laden zu schließen.

In diesem Moment kam ihre Chefin Conny aus dem Lager und hatte Mühe, ihr Gleichgewicht zu halten. Auf beiden Händen balancierte sie je einen mittelgroßen Stapel Bücher. »Das hört man gerne, wenn die Kunden so zufrieden sind.« Schnell stellte sie die Romane auf einem leeren Tisch ab. »Das sind die neuesten Bücher unserer Regensburger Autorinnen. Im Lager sind noch zwei Kisten. Die müssten wir auspacken und die Bücher auf einem der Tische schön anordnen. Vielleicht können wir uns noch ein passendes Motto dazu überlegen.«

»Das kann ich doch gleich übernehmen. Ich habe heute eh nichts mehr vor.«

Conny verzog das Gesicht. »Das kommt überhaupt nicht in Frage. Du arbeitest sowieso schon zu viel. Das hat bis morgen Zeit. Außerdem habe ich gehofft, du kommst mit Betty und mir noch auf einen Teller Nudeln ins *Biasinis*. Wir haben Sofia lange nicht gesehen und ihre Nonna hat extra einen Tisch für uns reserviert.« Sie räusperte sich verlegen. »Alexander kommt auch. Du weißt schon … Der Arbeitskollege von Betty. Ich habe dir schon mal von ihm erzählt.«

Vorgeschwärmt traf es wohl eher.

Connys Gesichtsausdruck sprach Bände. Sie machte nie ein Geheimnis daraus, Luisa mit irgendwelchen ihrer Freunde oder Bekannten verkuppeln zu wollen. Da sie selbst auf Frauen stand, fragte Luisa sich häufig, warum sie trotzdem so viele heterosexuelle Singlemänner kannte. Der letzte Kuppelversuch hatte allerdings in einem regelrechten Desaster geendet.

Nachdem Conny ihr Robert vorgestellt hatte, der in derselben Steuerkanzlei wie einer ihrer zahlreichen Bekannten arbeitete, hatte dieser Luisa in ein teures, französisches Restaurant eingeladen. Schon in den ersten Minuten hatte sie feststellen müssen, dass sie kaum etwas gemeinsam hatten. Robert war aber auch so gar nicht ihr Typ gewesen. Blonde Haare und blaue Augen passten einfach nicht in ihr Beuteschema. Außerdem mochte sie keine Männer, die nur auf ihre berufliche Karriere fixiert waren.

Es war auch nicht so, dass sie im Moment auf der Suche nach der großen Liebe war. Eine unkomplizierte Affäre würde ihr vollkommen reichen. Weder würde Luisa sich selbst als verbittert beschreiben noch hatte sie die Hoffnung aufgegeben, doch sie musste zugeben, dass sie sich ihr Leben mit Anfang dreißig anders vorgestellt hatte. Mit ihrem Traummann ein Haus im Grünen kaufen, eine Familie gründen. Sie wollte immer viele Kinder haben. Doch das Leben hatte seine eigenen Pläne mit ihr gehabt.

Nach der schmerzhaften Trennung von Christopher Ende letzten Jahres, fühlte sie sich einfach noch nicht bereit für eine neue Beziehung. Nach dem besagten Date mit Robert war sie sich auch nicht sicher, ob sie überhaupt noch Lust auf zwanglose Verabredungen verspürte. Als der Kellner damals die Rechnung gebracht hatte, war Robert auf der Toilette verschwunden und nicht wiedergekommen. Also war Luisa nichts anderes übriggeblieben, als das völlig überteuerte Risotto, das zudem viel zu versalzen geschmeckt hatte, das Gericht von Robert, dessen Namen sie nicht einmal aussprechen konnte, den Champagner und das Dessert selbst zu bezahlen. Ach ja, ein Rindercarpaccio hatte sich der gute Robert ja auch noch schmecken lassen.

Himmel, warum war sie nicht gleich gegangen, als sie gemerkt hatte, wie unsympathisch sie den Kerl fand? Doch das ließ Luisas gute Kinderstube nicht zu. Am liebsten wäre sie im Boden versunken, als sie auch noch feststellen musste, dass sie nicht genug Geld dabei hatte.

»Sie können bei uns selbstverständlich mit EC-Karte bezahlen«, hatte der Kellner gnädig gemeint und ihr einen mitleidigen Blick geschenkt. So viel wie an diesem Abend gab sie sonst nicht mal in einem Monat für Essen aus.

Luisa musterte ihre Chefin Conny, die ihr zugleich eine gute Freundin war, amüsiert. Sie konnte es einfach nicht lassen.

Conny warf einen Blick in den Spiegel und zupfte sich ein paar Ponyfransen zurück ins Gesicht. »Also, was ist? Kommst du mit?«

Für einen Moment tat Luisa so, als müsste sie ernsthaft darüber nachdenken. Aber den Orecchiette Pomodori, die Sofia gemeinsam mit ihrer Großmutter in ihrem italienischen Restaurant auftischte, konnte sie nur schwer widerstehen und das wusste Conny genau. Außerdem war es nicht leicht, dort einen der begehrten Tische zu ergattern, da das *Biasinis* immer gut besucht war. Aber das war auch kein Wunder. Der Italiener in der Regensburger Altstadt war längst kein Geheimtipp mehr und nicht nur bei den Touristen beliebt, für die ein Besuch im *Biasinis* Grund genug war, um für ein ganzes Wochenende in Luisas Heimatstadt zu reisen.

»Also schön. Überredet. Aber vorher will ich mir noch etwas anderes anziehen.« In der leicht ausgewaschenen Jeans und dem lässigen Oversize-Shirt wollte sie nicht ausgehen. Vielmehr war ihr danach, sich ein bisschen herauszuputzen, um ihren Marktwert zu testen.

Begeistert klatschte Conny in die Hände. »Ich wusste es! Vielleicht solltest du das dunkelblaue Kleid mit den kleinen, weißen Punkten anziehen. Das ist nicht zu kurz, aber trotzdem sexy. Alex mag es gerne elegant.«

Luisa verdrehte genervt die Augen. »Eigentlich dachte ich, das heute Abend wäre ein entspanntes Essen unter Freunden.«

Ihre Chefin zuckte lässig die Schultern, als würde der Einwand überhaupt keine Rolle spielen. »Wir treffen uns um halb neun im *Biasinis*.«

Luisa zögerte noch einen Augenblick. »Ich ziehe an, was mir gefällt. Und Conny?«

»Hm?«

»Ihr lasst mich mit diesem Alexander auf keinen Fall allein. Du weißt doch noch, wie mein letztes Date ausgegangen ist, oder?«

Conny strahlte sie an und schluckte den Kommentar, der ihr vermutlich auf der Zunge lag, einfach hinunter. »Süße, das würden wir doch nie tun.«

Wer's glaubt!

Luisa verabschiedete sich mit einer Umarmung und machte sich auf den Heimweg.

Die Abendsonne tauchte den Himmel in ein leuchtendes, warmes Orange. Auf der Steinernen Brücke blieb sie für einen Moment stehen und genoss dieses Schauspiel. Auf der anderen Seite zogen zwei junge Mädchen einen Schmollmund und posierten vor dem Brückengeländer für ein Selfie. Um diese Uhrzeit waren viele Menschen unterwegs. Regensburg war im Spätsommer bei den Touristen ein beliebtes Urlaubsziel. Sie beobachtete die Schiffe, die unter ihr hindurch fuhren, all die Pärchen, die Hand in Hand über die Brücke Richtung Innenstadt schlenderten, und eine Gruppe kichernder Teenager, die unten am Ufer saßen und ihre Füße Richtung Wasser baumeln ließen.

Luisa schob ihre Finger in die Gesäßtaschen ihrer Jeans und atmete tief durch. Unwillkürlich dachte sie an Christopher. Genau hier an dieser Stelle hatte er ihr vor fünf Jahren eine Liebeserklärung gemacht. Zuvor waren sie über den Weihnachtsmarkt im Schloss Thurn und Taxis geschlendert, hatten ein wenig zu viel Glühwein getrunken und sich über die ausgefallenen Kopfbedeckungen mancher Damen lustig gemacht. Die Luft hatte nach Schnee geduftet und obwohl Luisa sich nie für einen besonders romantischen Menschen gehalten hatte, hatte sie sich dieser einzigartigen Stimmung nicht entziehen können.

Christopher war ihr gleich beim ersten Mal aufgefallen, als er *Connys Bücherecke* betreten hatte. Er hatte ein wenig Ähnlichkeit mit Gregory Pack, für dessen Filme Luisa eine

Schwäche hegte. Wie sehr sie sich gefreut hatte, als er sie zwei Wochen später um ein Date gebeten hatte! Zwei Monate danach standen sie schließlich auf der besagten Brücke, die Silhouette der wunderschönen Stadt im Rücken. Christopher sah sie unverwandt an. Kein Muskel an seinem Körper schien sich zu bewegen. Er schien nicht einmal zu atmen.

Für einen kurzen Augenblick hörte Luisa ihn auch jetzt wieder die drei berühmten Worte flüstern. Sein vertrauter Duft stieg ihr in die Nase und sie dachte an seine weichen Lippen, die so wunderbar küssen konnten. Es zog heftig, gleich unterhalb ihres Herzens.

»Schluss damit!«, mahnte sie sich selbst.

Die beiden Mädels, die mit ihren Selfies immer noch nicht zufrieden waren, schauten sie erschrocken an.

Ihr eigener scharfer Tonfall zwang sie dazu, sich wieder auf die Gegenwart zu konzentrieren. Ein Blick auf die Uhr riet ihr, sich besser zu beeilen, wenn sie nicht zu spät kommen wollte. Luisa beschleunigte ihre Schritte. Zum Glück wohnte sie nicht allzu weit entfernt. Nach ein paar Metern bog sie links ab und schon war sie in der Liebigstraße. Die kleine Wohnung im obersten Stock war nach der Trennung von Christopher für Luisa so viel mehr als nur ein Zufluchtsort geworden.

Sie rannte die Treppen nach oben und stand kurz darauf mit gerunzelter Stirn vor ihrem Kleiderschrank. Für eine ausgiebige Dusche blieb ihr dank der Trödelei auf der Brücke nun keine Zeit mehr. Luisa legte selbst großen Wert darauf, immer auf die Minute genau einzutreffen, und konnte es überhaupt nicht ausstehen, wenn man sie warten ließ.

Pünktlichkeit bedeutete ihrer Meinung nach Respekt vor der Zeit des anderen.

Nach einigem Überlegen entschied sie sich für eine schlichte, schwarze Hose, die ihre schlanken Beine wunderbar in Szene setzte, und eine rosafarbene Seidenbluse ohne Ärmel. Im Badezimmer tuschte sie sich noch schnell die Wimpern und frischte ihr Make-up auf, steckte ihre Haare zu einem lockeren Knoten hoch und klemmte ihren Pony zur Seite.

Zufrieden betrachtete sie ihr Werk im Spiegel. Sie fühlte sich sexy, aber dennoch natürlich. Luisa hoffte auf einen fröhlichen, unverfänglichen Abend. Diesen Alexander bräuchte sie jetzt nicht unbedingt. Aber vielleicht würde es doch ganz lustig werden.

Sie warf sich die Jacke über, die sie vorhin achtlos über einen Stuhl gehängt hatte, und machte sich auf den Weg.

Kapitel 3

Auf dem Weg in Richtung Innenstadt kam sie an einer Traube Menschen vorbei, die gespannt dem Schauspiel einer jungen Frau lauschten, die mittelalterlich gekleidet war und vorgab, die Tochter eines berühmten Apothekers zu sein.

Luisa schmunzelte. Ein paar Mal hatte sie selbst schon an einer der bekannten Regensburger Stadtmausführungen teilgenommen. »Von Verbrechern und Vogelfreien« war ihr besonders in Erinnerung geblieben und auch die Halloweenführung, die ihr Conny und Betty zum Geburtstag geschenkt hatten, war ihr Geld wert gewesen. Wie hatte Betty sich erschreckt, als plötzlich einer der Statisten aus einer dunklen Ecke gesprungen war.

Luisa erntete einen bösen Blick, als sie sich hinter einer großbusigen, rothaarigen Engländerin vorbei drängte, die gefühlt die ganze Kramgasse blockierte. Doch davon ließ sie sich nicht weiter beeindrucken und ging schnell weiter. So sehr sie das Alleinsein genoss, freute sich Luisa nun doch darauf, den Abend in der Gesellschaft ihrer Freundinnen zu verbringen, statt einfach nur zu lesen und ein Stück Schokolade nach dem anderen zu verdrücken.

Im Schaufenster des Dekoladens, der hauptsächlich Geschirr und Souvenirs für Touristen verkaufte und sich direkt gegenüber des *Biasinis* befand, überprüfte sie noch einmal ihre Frisur. Luisa fragte sich, was für ein Typ dieser Alex wohl sein mochte. Schließlich marschierte sie entschlossen Richtung Restaurant und gerade als sie die Tür öffnen wollte, kam ihr Sofias Nonna zuvor.

»Buena sera, Luisa! Wie schön, dich wieder hier zu sehen! Es ist viel zu lange her, dass du das letzte Mal bei uns gegessen hast!« Wie üblich drückte sie Luisa einen feuchten Schmatz auf die Wange.

Seit Sofias Großmutter zu ihrer Enkeltochter und deren Familie nach Deutschland gezogen war, hatte sie ordentlich an Gewicht zugelegt. Nonna strich mit der Hand über ihren Bauch. »Immerhin muss ich alle meine köstlichen Gerichte regelmäßig probieren, damit ich weiß, was ich unseren Gästen serviere«, behauptete sie regelmäßig nicht ohne Stolz. Ihr silberfarbenes Haar trug sie auch heute zu einem strengen Dutt frisiert und auf ihren roten Lippenstift hatte sie ebenfalls nicht verzichtet. Ein bisschen erinnerte sie Luisa an Mamma Miracoli aus der Werbung von damals.

»Hallo, Nonna. Ich freue mich auch, mal wieder in den Genuss deiner legendären Orecchiette zu kommen«, antwortete Luisa mit einem Grinsen im Gesicht und fragte sich wieder einmal, ob es überhaupt einen Menschen in Regensburg gab, der Sofias Großmutter nicht Nonna nannte.

Mittlerweile war sie bekannt wie ein bunter Hund und die resolute ältere Dame schien jeden Gast mit Namen zu kennen. Dabei waren das nicht wenige.

»Scusa, Luisa. Die Orecchiette sind leider aus!« Die Italienerin ließ die Tür hinter ihnen zufallen und lachte herzlich, als sie Luisas enttäuschten Gesichtsausdruck bemerkte. »Aber natürlich habe ich in der Küche extra eine

Portion für dich beiseitegestellt, als Conny erzählt hat, dass du kommst.«

Luisa strahlte. »Das weiß ich wirklich zu schätzen.« Schließlich hatte sie sich so darauf gefreut.

»Dein Begleiter wartet übrigens schon auf dich. Ich habe draußen im Innenhof einen Tisch für euch reserviert. Der Wetterbericht ist zwar der Ansicht, dass es heute vermutlich regnen wird, aber noch ist es ein schöner Abend. Perfekt, um sich zu verlieben.« Nonna zwinkerte ihr verschwörerisch zu.

»Mein Begleiter?!« Luisa runzelte die Stirn und ahnte Schlimmes. »Wo sind denn Conny und Betty?«

»Non chapisco che intendi.« Sie zuckte lässig die Schultern. »Ich weiß wirklich nicht, wovon du sprichst.«

Wer's glaubt! Die steckten doch mit Sicherheit alle unter einer Decke.

»Er sieht wirklich gut aus, Luisa. Eine echte Sahneschnitte, würde meine Enkeltochter sagen.« Nonna schenkte ihr ein unschuldiges Lächeln.

Luisa trottete ihr hinterher. Sie lächelte nicht, sondern bog nur leicht die Mundwinkel nach oben. Dieser Typ konnte schließlich nichts dafür.

»Ich komme gleich zu euch. Lasst euch ruhig Zeit«, flötete die italienische Großmutter, bevor sie sich aus dem Staub machte und Luisa ihrem Schicksal überließ.

»Hi. Ich bin Alex.« Der dunkelhaarige Mann, der bereits am Tisch gesessen hatte, stand auf und streckte ihr selbstbewusst die Hand entgegen.

Grundgütiger! Luisa musste Sofias Oma Recht geben. Der Kerl sah unverschämt gut aus.

Ihre Finger berührten sich kurz.

»Luisa. Schön, dich kennenzulernen.« Zu ihrer eigenen Überraschung stellte sie fest, dass sie es tatsächlich so meinte.

Alex musterte sie wohlwollend. Das machte Luisa ein wenig verlegen, aber es gefiel ihr auch.

»Die beiden Mädels kommen später, soll ich dir ausrichten. Betty hat mir vorhin eine kurze Nachricht geschickt.« Alexander rutschte ein Stück nach hinten und legte den Kopf schief, ganz so, als würde er gespannt auf Luisas Reaktion warten.

»Tsss! Wer's glaubt!«

Eigentlich sollte sie sauer auf ihre beiden Freundinnen sein, doch sie musste zugeben, dass dieser Alex durchaus ein paar Schmetterlinge in ihrem Bauch aus dem Tiefschlaf erweckte.

»Machen wir uns nichts vor. Es liegt auf der Hand, dass die zwei uns verkuppeln wollen.« Er lachte heiser.

»Und dir macht das nichts aus?«

Alexander schüttelte den Kopf. »Das ist nicht das erste Mal, dass Betty versucht, eine Frau für mich zu finden. Bisher hat es halt nie richtig gefunkt. Und ich muss gestehen, dass ich nicht ernsthaft an einer Beziehung interessiert bin.« Er sah sie unverwandt an. Sein Blick war herausfordernd. »Aber wer weiß? Vielleicht wird ja mehr aus diesem vielversprechenden Abend?«

Luisa räusperte sich verlegen. Sollte sie das jetzt als Andeutung verstehen? Ihre Muskeln entspannten sich schnell wieder und sie beschloss, keinesfalls das schüchterne Mäuschen zu spielen.

»Das kann ich mir durchaus vorstellen.« Sie schenkte ihm ein verführerisches Lächeln, bevor sie so tat, als würde sie interessiert die Speisekarte studieren.

Just in diesem Moment kam Nonna an den Tisch gerauscht und stellte einen großen Teller mit Antipasti vor ihnen ab. »Mit den besten Grüßen aus der Küche. Sofia hat gerade viel zu tun. Aber sie will dich später unbedingt sehen, soll ich dir sagen. Also, was wollt ihr trinken? Vino?«

Alexander, der darauf bestand, Luisa einzuladen, orderte eine Flasche Barolo.

Luisa starrte entsetzt auf den Preis und dachte für einen kurzen Moment an die schreckliche Verabredung mit Robert. Sie schluckte. Alexander machte doch einen vertrauensvollen Eindruck, oder? Sie ignorierte das unangenehme Blubbern in ihrem Bauch und hoffte, dass sie sich in ihrem »Date« nicht täuschte.

Zufrieden nahm Nonna ihre Bestellung entgegen. »Dieser Mann gefällt mir!«

Na klar! Der hatte ja auch gefühlt alle Gerichte von der Karte bestellt. Wollte er sie damit beeindrucken? Das gab eindeutig Punktabzug.

Eigentlich wollte Luisa nur ihre Orecchiette Pomodori genießen und im Anschluss vielleicht noch ein kleines

Tiramisu und einen Espresso. Denn im Gegensatz zu anderen konnte sie trotz spätem Kaffeekonsum immer sehr gut einschlafen.

»Entschuldige bitte. Du musst mich für einen völligen Angeber halten«, meinte Alexander, als hätte er soeben ihre Gedanken gelesen. »Ich habe einfach eine Schwäche für gute italienische Küche und im *Biasinis* bekommt man nicht so leicht einen Tisch. Deshalb will ich diese Gelegenheit in vollen Zügen auskosten.« Sein leicht heiserer Tonfall ließ allerdings vermuten, dass die Anspielung nicht nur dem Essen galt.

Während sie sich gierig über die Antipasti hermachten und Luisa Alex nach anfänglichem Protest später sogar von den eigens für sie reservierten Orecchiette probieren ließ, erzählte er ein wenig von seinem Beruf als Anwalt und unterhielt Luisa mit ein paar Anekdoten missglückter Dates.

Sie erwischte sich dabei, wie sie ihn immer wieder musterte und dabei fiel ihr auf, dass er sich ebenfalls ein paar verstohlene Blicke gönnte.

Dabei fragte sie sich insgeheim immer wieder, was mit ihm nicht stimmte. Ein Mann wie Alexander hatte es gewiss nicht nötig, verkuppelt zu werden. Seine dunklen Haare glänzten wie Obsidian und seine Augen, die fast schwarz wirkten, verliehen ihm etwas Geheimnisvolles. Sein Lächeln war umwerfend. Einem wie ihm mussten die Frauen doch scharenweise hinterherlaufen! Luisa war durchaus aufgefallen, wie sich die weiblichen Gäste immer wieder nach ihm umdrehten. Zum Glück hatte Nonna für sie einen Tisch im hinteren Bereich ausgesucht. So konnten sie sich zumindest ungestört unterhalten, ohne dass jemand lauschte.

Zufrieden nahm Luisa später einen Schluck von ihrem Espresso, Alexander hatte ihr bereitwillig das letzte Stück Tiramisu überlassen.

Eine kühle Brise ließ sie für einen kurzen Moment frösteln. Besorgt blickte sie Richtung Himmel. Die dunklen Wolken, die unerwartet aufgezogen waren, ließen nichts Gutes erahnen. »Hoffentlich fängt es nicht gleich an, zu regnen. Es sieht aus, als würde es gleich ein heftiges Gewitter geben.«

»Wie findest du eigentlich Fifty Shades of Grey? Als Buchhändlerin hast du es doch bestimmt gelesen?«

Beinahe hätte Luisa sich an ihrem Kaffee verschluckt. Ihre Bedenken hinsichtlich des Wetters hatte er völlig ignoriert. »Wie kommst du denn darauf?«

»Hast du es nun gelesen oder nicht?« Sein harscher Tonfall verunsicherte sie ein wenig. »Nun ja … Eine Zeit lang war das ja der Verkaufsschlager in jeder Buchhandlung. Aber ganz ehrlich? Ich finde es schrecklich. Nach dem zweiten Kapitel habe ich aufgehört zu lesen. Bei so naiven Protagonistinnen wie dieser Ana Steel kommt mir einfach die Galle hoch. Ich meine, wie kann man sich nur derart mies behandeln lassen?«

Alex schien von ihrer Antwort ehrlich enttäuscht.

Luisa zog eine Grimasse. »Warum interessiert dich das überhaupt?«

In einer vertrauten Geste nahm er ihre Hand in die seine. »Es war doch ein schöner Abend bisher, oder?«

Luisa nickte und fühlte, wie ihre Wangen heiß wurden. Irgendwie hatte sie mit einem Mal ein komisches Gefühl und fragte sich, ob sie überhaupt hören wollte, was er noch zu sagen hatte. Aus der Ferne vernahm sie bereits das erste Donnergrollen.

»Ich finde, er muss noch nicht zu Ende sein«, raunte er und beugte sich ein wenig weiter in ihre Richtung. »Weißt du, die meisten Frauen haben bisher immer die Flucht ergriffen, wenn sie einen Blick in mein Schlafzimmer geworfen haben. Deshalb will ich von Anfang an mit offenen Karten spielen.«

Sein Blick war eindringlich, aber schwer zu deuten. Luisa entging nicht, wie sein Blick dabei begehrlich über den Ausschnitt ihrer Seidenbluse wanderte. Jetzt war ihr ganz und gar nicht mehr wohl. Was tat der auch so schrecklich geheimnisvoll?

Hatte sie vorhin nicht noch gedacht, wie gerne sie die Nacht mit ihm verbringen würde? Sie kippte den Rest ihres Weins in einem Zug hinunter und zog ihre Hand zurück. Vorsichtshalber verschränkte sie die Arme vor ihren Brüsten und versperrte ihm die Aussicht.

»Weißt du … Ich bin ein bisschen wie dieser Christian Grey …« Er rutschte mit dem Stuhl noch näher an sie heran. »Und ich glaube, wir beide könnten eine Menge Spaß miteinander haben.«

Wie jetzt? Dieser schnuckelige Kerl stand allen Ernstes auf Peitschen und Co.?

Die ersten Blitze zuckten am Himmel und die Gäste wurden langsam unruhig. Anscheinend wollten alle bezahlen und gehen, bevor es richtig ungemütlich wurde.

Luisa verschluckte sich heftig, als sie seinen Arm auf ihrem Oberschenkel spürte.

»Offengestanden ...« Sie zögerte einen kurzen Moment. Jetzt hatte sie schon wieder so ein misslungenes Date und dieses Mal auch noch unfreiwillig. Sie würde Conny und Betty umbringen! Wie sollte sie bloß reagieren? Vermutlich war es am besten, wenn sie ruhig blieb. Ansonsten könnte er das glatt als Aufforderung betrachten. »Ich glaube, das ist keine so gute ...«

Idee, hatte sie eigentlich noch sagen wollen. Doch Alexander alias Christian Grey brachte sie mit einer Handbewegung zum Schweigen und zischelte ihr ein »Komm schon, du willst es. Das spüre ich doch genau« ins Ohr.

Jetzt reichte es ihr endgültig. Sie war mehr als angewidert und musste hier weg. Und zwar sofort.

Mühsam würgte sie eine Entschuldigung hervor und stand so ruckartig auf, dass der Stuhl hinter ihr umfiel. Verfolgt von den Blicken der anderen Gäste flüchtete sie zu Sofia in die Küche. Die war gerade dabei aufzuräumen.

»Luisa, was machst du denn hier? Ich wäre doch später zu dir an den Tisch gekommen. Ist alles in Ordnung? Du siehst irgendwie ein bisschen blass aus.«

Sie klagte Sofia ihr Leid und berichtete von dem schrecklichen Abend, der so vielversprechend angefangen hatte.

»Ich wünschte, ich hätte schlagfertiger reagiert. Aber nein, ich dumme Kuh hab mich auch noch entschuldigt, bevor ich die Flucht ergriffen habe«, fügte sie hinzu.

Da flog die Tür auf und Nonna stand in der Küche, die Hände in die Hüften gestemmt. »Luisa, was machst du hier? Ist es nicht ein wenig unhöflich, den armen Mann da draußen warten zu lassen, während du hier mit meiner Enkelin plauderst?«

Sofia packte Nonna am Ärmel und erklärte ihr in der Kurzversion, was vorgefallen war. Die riss erschrocken die Augen auf. »Dio mio! Ich glaube, wir brauchen auf den Schreck erst mal einen Ramazotti.«

Sie stellte eine Flasche samt Gläser auf den Küchentresen und stürzte ein volles Glas hinunter, bevor sie noch einmal nach den Gästen sah.

Luisa ließ sich noch einen Moment von Sofia bemitleiden. Die Kombination aus Ramazotti und ihrer Gesellschaft sorgte dafür, dass sie sich schlagartig besser fühlte.

»Ich sage Nonna, sie soll schauen, ob die Luft rein ist«, meinte Sofia und ging nach draußen.

Schließlich versicherte sie Luisa, dass Alexander anscheinend kapiert hatte, dass sie nicht zurückkommen würde, und er brav die Rechnung bezahlt hatte und gegangen war. Allerdings hatte er laut Nonna einen ziemlich zerknirschten Eindruck gemacht. Das geschah ihm ganz Recht!

Luisa verabschiedete sich kurz darauf erleichtert und machte sich auf den Weg nach Hause.

Als sie bei der Steinernen Brücke angekommen war, fing es an, zu schütten. »Verfluchter Regen. Hättest du nicht noch kurz warten können?«, schimpfte sie und stapfte später mürrisch die Treppen zu ihrer Wohnung hinauf.

Bevor sie sich aus ihren tropfnassen Klamotten schälte und sich eine Dusche gönnte, fischte sie ihr Handy aus der Handtasche und tippte eine Nachricht an Conny:

Na warte! Du kannst morgen bei der Arbeit was erleben!

An Schlaf war jetzt nicht mehr zu denken. Sie fühlte sich hellwach. Kurzentschlossen genehmigte sie sich noch ein Glas Wein, obwohl ihr der Kopf vom Barolo und dem Ramazotti noch ein wenig flirrte. Des guten Gewissens wegen kochte sie sich zusätzlich eine Tasse Kräutertee. Vielleicht konnte sie im Internet noch ein wenig nach neuem Lesestoff für den Buchladen recherchieren.

Im Hintergrund ließ sie ihre Lieblingsplaylist laufen. Als sie nach Autoren aus ihrer Heimatstadt suchte, landete sie plötzlich auf der Datingseite »Dahoam verliabt, die Plattform für bayerische Singles.«

»Warum eigentlich nicht?« fragte sie sich selbst.

Schlimmer konnte es heute ja nicht mehr werden. Vielleicht ergab sich über das Internet zumindest ein netter Flirt. Kurz suchte sie nach einem passenden Namen, mit dem sie sich einloggen konnte. Im Hintergrund spielten gerade die Doors.

Das war es! L.A. Woman.

Vielleicht war der Name nicht besonders einfallsreich, doch dieser Song zählte schon seit vielen Jahren zu ihren persönlichen Favoriten.

Kapitel 4

Ungeduldig beugte sich Justus über ihn und nahm ihm die Maus aus der Hand.

»Hey, was soll das!« protestierte Jonas und hatte das Gefühl, dass seinem Freund der ganze Zirkus eine diebische Freude bereitete.

»Du brauchst doch ewig. Jetzt lass mich mal ran.«

Justus, der zuvor noch geduldig hinter ihm gestanden hatte, zwängte sich nun auf den Sessel neben ihn. Er neigte den Kopf zur Seite und machte ein Gesicht, als müsse er sich gerade furchtbar anstrengen.

»Hm … Scheint tatsächlich keine interessante Kandidatin dabei zu sein«, gab er schließlich zähneknirschend zu.

»Ich habe dir doch gleich gesagt, dass das eine schwachsinnige Idee ist.« Jonas seufzte.

Viele der Frauen hatten erst gar kein Profilbild hochgeladen und auf all die Angels – Angelblueeyes, AngelInLove, Angelbabe – hatte er keine Lust. Auch Vollweib6i und Dirndlvroni sprachen ihn nicht wirklich an.

»Ich sage es zwar nur ungern, Justus, aber das wundert mich nicht im Geringsten. Es ist Freitagabend. Haben die Frauen da nichts Besseres vor, als im Netz auf Männersuche zu gehen?« Er trank den letzten Schluck seiner Cola.

Nach einigem Scrollen, Hüsteln und Kopfschütteln, wollten sie beinahe schon aufgeben.

»Da!« Justus zeigte mit dem Finger auf den Bildschirm.

»L.A. Woman. Das klingt doch gut. Irgendwie glamourös. Komm, die schreibst du an.«

»Ach, ich weiß nicht so recht …« Eigentlich hatte Jonas gehofft, dass sein Freund aufgeben und ihn mit dem Blödsinn in Ruhe lassen würde. »Man sieht doch kaum was von ihr. Sie liest ein Buch und hält es so dämlich, dass man ihr Gesicht nicht erkennen kann.«

»Gütiger Himmel! Das ist doch so gewollt.« Justus ließ sich nach hinten in den Sessel sinken und verdrehte die Augen. »Für dich haben wir ein altes James-Bond-Foto ausgesucht. Jetzt stell dich doch nicht so an.«

Jonas studierte das Profilbild von L.A. Woman etwas genauer. *Als der Zufall sich verliebte* stand auf dem Buchumschlag. Ihre Hände wirkten zierlich und sehr gepflegt. Die braunen Haare reichten ihr bis zu den Schultern. Mehr konnte er nicht erkennen und die Vorstellung, eine Frau über das Internet anzuschreiben, kam ihm mit einem Mal irgendwie komisch vor.

»Jetzt schreib sie doch endlich an«, sagte Justus und bemühte sich nicht, die Ungeduld in seiner Stimme zu verbergen. »Oder soll ich das für dich übernehmen?«, frotzelte er und grinste.

Manchmal konnte einem Justus wirklich auf die Nerven gehen!

Jonas kratzte sich am Hals und atmete tief durch. »Jetzt halt doch mal die Klappe. Ich mach das schon!«

Was sollte er nur schreiben? Nach kurzem Zögern nahm er seinen Mut zusammen und haute in die Tasten. Er hatte ja nichts zu verlieren, oder?

Hallo L.A. Woman,
ich muss gestehen, dass ich nicht viel Erfahrung in Sachen Internetflirt habe, aber dein Name hat mich sofort angesprochen und auch das Bild von dir finde ich interessant. Liest du gerne?

»Ist das dein Ernst, Jonas? Etwas Besseres fällt dir nicht ein?« Sein bester Freund schnitt eine Grimasse.

Mit einem Mal genierte sich Jonas vor ihm. Beim besten Willen, in Justus' Gegenwart konnte er auf keinen Fall ungestört flirten! Ständig fühlte er sich unsicher.

Der schien seine Hemmungen zu bemerken und sein Sarkasmus war schlagartig wie weggeblasen. »Tut mir leid, Kumpel. Du machst das schon. Weißt du was? Ich gehe raus auf die Dachterrasse, eine rauchen. Dann kannst du ungestört mit deiner L.A. Woman plaudern.«

Jonas brummte eine unverständliche Antwort und starrte wieder auf den Bildschirm. Plötzlich zuckte er zusammen. *L.A. Woman schreibt …*, stand dort. Er hielt kurz inne, um tief Luft zu holen. Warum war er auch so nervös?

Hallo 007,
vielen Dank. Das freut mich. Ja, ich lese gerne und viel. Das ist mir lieber als fernzusehen. Warum bist du an einem Freitagabend eigentlich

zu Hause und verbringst deine Zeit im Internet, statt mit Freunden auszugehen?

Das Gleiche könnte ich dich auch fragen. Aber mal im Ernst: Ich habe einen anstrengenden Tag hinter mir und da war mir einfach nicht mehr danach, mich unter die Leute zu mischen.

Ich war heute schon unterwegs und kann dir versichern, du verpasst nicht viel.

Woher kommst du eigentlich?

Jonas schlug peinlich berührt die Hände über dem Kopf zusammen. Warum stellte er ihr eine derartige 08/15-Frage? Das spielte doch überhaupt keine Rolle. Er wollte sich ja gar nicht mit ihr verabreden.

Aus Regensburg. Und du?

Jonas erinnerte sich daran, dass er in seiner Teenagerzeit dort einmal ein Wochenende mit seinen Eltern verbracht hatte. Eine schöne Stadt, mit vielen kleinen Gassen und freundlichen Menschen.

Aus der Nähe von München …

Einmal mehr ärgerte er sich über seine Einfallslosigkeit.

Hey, das ist ja gar nicht so weit weg von mir. Hörst du gerne Musik und hast du vielleicht sogar ein Lieblingslied?

Das war eine Frage nach seinem Geschmack. Er beschloss nun endgültig, seine Befangenheit hinter sich zu lassen und sich einfach darauf einzulassen. Sympathisch schien diese L.A. Woman auf jeden Fall zu sein.

Ob ich Musik mag? Was für eine Frage! Musik ist mein Leben! Wenn ich mir gute Laune wünsche, dann höre ich September *von* Earth, Wind & Fire, *wenn ich abschalten will, dann höre ich gerne den guten alten Sinatra, und* Blessings *von Tom Walker ist meine erste Wahl, wenn es mir nicht so gut geht. Was ist mit dir?*

Er war gespannt auf ihre Antwort. Denn er war der Meinung, dass der Musikgeschmack viel über einen Menschen aussagte.

Dann gibt es bei dir Musik für alle Lebenslagen? Das gefällt mir. Morning sun *von Melody Gardot kann ich eigentlich immer hören. Außerdem mag ich Musik von Erykah Badu und auch die Doors laufen bei mir fast jeden Tag.*

Kein Mainstreammädchen also.

Jonas war ehrlich beeindruck und musste zugeben, dass die Frau sein Interesse geweckt hatte.

Hast du ein Lebensmotto?

Was ist denn das für eine Frage?

*Anhand deiner Antwort entscheide ich, ob ich weiter mit dir chatte. ;)
Nein, Scherz. Aber hast du eines? Neugierig bin ich ja schon.*

Diese Frage brachte Jonas zum Nachdenken. Da fiel ihm ein,
was sein Vater immer zu ihm gesagt hatte, wenn er eine
Enttäuschung verkraften musste.

*Alles passiert aus einem bestimmten Grund. Und jetzt bin ich dran
mit Fragen stellen. :) Warum nennst du dich ausgerechnet L.A.
Woman?*

*Ganz ehrlich? Bevor ich mir hier eingeloggt habe, lief genau dieses Lied
von den Doors im Hintergrund. L.A. Woman. Was möchtest du noch
wissen?*

*Welches ist dein Lieblingsbuch? Das, was du auf dem Bild in
deinen Händen hältst?*

*Deine Fragen gefallen mir. Als der Zufall sich verliebte mag ich
tatsächlich sehr gerne. Ein Lieblingsbuch zu finden, ist fast ein bisschen
schwierig, da ich schon so viele großartige Bücher gelesen habe. Aber wenn*

ich mich entscheiden müsste, dann wäre es vermutlich Der hellste Teil der Nacht *von Elja Janus. Und du?*

Jonas überlegte kurz und war sich nicht sicher, ob er ehrlich darauf antworten sollte.

Ich lese eher selten. Oft fehlt mir die Zeit dazu, da ich beruflich sehr eingespannt bin. Als Teenager waren es auf jeden Fall Die Outsider. *Heute mag ich die Gedichte von Hans Kruppa sehr gerne.*

Du machst mich neugierig. Drei Dinge, die du gerne magst?

Das ist nicht schwer zu beantworten. Musik, mein Haus im Grünen und Gulasch mit Semmelknödel. Jetzt du. Beende diesen Satz: Ein Tag ist perfekt, wenn ...

Er war stolz auf sich selbst, dass ihm endlich einmal eine kluge Frage eingefallen war.

»Scheint ja gut zu laufen!«

Justus klopfte ihm anerkennend auf die Schulter und Jonas fuhr erschrocken herum. Er war so vertieft in sein virtuelles Gespräch gewesen, dass er gar nicht bemerkt hatte, wie Justus wieder hereingekommen war.

Ein wenig verlegen zuckte er mit den Schultern. »Ja, sie scheint echt nett zu sein.«

»Na, dann. Ich schau noch mal rüber zu den anderen. Wir sehen uns morgen. Viel Spaß noch!«

Jonas atmete erleichtert auf, als Justus sich aus dem Staub gemacht hatte, und war gespannt auf L.A. Womans Antwort, die zum Glück nicht lange auf sich warten ließ.

Ein Tag ist perfekt, wenn ich Zeit mit meinen Lieblingsmenschen verbracht habe.

Jonas schmunzelte. Er musste zugeben, dass ihm die Unterhaltung mit ihr gefiel und er neugierig auf diese Frau aus Regensburg war. Was konnte er sie noch fragen?

Es war nett mit dir zu plaudern, 007. Aber ich muss morgen zur Arbeit und somit früh aufstehen. Mach's gut.

»Warte!«, tippte Jonas so schnell er konnte und zermarterte sich das Gehirn nach einer Lösung, wie er mit ihr in Kontakt bleiben könnte. Er rieb sich die Stirn und straffte seine Schultern. *»Gibst du mir deine Telefonnummer?«* Zu seiner eigenen Überraschung erschienen diese Buchstaben wie von allein auf dem Display.

Diesmal ließ sich L.A. Woman mit ihrer Antwort ziemlich lange Zeit.

Ich glaube nicht, dass das eine gute Idee ist. Du kannst mir ja hier über den Messenger eine Nachricht hinterlassen, wenn du magst.

Jonas Augen wurden schmal und sein Magen verkrampfte sich. Was war nur los mit ihm? Schließlich war sie nichts weiter als eine Internetbekanntschaft, mit der er flirten wollte. Aber so hatte es sich nicht angefühlt. Hinter L.A. Woman verbarg sich eine Frau, von der er unbedingt mehr erfahren, die er näher kennenlernen wollte. Er ließ seinen Daumen über der Tastatur kreisen.

Das ist nicht dasselbe. Zu gerne würde ich hören, wie deine Stimme klingt.

Lieber nicht. Ich kenne dich nicht und ich gebe nie so einfach meine Nummer her.

Jonas konnte förmlich vor sich sehen, wie sie den Kopf schüttelte. Sein anfängliches Glücksgefühl war schlagartig wie weggeblasen und wurde abgelöst und einem chaotischen Durcheinander in seinem Kopf und einem seltsamen Gefühl, das er nicht richtig einordnen konnte.

Bis ihm klar wurde, was er da tat, hatte er ihr seine Handynummer geschickt. Er hoffte inbrünstig, dass er damit keinen Fehler begangen hatte. Seine private Nummer hatten nur sein Manager, seine Eltern und Justus.

Danke. Ich überleg's mir. Ich habe es echt genossen, mich mit dir zu »unterhalten«. Das meine ich ganz ehrlich. Sonst bin ich eigentlich nicht in solchen Foren unterwegs. Gute Nacht, 007. Träum was Schönes.

Und weg war sie.

Jonas schob seinen Stuhl zurück und stand auf. Sein Herz vibrierte und seine Hände fühlten sich eiskalt an. Wann war er das letzte Mal so nervös geworden und warum hatte er ihr überhaupt seine Telefonnummer gegeben?

Unwillkürlich trat er ans Fenster. Der Regen hatte sich verzogen und die grauen Wolken rückten so weit auseinander, dass er dazwischen den Sternenhimmel erkennen konnte.

Morgen wollte er fit für seinen letzten Auftritt dieser Tour sein. Doch jetzt hatte er keinen Schimmer, wie er überhaupt noch eine Mütze Schlaf finden sollte. Diese L.A. Woman ging ihm einfach nicht mehr aus dem Kopf.

Kapitel 5

Mit gerunzelter Stirn stand Luisa an der offenen Terrassentür und atmete tief durch. Der Regen hatte inzwischen aufgehört und einzelne Sterne waren zwischen den Wolken zu sehen. Die leichte Brise ließ sie einen kurzen Moment frösteln. Sie schloss die Tür und nippte an den Kräutertee, der längst kalt geworden war.

Gedankenverloren starrte sie auf den gelben Notizzettel, auf dem sie die Telefonnummer von 007 notiert hatte. Warum hatte sie das getan? Schließlich hatte sie nicht vor, ihn anzurufen, oder?

Luisa kippte den restlichen Tee in den Ausguss und stellte die Tasse in die Spüle. Den Abwasch würde sie morgen nach der Arbeit im Buchladen erledigen. Leider war für eine Spülmaschine kein Platz in der winzigen Küche. An den meisten Tagen störte sie das nicht, denn die kleine Wohnung mit der Dachterrasse hatte sich als wahrer Glücksgriff erwiesen. In Regensburg war es ganz und gar nicht leicht, eine schöne Wohnung zu finden, die zentral lag und dazu einigermaßen bezahlbar war.

Nach der Trennung von Christopher hatte Luisa zuerst bei Conny und Betty gewohnt, was auf Dauer keine gute Lösung gewesen wäre. Die beiden hatten gerne Gäste und feierten häufig bis zum Morgengrauen. Luisa fragte sich oft, wie Conny es schaffte, morgens ohne Weiteres aufzustehen, die Buchhandlung zu öffnen und dabei auch noch gute Laune zu verbreiten.

Für ein WG-Leben war Luisa einfach nicht geschaffen. Sie brauchte ihre Ruhe und war froh, als Bettys kleiner Bruder nach seinem Praktikum beschlossen hatte, vorerst in Amerika zu bleiben und ihr die Wohnung günstig zur Miete überlassen hatte.

Sie ließ sich auf das Bett fallen und vergrub ihr Gesicht in der weichen Baumwolle ihres Kopfkissens. Was war das nur für ein verrückter Abend gewesen! Zuerst dieser Christian-Grey-Verschnitt, über den sie lieber nicht weiter nachdenken wollte, und dann der Chat mit 007, der ihr in diesem Moment einfach nicht mehr aus dem Kopf ging.

Was hatte sie nur geritten, sich auf dieser Plattform anzumelden? Im Grunde genommen war ja nichts passiert. Sie hatte sich gut unterhalten und das war's. Nach dem Desaster mit Alexander hatte sie das auch gebraucht.

Beim Gedanken an Conny und Betty kochte die Wut in ihrem Bauch wieder hoch. Morgen würde sie ein ernsthaftes Gespräch mit den beiden führen müssen. Auf weitere Verkupplungsversuche dieser Art konnte sie künftig gut und gerne verzichten.

Luisa wälzte sich von einer Seite zur anderen. In wenigen Stunden würde schon wieder der Wecker klingeln. Sie atmete tief durch. Doch auch das schenkte ihr nicht die gewünschte Ruhe. Viel zu viele Gedanken spukten durch ihren Kopf.

Als sie später endlich eingeschlafen war, verfolge sie das ganze geistige Durcheinander sogar in ihren Träumen.

Plötzlich war da Christopher. Luisa stand wie damals auf der Steinernen Brücke. Ihre Füße steckten in einer schlammähnlichen Masse fest. Doch er schien sie gar nicht zu bemerken, sondern ging einfach durch sie hindurch, als wäre sie ein Gespenst. Dann musste sie mit ansehen, wie er eine blonde Schönheit an sich zog und innig küsste. Auf der anderen Seite stand Alexander alias Christian Grey mit einer Peitsche in der linken Hand und brüllte, er wolle sie endlich übers Knie legen.

Nachdem sie es geschafft hatte, ihre Füße zu befreien, lief sie 007 in die Arme. Jedoch konnte sie sein Gesicht nicht erkennen. Er hielt sie fest, während er ein Lied summte, welches ihr vage bekannt vorkam. Was für eine Melodie war das nur?

Doch sie hatte keine Gelegenheit weiter darüber nachzudenken, denn just in diesem Augenblick schrillte der Wecker auf ihrem Nachttisch. Völlig erschöpft lugte sie aufs Display. Sieben Uhr. In zwei Stunden musste sie in der Buchhandlung sein.

Luisa beschloss, heute ausnahmsweise auf ihre tägliche Yogaeinheit vor der Arbeit zu verzichten und sich stattdessen ein ausgiebiges Frühstück zu gönnen und sich dabei jede Menge Kaffee einzuflößen. Hoffentlich würde das Koffein seine zauberhafte Wirkung schnell entfalten, denn sie fühlte sich wie gerädert.

Ein Blick in den Spiegel verriet ihr, dass sie aussah, wie sie sich fühlte. Dunkle Ringe zeichneten sich unter ihren Augen ab und ihre Haut wirkte ein wenig fahl. Zum Glück gab es dafür Make-up und in diesem Moment war Luisa dem Menschen, der dieses Wunderzeug erfunden hatte, überaus dankbar.

Nachdem sie sich die Zähne geputzt und sich geschminkt hatte, fühlte sie sich ein wenig besser. Zusammen mit einer Tasse Kaffee und einem Käsebrot mit Gurkenscheiben setzte sie sich hinaus auf die Dachterrasse. Zu dieser Uhrzeit war es noch ein wenig kalt und Luisa schnappte sich die graue Kuscheldecke mit den Sternen, die drinnen auf ihrer Couch lag. Der Morgen versprach einen sonnigen Spätsommertag. Luisa mochte die Zeit Anfang September. Es war nicht mehr ganz so heiß draußen und bis zum Herbst, ihrer liebsten Jahreszeit, war nicht mehr lange hin.

Seufzend schaltete sie ihr Handy ein.

Was hat der Kerl verbrochen? War es denn so schlimm?

Conny hatte ihr gestern anscheinend gleich zurückgeschrieben. Luisa würde ihr später ganz genau berichten, was sie und Betty ihr da für einen Mann hatten andrehen wollen. Außerdem würde sie ihnen ein ordentlich schlechtes Gewissen einreden. Eine Einladung ins *Biasinis* als Wiedergutmachung musste auf jeden Fall drin sein.

***

Als sie sich auf den Weg zur Arbeit machte, hatte sich ihre Laune deutlich gebessert. Die Sonne tauchte die Stadt in ein honiggelbes Licht und es waren noch nicht viele Menschen unterwegs.

Luisa bog um die Ecke auf den Neupfarrplatz und konnte von dort aus erkennen, dass schon Licht im Laden brannte. Conny räumte gerade ein paar Bücher in eines der Regale und fuhr erschrocken herum, als Luisa die Tür öffnete und die Glocke bimmelte. Schnell stieg sie von der kleinen Staffelei herunter.

»Guten Morgen meine Süße!«, rief Conny ihr eine Spur zu fröhlich entgegen. Dabei musste sie doch ganz genau wissen, wie wütend Luisa gestern gewesen war.

»Was fällt dir eigentlich ein, mich zu einem wildfremden Mann ins Restaurant zu schicken? Glaubst du, ich habe es so dringend nötig? Denkst du wirklich, ich bin unfähig, mir selbst jemanden zu suchen?«, schimpfte sie mit schriller Kleinmädchenstimme.

»Es tut mir ehrlich leid.« Conny legte ihr beschwichtigend einen Arm um die Schultern und sah sie zerknirscht an. »Was hältst du davon, wenn wir beide noch eine Tasse Kaffee zusammen trinken und du mir in Ruhe alles erzählst? Die Bücher kann ich nachher immer noch einräumen.« Sie schloss die Eingangstür ab.

Eine halbe Stunde hatten sie noch Zeit, bis die ersten lesebegeisterten Kunden den Laden stürmen würden.

Luisa nickte und trottete hinter Conny her in die kleine Küche, die an den Raum angrenzte, den sie als Lager benutzten. Schließlich sprudelte es nur so aus Luisa heraus und sie schilderte ihrer Freundin und Chefin detailliert, was am vorigen Abend alles passiert war. Einen Moment überlegte sie, ihr auch von 007 zu erzählen, beschloss jedoch kurzerhand, das lieber für sich zu behalten. Schließlich hatte das keine große Bedeutung und ein bisschen war es ihr auch peinlich. Denn bisher hatte sich Luisa immer lautstark über derartige Datingplattformen lustig gemacht und daran erinnerte sich Conny bestimmt genau.

Conny gab ein gurgelndes, schwaches Kichern von sich, das schließlich in einem Lachanfall endete. Gegen ihren Willen ließ Luisa sich mitreißen.

»Es tut mir so leid! Wirklich! In Zukunft werde ich das mit den Kuppelversuchen lassen. Das verspreche ich dir. Betty dachte wirklich, Alex wäre der perfekte Mann für dich. Sie konnte ja nicht wissen, dass …« Doch auch dieser Satz endete wieder in einem Lachanfall.

»Schon gut«, meinte Luisa gnädig, nachdem sie die Phase des Beleidigtseins hinter sich gelassen hatte. »Aber dafür schuldet ihr mir mindestens ein Dreigängemenü im *Biasinis*.«

»Einverstanden.« Conny schüttelte immer noch lachend und ungläubig den Kopf, als sie die Ladentür aufschloss.

Samstagvormittag war wie immer viel los und Luisa war froh, dass sie und Conny ein so eingespieltes Team waren. Wieder einmal war sie dankbar, dass sie nach ihrer Ausbildung zur Buchhändlerin bei einer großen Kette den Job bei Conny gefunden hatte. Betty vertrat Luisas Vater in rechtlichen Angelegenheiten und hatte ihm erzählt, dass ihre Lebensgefährtin nach einer zuverlässigen Mitarbeiterin suchte. So hatte eins zum anderen geführt.

Der gemütliche Buchladen war ein beliebter Treffpunkt für alle Leseratten und da sie zusätzlich erfolgreich einen Onlineshop betrieben, kamen auch die E-Book-Fans auf ihre Kosten. Außerdem veranstalteten sie regelmäßig Lesungen, die nicht nur für die jeweiligen Autoren eine gute Werbung waren, sondern auch neue Leser in *Connys Bücherecke* lockte. In den sozialen Netzwerken waren sie ebenfalls aktiv.

Luisa liebte ihre Arbeit, war Buchhändlerin mit Herz und Seele und engagierte sich hauptsächlich im Laden, während Conny sich überwiegend um die Buchhaltung und die digitalen Angelegenheiten kümmerte.

Nachdem Luisa sich immer wieder dabei erwischt hatte, wie sie auf Instagram Christophers Account durchforschte und ihr eifersüchtiges Herz diese blonde Amazone mit den meergrünen Augen am liebsten in Stücke reißen wollte, hatte sie kurzerhand ihr Profil dort gelöscht und auch Facebook gemieden. Sie kam wunderbar ohne klar. Außerdem blieb ihr so viel mehr Zeit zum Lesen.

Zum Glück konnte Conny es sich leisten, am frühen Nachmittag zu schließen. So hatten sie ein bisschen mehr vom Wochenende und Luisa war froh über diesen Luxus. Die meisten Läden in der Regensburger Innenstadt blieben auch an Samstagen bis Zwanzig Uhr geöffnet.

Später entschied sie spontan, ihrem Papa einen Besuch abzustatten. Das letzte Mal war viel zu lange her. Ihr Fahrrad stand seit ihrem Umzug unbenutzt im Keller und sie hatte keine Lust, es die ganzen Treppen nach oben zu schleppen. Also kaufte sie sich kurzerhand ein Ticket und stieg in den Bus.

Bis nach Tegernheim war es nicht weit. Luisa hatte schon öfter mit dem Gedanken gespielt, sich ein kleines Auto anzuschaffen, doch in der Stadt brauchte sie es nicht und die öffentlichen Verkehrsanbindungen waren sehr gut. Außerdem konnte sie sich notfalls ein Auto leihen und ihrem schmalen Geldbeutel tat es ganz gut, wenn sie Kosten sparen konnte.

Ein paar Haltestellen später stieg sie aus und kaufte im Supermarkt noch die Muschelpralinen aus belgischer Schokolade, für die ihr Vater eine große Schwäche hegte.

Sie verstaute die Köstlichkeit in ihrer Tasche und machte sich auf den Weg. Die Sonne schien auf die Dächer herunter und glänzte auf den Straßenschildern. Ein paar fröhliche, aufgeregte Jungs rannten einem davonrollenden Ball hinterher und beachteten sie nicht weiter. Im Vorbeigehen bewunderte sie die bunten Hecken der Gärten, die die Menschen hier liebevoll pflegten.

Seit ihr Papa zu seiner neuen Lebensgefährtin gezogen war, wohnte er in einer ruhigen, ordentlichen, von weißen und altmodischen Häusern gesäumten Straße. Hier schienen die Uhren noch eine Spur langsamer zu ticken und sie verstand, warum er sich dort so wohl fühlte.

Luisa schmunzelte. Wie immer, wenn sie spontan zu Besuch kam, beobachtete sie ihn dabei, wie er dem Unkraut den Garaus machte. Hochkonzentriert malträtierte er die hartnäckigen Wicken, die ihm die Sträucher kaputt zu machen drohten, und fluchte laut, wenn er die Wurzel nicht herausbekam.

»Hallo, Papa!« Luisa winkte über den Zaun, bevor sie das Gartentor öffnete und durch den mit orangefarbenem Kletterjasmin bepflanzten Rosenbogen trat.

»Hallo, Mäuschen. Das ist ja eine Überraschung!« Umständlich erhob er sich und wischte sich den Schweiß von der Stirn, bevor er Luisa fest an sich drückte. »Ich freu mich, dass du da bist. Magst du einen Kaffee? Ein Stück von dem Zwetschgendatschi, den Helena gebacken hat, müsste auch noch da sein.«

»Das hört sich gut an.«

Sie folgte ihrem Vater zu der kleinen Terrasse, die direkt an die Küche angrenzte, machte es sich auf einem der Stühle gemütlich und beobachtete ihn dabei, wie er routiniert die Espressokanne auf dem Ofen platzierte. Dann dachte sie an die Pralinen in ihrer Handtasche, ging zu ihm in die Küche und legte sie auf den Tresen.

»Hier, habe ich dir mitgebracht.«

Ihr Vater schenkte ihr ein warmes Lächeln und Luisa war dankbar, dass sie mittlerweile so ein inniges Verhältnis zueinander hatten. Nachdem ihre Mutter früh an Brustkrebs gestorben war und ihr Vater mit Luisas Aufsässigkeit während ihrer Teenagerzeit zu kämpfen hatte, hatten sie danach einen guten Weg gefunden und waren sich wieder nähergekommen.

»Ist Helena denn gar nicht da?«, erkundigte Luisa sich verwundert, während sie die Kaffeetassen draußen auf den Tisch stellte.

Ihr Vater schüttelte den Kopf. »Sie ist heute Morgen mit einer Freundin nach Hamburg gefahren. Am Montag kommt sie zurück. Dort findet eine Ausstellung statt, die sie interessiert. Irgendwas mit Malerei. Du weißt doch, dass ich mit so was nix anfangen kann.«

Der Zwetschgendatschi duftete köstlich. Helena konnte nicht nur wunderbar zeichnen, sie war dazu eine brillante Hobbybäckerin. Luisa hatte sich gefreut, als ihr Vater ihr im letzten Jahr gestanden hatte, sich in jemanden verliebt zu haben. Nach dem Tod ihrer Mutter hatte er nur eine Beziehung gehabt, die aber nicht von langer Dauer gewesen war.

»Und was treibst du jetzt als Strohwitwer so?«, fragte sie, obwohl sie genau wusste, wie überflüssig diese Frage war.

Wenn sie auf die unterschiedlichen Werkzeuge schaute, die der Reihe nach im fein säuberlich gemähten Rasen lagen, konnte sie sich genau denken, womit ihr Vater sich das

Wochenende über beschäftigte. Seit er nicht mehr in einer Stadtwohnung lebte und für die Altersteilzeit unterschrieben hatte, war er zum Experten für Pflanzen und Grünzeug mutiert. Helena war froh darüber, da sie selbst keinen grünen Daumen hatte und ihr kleines Gartenparadies zu verfallen drohte, wenn sich keiner darum kümmerte.

»Ach, dies und das. Wahrscheinlich werde ich ein wenig im Garten herumwerkeln und abends Fußball gucken. Morgen will Rainer auf ein Bier vorbeischauen. Du weißt schon, unser Nachbar.« Er nahm einen Schluck von seinem Kaffee und musterte seine Tochter. »Und bei dir? Gibt es was Neues?«

Luisa schüttelte nicht besonders überzeugend den Kopf. Als sie an diesen Alex dachte, zuckte sie einen Moment zusammen. Dann kam ihr wieder 007 in den Sinn. Wie sehr sie die virtuelle Unterhaltung mit ihm genossen hatte! Wieder einmal fragte sie sich, wie er wohl aussehen mochte. Gegen ihren Willen huschte ein Lächeln über ihr Gesicht.

»Warum grinst du denn so? Hast du etwa jemanden kennengelernt?« Der fragende Blick ihres Vaters bohrte sich in ihren.

Sollte sie ihm von dem virtuellen Date erzählen? Damals hatte er kein Geheimnis daraus gemacht, wie wenig er von Christopher hielt. »Er wird dir das Herz brechen«, hatte er sie gewarnt und leider recht behalten.

Die Sache mit Alex verschwieg sie ihm lieber. Intime Augenblicke und peinliche Dates waren ihrer Meinung nach nichts, was man mit seinem Vater teilen musste. Doch sie verspürte das Bedürfnis, ihm von 007 zu erzählen.

»Ich war gestern im Internet unterwegs. Auf so einer Plattform … Du weißt schon …«, druckste sie herum, »auf der man jemanden kennenlernen und ein wenig flirten kann.«

Irgendwie war ihr das Ganze peinlich und sie genierte sich vor ihrem Vater. Als sie nicht weiterredete, drückte er aufmunternd ihren Arm.

»Da war dieser 007 und eigentlich war es gar nicht viel, aber wir haben uns echt gut unterhalten, wenn man das so nennen kann. Na ja, und irgendwie geht er mir jetzt nicht mehr aus dem Sinn. Dabei weiß ich ja nicht einmal, wie er aussieht!« Sie ließ den Kopf auf die Brust sinken und seufzte theatralisch.

»Das hört sich doch gut an. Warum solltest du nicht ein bisschen Spaß haben, Luisa? Das muss dir nicht peinlich sein. Zwei ehemalige Kollegen von mir haben ihre Partnerin über das Internet kennengelernt.« Seine Miene strahlte nichts als Verständnis und Gelassenheit aus.

»Ach, Paps. Ich bin doch gar nicht auf der Suche.« Luisa sog die reine Luft in sich auf und starrte für einen Moment gen Himmel. »Irgendwie bin ich da so reingestolpert und jetzt muss ich ständig an ihn denken und frage mich, was für ein Mensch er wohl sein mag. Seine Antworten und die Fragen, die er mir gestellt hat, klangen vielversprechend und haben mich tatsächlich neugierig gemacht.«

»Wie seid ihr denn verblieben?«

»Er hat mir seine Nummer gegeben.«

»Und? Wirst du ihn anrufen?«

Luisa blickte eine Weile ins Leere, bevor sie nachdenklich die Stirn runzelte und die Schultern zuckte.

»Ich weiß es nicht. Was, wenn er in Wirklichkeit ein gefährlicher Serienkiller ist, der sich seine Opfer über das Internet sucht?« Bei diesem Gedanken stellten sich die Härchen auf ihren Oberarmen auf.

Ihr Vater lachte und drückte ihre Hand. »Du kannst ja deine Nummer unterdrücken, wenn du ihn anrufst.«

Überrascht, dass ihr der Gedanke nicht selbst gekommen war, schaute sie ihn an. Dabei wurde ihr klar, dass sie 007 tatsächlich gerne anrufen wollte.

Zum Abschied umarmte sie ihren Vater und dankte ihm für den Kaffee und seine guten Ratschläge.

Luisa spürte Erleichterung, weil sie ihrem Vater von dem Unbekannten aus dem Internet erzählt hatte, doch gleichzeitig fühlte sie sich verwirrt. Für einen Moment schloss sie die Augen und biss sich auf die Lippe.

Nur ein Anruf. Das hatte längst nichts zu bedeuten.

Kapitel 6

Jonas biss die Zähne zusammen und knallte die Tür hinter sich zu. Obwohl er es mittlerweile gewohnt sein sollte, zuckte er immer noch jedes Mal zusammen, wenn das Blitzlichtgewitter der Presse über ihn hereinbrach.

Geduldig hatte er für ein paar Minuten Fragen beantwortet und Autogramme gegeben. Dabei hatte er extra einen Weg eingeschlagen, von dem er dachte, dort würde ihm sowieso keine Menschenseele begegnen. Fehlanzeige. Genau dort hatten sie ihm aufgelauert, als hätten sie damit gerechnet.

Wenn diese nervigen Reporter ihn nicht so lange aufgehalten hätten, wäre ihm noch die Zeit für ein Gespräch mit Justus geblieben. Aber da ihm heute jegliche Energie gefehlt hatte, sich einfach durchzukämpfen, gab er sich vor der Presse und seinen Fans geduldig und gut gelaunt.

Nun war er eine halbe Stunde zu spät. Wie gerne hätte er seinem Freund von der geheimnisvollen L.A. Woman erzählt und davon, dass sie ihm nicht mehr aus dem Kopf ging. Doch seine Bandkollegen waren bereits damit beschäftigt, den aufgebrachten Manager zu beruhigen.

»Wo zum Teufel hast du gesteckt? Braucht unser Herr Superstar eine extra Einladung, oder was?« Dirk Hennerson hatte sich vor ihm aufgebaut, das Gesicht feuerrot wie immer, wenn er mit seinen Nerven am Ende war.

Hektisch fuhr sich Jonas durchs Haar und das Lächeln auf seinen Lippen gefror. In letzter Zeit hatte sich sein Manager einen ziemlich rauen Ton angewöhnt.

»Entschuldige, Dirk. Ein paar Pressefutzis waren mal wieder hinter mir her«, stotterte er und fragte sich wieder einmal, warum er sich in der Gegenwart seines Managers derart unterwürfig verhielt.

Bisher hatte er es nie gewagt, Dirk in seine Schranken zu weisen, was möglicherweise dran lag, dass er diesem Mann den Großteil seiner Karriere zu verdanken hatte. Vielleicht hatte es ihm in letzter Zeit aber einfach auch an Energie und Willensstärke gemangelt. Dieses Leben als Superstar verlangte ihm einiges ab, schon seit Wochen zweifelte er immer wieder daran und überlegte, ob er wirklich den richtigen Weg für sich gewählt hatte.

»Wie oft habe ich dir schon gesagt, dass du ohne Security am besten gar nicht erst aus dem Haus gehst?«, brummte Dirk.

Justus drängte sich von der Seite zwischen Jonas und den Manager. »Jetzt ist er ja da«, meinte er beschwichtigend. »Vielleicht sollten wir einfach anfangen.«

Jonas nickte ihm dankbar zu.

Sie begannen mit *To the moon and back*, dem Song, mit dem sie heute Abend auch das letzte Konzert dieser Tour einleiten wollten. Dieses Lied war einer der ersten Hits, die Jonas mit seiner Band gelandet hatte. Daraufhin waren der Platinstatus und mehrere wichtige Preise der Musikbranche gefolgt.

Wenn er sich dazu entschied, weiterhin als erfolgreicher Musiker zu arbeiten, würde er jegliche Schwäche, die er in sich trug, ausmerzen müssen oder gnadenlos untergehen. Vielleicht war er für dieses Leben einfach nicht geschaffen. Nicht einmal Justus gegenüber hatte er diese Angst erwähnt. Seinem Vater hatte er sich im letzten Jahr kurz anvertraut und gleichzeitig nicht durchblicken lassen, wie schlecht es ihm in Wirklichkeit manchmal ging und wie sehr ihm der ganze Stress zusetzte.

Für einen Moment wanderten seine Gedanken zu L.A. Woman. Würde sie ihn anrufen?

Im ersten Augenblick bemerkte er gar nicht, wie seine Kollegen ihn entgeistert anstarrten. Mitten im Lied hatte er einfach aufgehört zu singen! Das war ihm noch nie passiert!

»Was ist los mit dir? Sag bloß nicht, du bist krank«, murrte Dirk im Hintergrund.

»Sorry. Ich war einen Moment lang unkonzentriert. Können wir vielleicht eine kurze Pause einlegen?«

»Eine Pause? Das kann doch nicht dein Ernst sein! Wir haben gerade erst angefangen.« Dirk schien nicht erfreut über diesen Vorschlag, während sein Finger immer wieder flink über das Display seines Handys huschte. »Also schön. Machen wir eine Pause«, meinte er ein wenig versöhnlicher. »Ich muss sowieso kurz telefonieren.«

Die anderen verzogen sich in den Hinterhof, um sich ihrer Nikotinsucht hinzugeben.

Justus hielt ihm eine große Tasse Kaffee entgegen. Schwarz mit drei Würfel Zucker. »Alles in Ordnung mit dir?« Sein Freund musterte ihn besorgt.

»Es ist total bescheuert!« Jonas und schlug sich die Hände vors Gesicht. »Eigentlich müsste ich doch glücklich und zufrieden sein, oder? Die Fans sind begeistert von unserer Musik, die Frauen liegen uns zu Füßen und auf meinem Bankkonto reihen sich eine Menge Nullen an die vorderste Zahl. Und trotzdem frage ich mich immer wieder, ob das alles so richtig ist, was ich tue. Und dann ist da noch diese Frau aus dem Internet, die ich nicht mehr aus dem Kopf bekomme.«

»Du meinst diese L.A. Woman von gestern?«, fragte Justus erstaunt. Anscheinend hatte er nicht mehr damit gerechnet, dass sein bester Freund es doch noch schaffen würde, in den Flirtmodus zu schalten, und wollte es nun genauer wissen.

Jonas nickte vielsagend. »Damit habe ich überhaupt nicht gerechnet. Aber dann fing sie plötzlich an, spannende Fragen zu stellen, und war mir total sympathisch. Am liebsten hätte ich ihr alles Mögliche über mich erzählt. Sie war mir überhaupt nicht fremd. Du wirst es nicht glauben, aber ich habe ihr sogar meine Handynummer gegeben.«

»Du hast was? Bist du wahnsinnig geworden? Du kennst sie doch überhaupt nicht. Stell dir mal vor, sie ist in Wirklichkeit ein Mann, der sich nur für eine Frau ausgibt, oder total hässlich oder – noch schlimmer – eine Psychopathin oder …« Justus konnte es nicht fassen. »Ich dachte, du wolltest einfach nur mal deinen Marktwert ohne den Tristan-Evers-Status testen.«

»Ich weiß auch nicht, was in mich gefahren ist. Aber ganz ehrlich?« Jonas' Herzschlag geriet ein wenig aus dem Takt, als er an die virtuelle Unterhaltung mit L.A. Woman zurückdachte. »Ich wünsche mir, dass sie mich anruft. Und bist du nicht derjenige, der mich erst zu der ganzen Internetgeschichte überredet hat?«

»Woher sollte ich auch wissen, dass du das gleich so ernst nimmst?« Schließlich gab er Jonas einen aufmunternden Klaps auf die Schulter. »Du wirst schon wissen, was du tust«, murmelte er. Sein Tonfall verriet dabei allerdings, für wie absurd er die Sache hielt.

***

Wie so oft hielt Jonas alias Tristan Evers den Atem an, als später am Abend das Licht anging und er gemeinsam mit den anderen die Bühne betrat.

Das Publikum tobte. Die ersten Klänge von *To the moon and back* ertönten. Auf die leise Klaviermelodie zu Beginn folgte ein temporeicher Rhythmus, der einem sofort ins Blut überging. Seine Oberarme waren von einer Gänsehaut überzogen und seine Stimme war klar, tief und samtig und passte perfekt zu diesem Lied.

Als die letzten Töne verklungen waren, brach tosender Applaus aus. Für das Publikum gab es nun kein Halten mehr und es schien, als würden sie alle Lieder auswendig mitsingen können.

Jonas schob seine Zweifel beiseite und legte all sein Herzblut in die Musik, obwohl er sich mit einigen der Songs nicht mehr identifizieren konnte. Seine Fans wollte er keinesfalls enttäuschen.

Er konzentrierte sich auf den Rhythmus, die Musik und spürte endlich das langersehnte Adrenalin durch seinen Körper rauschen. Ein Grinsen huschte über sein Gesicht, als er sich fragte, ob L.A. Woman vielleicht im Publikum war.

Wie sie wohl reagieren würde, wenn sie wüsste, bei wem es sich bei ihrem Chatpartner in Wirklichkeit handelte? Diesen Gedanken drängte er so schnell beiseite, wie er gekommen war. In den nächsten zwei Stunden gab es keinen Platz für Träumereien. Er musste sich besser konzentrieren, denn er wollte einen verdammt guten Job machen.

Wie erwartet war der Auftritt ein voller Erfolg und Dirk schien ein wenig besänftigt. »Na also. Geht doch«, murmelte er, als Jonas es nicht mehr erwarten konnte, dem Trubel wieder zu entkommen.

Er hörte, wie einige weibliche Fans immer noch seinen Namen kreischten. Zuvor hatte er sich um ein Lächeln bemüht und sich bei seinen Fans bedankt, bevor er seiner Band in den abgesperrten Bereich hinter der Bühne gefolgt war.

Nachdem er die gemeinschaftliche Garderobe betreten hatte, ließ er sich erschöpft auf einen der Stühle fallen.

Er spürte Justus' Hand auf seiner Schulter. »Hey, Jonas. Heute lässt du uns aber nicht hängen, oder? Wann hast du das letzte Mal so richtig mit uns gefeiert?«

Jonas schüttelte kaum merklich den Kopf. »Tut mir leid, Justus. Aber nach dem ganzen Trubel in der letzten Zeit will ich einfach nur nach Hause fahren und meine Ruhe haben.«

»Na schön. Pass auf dich auf, ja?« Sein bester Freund folgte den anderen nach draußen.

Er schien weder besonders überrascht noch enttäuscht über Jonas' Antwort zu sein. Vielleicht hatte er in letzter Zeit seine Band Kollegen einmal zu oft vor den Kopf gestoßen. Zu seiner eigenen Überraschung verspürte er nicht den leisesten Hauch eines schlechten Gewissens.

Heute war der letzte Auftritt gewesen und endlich würde er für ein paar Tage nach Hause fahren können, bevor er mit den anderen am neuen Album feilen würde.

Ein wenig musste er sich jedoch noch gedulden, bis er losfahren konnte. Bevor sich der ganze Trubel gelegt hatte, war es zu riskant. Schließlich bestand immer noch die Möglichkeit, dass die Presse draußen lauerte.

Jonas hoffte, dass er unbemerkt nach Hause fahren konnte. Lars, einer der Tontechniker hatte sich breitschlagen lassen, ihm für eine Woche sein Auto, einen unscheinbaren blauen alten Golf auszuleihen. Im Gegenzug hatte ihm Jonas diskret ein paar Scheine zugesteckt. Dirk wäre vermutlich wenig begeistert, wenn er erfuhr, dass sein Schützling wieder ganz allein unterwegs war. Aber in der alten Klapperkiste würde Jonas hoffentlich nicht weiter auffallen, wenn er sich auf den Weg machte.

Doch alles verlief völlig unspektakulär. Nachdem er Justus noch einmal via WhatsApp versichert hatte, dass es ihm gut ging und er sich keine Sorgen machen müsse, war er in den Wagen gestiegen und endlich losgefahren.

Jonas spürte die Erschöpfung der letzten Tage nun ganz deutlich und musste sich darauf konzentrieren, dass ihm die Augen nicht zufielen. Eigentlich hatte er das Radio aufdrehen wollen. Es überraschte ihn nicht, dass es nicht funktionierte, und einen CD-Player besaß diese Rostlaube nicht.

Die letzten Kilometer drehte er das Fenster ganz auf. Die frische Luft, die von draußen zu ihm hereindrang, ließ ihn wieder ein wenig munter werden. Der alte Golf roch ein wenig muffig, vermutlich rauchte Lars in seinem Auto, und die leeren McDonaldstüten trugen ihren Rest dazu bei.

Als Jonas sich noch einmal vergewissert hatte, dass ihm niemand gefolgt war, bog er rechts in die nächste Straße ein. Er parkte den Wagen hinter seinem Haus und schloss die Tür auf. Todmüde ließ er sich auf sein Bett sinken und schlief auf der Stelle ein.

***

Draußen vor seinem Fenster erwachte die Gegend zu einem wolkigen Spätsommertag. Jonas rekelte sich noch ein paar Minuten in seinem warmen Bett, bevor sein Blick auf den

Wecker fiel und er erleichtert aufatmete. Es war erst kurz nach sieben.

Heute war der erste Sonntag, an dem er komplett frei hatte. Keine Bandprobe, keine Auftritte, keine Termine. Für einen kurzen Moment spielte er mit dem Gedanken, sich einfach umzudrehen und weiterzuschlafen. Doch dann entschied er sich dagegen.

Zu seiner eigenen Überraschung fühlte er sich so fit und ausgeruht wie lange nicht mehr. Eine freudige Erwartung hing in der Luft, die er sich selbst jedoch nicht so recht erklären konnte. Nach einer ausgiebigen Dusche knurrte sein Magen, und als er die Tür zum Kühlschrank öffnete, wurde sein Lächeln breiter.

Sein Vater hatte für ihn eingekauft. *Lass es dir schmecken, mein Junge*, stand auf dem Zettel, der neben den Lebensmitteln klebte. Er briet sich ein paar Eier mit Speck und schaltete die Kaffeemaschine ein.

Jonas rieb sich den Nacken. Endlich fiel etwas von der Anspannung der letzten Wochen ab. Schon bald würde es für ihn wieder ins Studio gehen und für einen Moment ertappte er sich erneut bei der Frage, ob er seine Karriere als Tristan Evers nicht einfach hinter sich lassen sollte.

Ja, er liebte die Musik. Doch so richtig konnte er sich damit nicht mehr identifizieren. Dirk hatte ihn und die Band mainstreamfähig gemacht und irgendwie fühlte er sich mit den englischsprachigen Popsongs nicht mehr wohl. Viel lieber wollte er eigene Texte schreiben und in deutscher Sprache singen. Aber heute wollte er sich nicht mit seiner Arbeit beschäftigen, nicht an einem seiner freien Tage. Die waren sowieso viel zu selten geworden.

Er ließ sich auf dem kleinen Sofa in der Küche nieder, stellte sein Frühstück auf dem kleinen Tisch ab und nippte genüsslich an seinem Kaffee. Sein Blick wanderte aus dem Fenster in Richtung Wald.

Wie dankbar er seinem Vater für dieses kleine Paradies hier war! Er war es gewesen, der Jonas auf dieses Haus aufmerksam gemacht hatte. Es war umgeben von Wald und Wiesen und nur selten verirrten sich Spaziergänger hierher. Es war der einzige Ort, an dem Jonas richtig abschalten und entspannen konnte. Er hoffte nur, dass er sich hier weiterhin die Presseleute vom Hals halten konnte. Sonst wäre es vorbei mit dieser himmlischen Ruhe.

Mit den zwei Zimmern, dem Bad und der kleinen Küche war das Haus nicht besonders groß. Doch für Jonas war es perfekt. Sein Vater kannte den Vorbesitzer, der aus beruflichen Gründen hatte umziehen müssen und gemeinsam mit Justus hatten sie es renoviert.

Eigentlich hatte er sich immer einen Hund gewünscht, der ihn auf seinen langen Spaziergängen begleitete. Doch dafür war er im Moment einfach zu viel unterwegs. Vielleicht später irgendwann …

Jonas trat vor die Tür und sog tief die frische Luft ein. Ein Spaziergang würde ihm jetzt tatsächlich guttun und hoffentlich sein ewiges Gedankenkarussell zum Schweigen bringen.

Kapitel 7

Luisa warf einen Blick auf ihr Handy. Schon wieder. Bereits dreimal schon hatte sie die Nummer von 007 eingetippt und es sich wieder anders überlegt.

Genervt von ihrer eigenen Unentschlossenheit stöhnte sie auf und nahm einen kräftigen Schluck von ihrem Kaffee. Schließlich stand sie auf und wanderte unruhig im Zimmer auf und ab, bevor sie die Terrassentür öffnete und hinaus an die frische Luft trat.

»Jetzt stell dich doch nicht so an! Es ist nur ein Anruf. Da ist überhaupt nichts dabei!«, schimpfte sie mit sich selbst.

Ihre Wangen fingen an zu glühen und ihr Bauch kribbelte vor Aufregung. Warum nur war sie so nervös? Das war doch sonst auch nicht ihre Art. Schlimmer als das Date mit diesem Möchtegern Mr. Grey konnte es wohl kaum werden.

Wie gerne wäre sie in diesen Dingen so entspannt und optimistisch wie ihr Vater. Luisa musste zugeben, dass sie nach dem virtuellen Geplauder mit 007 eine gewisse Erwartung an diesen Fremden hatte.

Ihre Vorstellungskraft schuf in Gedanken einen Mann mit eindringlichen Augen, attraktiv, mit kleinen Schwachstellen, charmant und ein wenig geheimnisvoll. Einer, der wohlüberlegt handelte und genau darüber nachdachte, bevor er etwas sagte. Harte Schale, weicher Kern.

Oh Gott! Was für ein Klischee!

Sie schüttelte den Kopf über ihre eigenen, absurden Gedanken. Luisa war schließlich nicht auf der Suche nach dem Mann fürs Leben. Es war nur ein harmloser Flirt über das Internet und genau daraus würde sie das Beste machen. Einfach ein bisschen Spaß haben.

Sie rieb sich die Stirn. Dann straffte sie ihre Schultern und ging zurück ins Wohnzimmer. Entschlossen griff sie nach dem Handy, das sie vorhin sorgsam auf dem Tisch platziert hatte. Ihre Hände zitterten leicht und fühlten sich eiskalt an, so aufgeregt war sie.

»Jetzt ruf ihn schon an!«, ermutigte sie ihre innere, rebellische Stimme.

»Also schön. Was ist schon dabei?«, versuchte sie sich selbst zu beruhigen und tippte die Nummer auf dem Display.

Bevor sie auf den grünen Hörer drückte, verglich sie noch drei weitere Male die Zahlen mit denen, die sie auf dem gelben Zettel notiert hatte. Als das Freizeichen ertönte, schlug ihr Herz sofort ein paar Takte schneller.

Ihr Blick fiel auf die Uhr. Es war kurz vor elf. Vielleicht schlief er am Wochenende gerne länger. Was, wenn sie ihn nun aufweckte? Womöglich sollte sie besser wieder auflegen.

»Hallo?«

Zu spät.

Die samtige Stimme, die sich ein klein wenig heiser anhörte, gehörte definitiv einem Mann. *007.*

Jeder Muskel in ihrem Körper verspannte sich. Luisa öffnete den Mund. Doch heraus kam kein einziges Wort.

»Hey, soll das ein Scherz sein? Ist da jemand?« Er klang ein wenig genervt.

»007?«, fragte sie vorsichtig und blinzelte. »Hier ist L.A. Woman.« Luisa räusperte sich verlegen. Was sollte sie nur sagen? Sie war doch sonst nicht auf den Mund gefallen!

»L.A. Woman.« Es hörte sich an, als würde er lächeln. »Ich freue mich, deine Stimme zu hören. Wenn ich ehrlich bin, habe ich mit deinem Anruf gar nicht mehr gerechnet.«

Luisa umklammerte ihr Telefon und schloss für einen Moment die Augen. Das klang nicht besonders vielversprechend.

»Aber ich habe gehofft, dass du dich meldest. Unser Gespräch und deine Fragen haben mich ganz schön neugierig gemacht und die ganze Zeit über habe ich mich gefragt, wie wohl deine Stimme klingen mag und zu welchem Typ Frau sie gehört.«

Erleichtert atmete sie auf. Hoffentlich hatte er ihre Aufregung nicht mitbekommen! Sie nahm ihren ganzen Mut zusammen. Schließlich war sie kein Schulmädchen mehr.

»Mir ging es nicht anders. Deine Antworten auf meine Fragen haben mir gefallen. Machst du so etwas eigentlich öfter?«

»Was meinst du?«

Sie biss sich auf die Unterlippe. »Na ja … Baggerst du öfter Frauen über das Internet an?«

Ob diese Frage eine gute Idee gewesen war? Doch Luisa wollte es wissen, auch wenn sie nicht sicher sein konnte, dass er ihr die Wahrheit sagte.

»Nein. Tatsächlich war das mein erstes Mal.« 007 klang amüsiert. »Was ist mit dir?«

Luisa schüttelte den Kopf. Dann fiel ihr ein, dass er das ja nicht sehen konnte. »Eigentlich flirte ich sonst nicht über das Internet.«

»Du flirtest also mit mir?«

Sein heiseres Lachen gefiel ihr und machte sie gleichzeitig verlegen.

»Das wäre durchaus möglich.«

»Und was war an diesem Freitagabend so furchtbar? Du hattest geschrieben, dass du einen anstrengenden Tag hinter dir hattest.«

Sie war überrascht, dass er das noch wusste. Für einen Moment zögerte sie, doch dann erzählte Luisa ihm von dem missglückten Date mit Mr. Grey und stellte überrascht fest, dass ihr sein wirklicher Name gar nicht mehr einfiel.

007 schien sich sehr über ihre Geschichte zu amüsieren. »Oh je. Dann rechne ich es dir aber hoch an, dass du mir überhaupt geantwortet hast.«

Wieder dieses heisere Lachen, das dieses Mal für ein angenehmes Kribbeln in ihrer Bauchgegend sorgte.

»Also muss ich bei dir keine Angst haben, dass du insgeheim den Wunsch hegst, mich übers Knie zu legen?«

»Ganz sicher nicht«, sagte er mit gespieltem Entsetzen.

»Soll ich dich eigentlich weiter einfach 007 nennen oder verrätst du mir, wie du im wirklichen Leben heißt?«

Täuschte sich Luisa, oder zögerte er einen Moment?

»Jonas. Was ist mit dir, L.A. Woman?«

»Im realen Leben heiße ich Luisa.«

»Schöner Name, gefällt mir.«

Sie lächelte. Luisa mochte seine Stimme. Sie mochte ihn.

»Warum warst du am Freitag eigentlich in diesem Chatroom unterwegs, wenn du ansonsten nicht über das Internet flirtest?«, fragte sie weiter.

»Das war mehr oder weniger Zufall. Ich war die letzte Zeit beruflich sehr eingespannt und hatte nur wenig Gelegenheit für persönliche Gespräche. Dann bin ich irgendwie auf dieser Plattform gelandet.«

»Was machst du denn beruflich?«

Er antwortete mit einem kurzen Schweigen.

»Entschuldige. Das war wohl keine gute Frage.«

»Nein, schon okay.« Sein Tonfall verriet allerdings, dass er das genaue Gegenteil meinte. »Ich spreche nur nicht gerne über die Arbeit«, lenkte er ein. »Mein Job ist einfach anstrengend und gerade bin ich froh, wenn ich mir keine Gedanken darüber machen muss.«

»In Ordnung. Aber bitte versichere mir, dass du nicht als Drogendealer tätig bist, oder Auftragskiller oder so …?«

Er lachte wieder. »Nein, ganz sicher nicht. Das, was ich mache, ist legal, nur sehr stressig, auch wenn viele das vielleicht anders sehen.«

Luisa war beruhigt, auch wenn sie nicht mit Sicherheit wusste, ob Jonas ihr die Wahrheit sagte. Im Hintergrund nahm sie leise Musik wahr. Frank Sinatra, wenn sie sich nicht irrte.

»Gerade klingst du auf jeden Fall entspannt. Du hörst doch Sinatra, wenn du abschalten willst?«

»Daran erinnerst du dich?«

»Ich erinnere mich an jedes einzelne Wort, dass du geschrieben hast.« Luisa biss sich auf die Lippe. Hoffentlich war das eben nicht zu gewagt gewesen.

»I've got you under my skin …«

Jonas sang die ersten Zeilen von Sinatras Klassiker und Luisa war überrascht, wie großartig seine Stimme klang, wenn er sang. Die Härchen auf ihren Armen stellten sich auf und sie wünschte sich, er würde vor ihr stehen, statt einfach nur mit ihr zu telefonieren.

Sie schloss ihre Augen und lauschte seinen Worten und der Melodie. Ob sie ihr galten? Etwas an dieser seltsamen Situation ließ Luisa mutiger werden.

»Ich musste die ganze Zeit an dich denken«, sagte sie leise.

»Mir ging es genauso«, gab er zu. »Du bist mir einfach nicht mehr aus dem Kopf gegangen und ständig hab ich mich gefragt, ob du mich anrufen wirst.«

»Dabei kennen wir uns doch eigentlich gar nicht.«

»Aber es fühlt sich nicht so an. Obwohl wir einander noch nie begegnet sind, wirkst du so ganz und gar nicht fremd auf mich. Verrückt, oder?«

Hitze stieg in ihre Wangen. »Ja, irgendwie schon.«

Er räusperte sich. »Und was machen wir jetzt?«

»Ich bin nicht auf der Suche.«

»Auf der Suche nach was?«, wollte er wissen.

»Ich bin nicht auf der Suche nach der großen Liebe«, sagte sie eine Spur zu laut.

»Das bin ich auch nicht,« versicherte er.

Luisa war sich nicht sicher, ob sie erleichtert über seine Antwort sein sollte oder sich in Wirklichkeit etwas anderes erhofft hatte.

»Das hier ist nur ein Flirt. Das ist dir klar, oder?«, sagte sie mehr zu sich selbst.

»Nur ein Flirt.« Wieder klang Jonas, als würde er lächeln.

Erheiterung flackerte in ihren Augen auf.

»Rufst du mich wieder an?« Seine Frage hörte sich eher wie eine Bitte an.

»Ja, ich ruf dich wieder an.«

»Versprochen?«

»Versprochen«, sagte sie sanft.

»Ich freue mich, bald wieder deine Stimme zu hören. Tut mir leid, aber ich muss jetzt los. Ich bin gleich noch verabredet. Bis dann, Luisa.«

Die Art und Weise, wie er ihren Namen sagte, bescherte ihr eine ordentliche Gänsehaut.

»Bis dann«, flüsterte sie kaum hörbar zurück.

Jonas hatte bereits aufgelegt.

Ein wenig enttäuscht über das abrupte Ende des Gesprächs starrte sie noch einen Moment auf ihr

Handydisplay. Dabei fiel ihr ein, dass sie ganz vergessen hatte, ihre Nummer zu unterdrücken. Nun lag es nicht mehr allein bei ihr, wie sich die Sache weiterentwickelte. Jonas konnte ebenfalls die Initiative ergreifen und Interesse zeigen. Der Gedanke gefiel ihr.

Sie schloss für einen Moment die Augen und ließ das Gespräch noch einmal Revue passieren. Er war ihr auf jeden Fall sympathisch und seine Stimme ließ ihr Herz schneller schlagen, als ihr lieb war. Mit wem er wohl verabredet war? Ob er sich mit einer Frau traf?

Luisa verfluchte sich für diese kindische Eifersucht. Es war nur ein Flirt zwischen ihnen beiden. Das hatte sie selbst gesagt. In diesem Moment tobten so viele Gedanken und Gefühle durch ihren Körper, dass ihr ganz schwindelig wurde.

Einen Augenblick später zog sie ihre Laufschuhe an und rannte los, so lange, bis ihre Lunge brannte und sie vollkommen außer Atem war. Ihr Gedankenkarussell beruhigte sich allmählich, doch ihr Herz wollte sich einfach nicht entspannen. Es hämmerte wild in ihrer Brust.

Als in diesem Moment ihre Playlist auch noch *One fine day* zum Besten gab, blieb sie wütend stehen und riss sich die Stöpsel aus den Ohren. Sie ließ sich auf eine der Sitzbänke an der Donau plumpsen.

Wie kam ausgerechnet dieses Lied auf ihre Playlist? Unwillkürlich dachte sie an Christopher. An den ersten Kuss und das erste Mal, als sie mit ihm geschlafen hatte. Und auch an das ewige Gefühl, seinen Ansprüchen und denen seiner Familie nicht zu genügen.

One fine day war ihr Lied gewesen. Zumindest hatte Christopher das eines Tages beschlossen. Vermutlich hörte er es jetzt mit Elena, seiner ersten großen Liebe, die überraschend wieder in sein Leben gestolpert und der Grund für ihre Trennung gewesen war. Oder einer der Gründe. Mit ziemlicher Sicherheit waren seine Eltern mit dieser Wahl viel glücklicher, da Elena im Gegensatz zu Luisa ebenfalls aus einem vornehmen Zuhause stammte. Nicht selten hatte sie sich bei den Familienfeiern wie der letzte Trampel gefühlt, woran Christophers Mutter nicht ganz unschuldig gewesen war. Sie hatte nie einen Hehl daraus gemacht, wie wenig sie von der Buchhändlerin an der Seite ihres Filius' hielt.

Zur Hölle, nein!

Sie sprang auf die Beine. Luisa wollte nicht länger zulassen, dass ihr die Vergangenheit das Leben schwer machte. Ihre Wut und Traurigkeit verpufften, als sie an den Flirt mit Jonas dachte. Warum sollte sie sich nicht einfach darauf einlassen und schauen, was passierte? Anscheinend war sie selbst diejenige, die ihren eigenen Gefühlen nicht über den Weg traute.

Sie legte den Kopf in den Nacken und starrte in den wolkenverhangenen Himmel. Leichtigkeit. Das war es, was ihr im Leben fehlte. Sie beschloss, endlich einmal locker zu lassen. Wie gerne wollte sie sich wieder einmal so richtig lebendig fühlen!

Luisa bog um die Ecke und nahm zwei Stufen auf einmal, als sie zu ihrer Wohnung zurückkehrte. Wie sollte so etwas leichter gelingen als mit einem harmlosen Flirt?

Sie spürte Erleichterung, doch gleichzeitig fühlte sie sich ein wenig verwirrt. Hoffentlich würde eine kalte Dusche gleich wieder für einen klaren Kopf sorgen. Die Dinge würden sich schon fügen. Oder wie hatte Jonas geschrieben? Alles passiert aus einem bestimmten Grund.

Kapitel 8

Als er in dem dunklen Zimmer erwachte, wusste er für einen kurzen Augenblick nicht, wo er war. Jonas drehte sich auf den Rücken und schaute hinaus zum Fenster, in die dunkle Nacht, wie er es als Kind oft getan hatte, wenn er nicht schlafen konnte.

Er fröstelte und seine Hände tasteten nach der Decke, die er wahrscheinlich wieder aus dem Bett gestrampelt hatte. Ein Blick auf seinen Wecker verriet ihm, dass es erst fünf Uhr am Morgen war.

Doch mit einem Mal fühlte er sich hellwach. Ganz deutlich spürte er den Puls in Armen und Beinen. Er streckte seine Hände aus und schloss für einen Moment die Augen.

Sie hatte ihn gestern tatsächlich angerufen. L.A. Woman. Luisa. Die Erinnerung an ihre weiche Stimme ließ ihn lächeln. Nachdem die erste Unsicherheit ihrerseits verflogen war, hatte sie mit ihm geflirtet. Eindeutig.

Dabei fiel ihm ein, dass er trotz des Gesprächs kaum etwas über sie wusste. Er kannte ihren Namen. Doch er hatte keine Ahnung, wie alt sie war, was sie beruflich machte oder wie sie aussah. Spielte das überhaupt eine Rolle? Er wollte sie ja gar nicht treffen, oder?

Jonas schüttelte den Kopf über seine eigenen Gedanken. Ein harmloser Flirt über das Internet. Mehr war das nicht zwischen Ihnen. Das hatte Luisa selbst gesagt. Vielleicht sollte er die Sache genießen, solang sie dauerte.

Dumm nur, dass er an nichts anderes mehr denken konnte. Luisa war in jeder Minute präsent. Sogar sein Vater hatte gestern bei einem langen Spaziergang im Wald wissen wollen, wo er ständig mit seinen Gedanken war. Zuerst hatte Jonas ihm von ihr erzählen wollen, es sich jedoch anders überlegt und die Arbeit als Grund vorgeschoben. Doch sein Papa hatte nur genickt und wissend gelächelt. Jonas wusste, dass er ihm so leicht nichts vormachen konnte. Solang er nicht wusste, wohin das Ganze führte, wollte er nicht darüber reden. Wollte er überhaupt, dass es irgendwohin führte?

Mit einem Ruck stand er auf, öffnete das Fenster und die kühle Morgenluft schlug ihm entgegen. Er atmete tief durch, bevor er in sein T-Shirt und die ausgeleierte Jogginghose schlüpfte, die er nur trug, wenn er zu Hause war.

Routiniert schaltete er zuerst die Kaffeemaschine ein, bevor er sich das Gesicht wusch und die Zähne putzte. Mit hochgezogenen Augenbrauen musterte er sein Gegenüber im Spiegel. Eine Rasur würde auch nicht schaden. Doch dazu hatte er gerade keine Lust.

Mit einer Tasse Kaffee in der Hand machte er es sich auf seinem Küchensofa gemütlich. Hunger hatte er keinen. Um diese Uhrzeit bekam er einfach nichts hinunter.

Sein Blick fiel auf das Handy, welches seit dem Telefonat mit Luisa immer noch auf dem Tisch lag. Jonas klickte durch seine Anruferliste, die bei ihm sehr kurz ausfiel, da bis auf seine Familie, Justus und seinen Manager, niemand seine private Nummer hatte. Und da war sie. Luisas Handynummer.

Nun musste er nicht mehr darauf warten, dass sie sich meldete. Genauso gut konnte er nun die Initiative ergreifen. Es war merkwürdig. Doch bei dem Gedanken schlug sein Herz mit einem Mal viel schneller. Ob sie noch schlief? Er legte sein Telefon beiseite und trank noch einen Schluck Kaffee.

Im Haus war es still. Zu still für seinen Geschmack. In seinem Kopf hingegen wurden die Gedanken immer lauter. Als er es nicht mehr aushielt, drehte er die Stereoanlage auf und atmete tief durch. Die Musik würde ihm helfen, seine Gefühle zu ordnen.

Doch dann erfüllte Sinatras Stimme den Raum. »I've got you under my skin«, sang dieser aus voller Kehle und sofort musste Jonas wieder an Luisa denken.

Hey Luisa, bist du schon wach?

Ganz wie von selbst hatten seine Finger die Nachricht getippt. Von einem wohligen Schauer der Vorfreude ergriffen, stellte er fest, dass Luisa dabei war, ihm sofort zu antworten.

Guten Morgen! Ich bin schon seit einer gefühlten Ewigkeit wach! Irgendwie konnte ich nicht schlafen. Ich musste die ganze Zeit an dich und unser Gespräch gestern denken …

Jonas lächelte, während er fieberhaft überlegte, was er ihr antworten könnte.

Da geht es mir wie dir. Ich höre übrigens gerade Sinatra. I've got you under my skin. Es tut mir leid, dass ich unser Telefonat gestern so abrupt beenden musste.

Schon okay.

Täuschte er sich, oder spürte er einen Anflug von Enttäuschung in der kurzen Antwort? Jetzt hatte er das Bedürfnis, sich zu erklären.

Ich war mit meinem Vater verabredet. Wir haben uns lange nicht gesehen, da ich in letzter Zeit beruflich viel unterwegs war. Was machst du heute denn noch so?

Jetzt werde ich erst mal gemütlich frühstücken und später muss ich noch zur Arbeit. Vermutlich werde ich dabei immer wieder an dich denken. :)

Dieser Satz entlockte ihm ein Lächeln.

Eigentlich wissen wir doch überhaupt nichts voneinander.

Gestern hatte ich nicht das Gefühl, dass dich das stört. Warst nicht du derjenige, der den Fragen nach seinem Job ausgewichen ist?

Möglich. Aber immerhin kennst du mein Lieblingsessen und meine Lieblingsmusik. Ich hingegen weiß gar nichts von dir, nur deinen Namen.

Ich habe keine Ahnung, wie alt du bist, wie du aussiehst, was du so treibst …

Ist das denn wichtig?

Woher soll ich wissen, dass es sich bei dir nicht um eine Auftragskillerin handelt oder du vielleicht sogar noch minderjährig bist?

Diesmal ließ sich Luisa mit ihrer Antwort Zeit.

Hatte er die falsche Frage gestellt oder war sie tatsächlich noch recht jung?

Eine Viertelstunde später kam endlich eine Reaktion.

Sorry, ich war kurz unter der Dusche.

Na toll, jetzt hatte L.A. Woman auch noch sein Kopfkino angeschaltet und sein Körper entwickelte unanständige Ideen. Dabei kannte er sie doch überhaupt nicht!

Also gut, was willst du wissen?

Alles. :) Nein, quatsch. Aber mich würde tatsächlich interessieren, wie alt du bist und wie du aussiehst.

Jonas verfluchte sich für seine dämlichen, einfallslosen Fragen. Aber er wollte es einfach wissen.

Ich bin 33 Jahre alt, braune Haare, blaue Augen. Wenn du dir ein
genaues Bild von mir machen willst, musst du mich schon persönlich
treffen.

Meinte sie das ernst?

Nun wusste Jonas nicht recht, was er darauf antworten sollte. Ein Treffen kam für ihn nicht in Frage, oder? Er beschloss die Anspielung, einfach zu ignorieren.

Hey, ich bin nur zwei Jahre älter als du. Was das angeht, brauchen wir
uns also schon mal keine Gedanken zu machen.

Hast du vielleicht Lust, dass wir heute Abend miteinander telefonieren?
Jetzt muss ich für die Arbeit noch etwas vorbereiten. Deshalb habe ich
gerade nicht so viel Zeit. Ich würde total gerne deine Stimme hören.

Ja, sicher. Ich melde mich bei dir, wenn ich zu Hause bin.

Jonas wollte sich gerade verabschieden, als er sah, dass Luisa noch eine Nachricht tippte.

Jonas?

Hm?

I've got you under my skin.

Jonas sog scharf die Luft ein, als er es endlich schaffte, sein Handy aus der Hand zu legen. Er starrte eine Ewigkeit aus dem Fenster und schüttelte dann den Kopf.

Niemals in hundert Jahren hätte er damit gerechnet, dass ihn ein harmloser Flirt derart aus der Fassung bringen konnte.

Wieder versuchte er, sich Luisa vorzustellen. Doch es gelang ihm nicht. Er bekam kein Bild von ihr in seinen Kopf. Trotzdem schlug sein Herz ein paar Takte schneller, wenn er an sie dachte.

Sollte er sie einfach um ein Date bitten? Regensburg war nicht aus der Welt. Wie gerne würde er mehr über sie erfahren.

Da kam ihm die Idee, einfach Mister Google um Rat zu fragen. Doch wonach sollte er suchen? Er wusste kaum etwas über sie. Er gab Luisa und Regensburg in die Suchmaschine ein. Doch das Internet spuckte nur diverse Einkaufsmöglichkeiten aus. Auf Facebook oder Instagram nach ihr zu suchen, konnte er vergessen. Die Verantwortung für seinen offiziellen Account hatte er auf Drängen seines Managers an einen Profi übergeben und einen privaten Account besaß er nicht. Bis jetzt hatte er das immer als reine Zeitverschwendung gesehen.

Jonas trank einen Schluck von seinem Kaffee, der längst kalt geworden war.

Erschrocken fuhr er herum, als jemand wild gegen die Fensterscheibe trommelte. Justus grinste ihm entgegen. Der hatte ihm jetzt gerade noch gefehlt. Sein Freund wedelte mit den Armen, was wohl bedeuten sollte, ihm endlich die Tür aufzumachen.

»Ich hab schon zig Mal geklingelt und auf deinem Handy angerufen. Aber bei dem Krach ist es kein Wunder, wenn du nichts hörst.« sagte er, als er das Haus betrat.

»Kein Krach, Justus. Das ist der gute alte Frank, der da singt.«

Sein Freund zuckte gleichgültig die Schultern, bevor er sich auf dem Sofa niederließ und neugierig auf den Bildschirm glotzte.

»Luisa, Regensburg«, las er laut. »Wen oder was stalkst du denn da?«

Jonas verdrehte genervt die Augen. Gerade hatte er echt keine Lust, Justus von ihr zu erzählen. »Wo hast du dein Auto abgestellt?«, wollte er stattdessen wissen und hatte leichte Panik, dass die Luxuskarre seines Kumpels unerwünschte Aufmerksamkeit auf sich ziehen würde. Er hatte keine Lust, dass jemand von der Presse hier auftauchte. Dann wäre es vorbei mit seiner Ruhe.

»Keine Angst. Ich bin mit dem Bus gefahren und das ganze Stück zu dir gelaufen.« Er nahm seine Mütze vom Kopf, die er sich tief in die Stirn gezogen hatte, vermutlich um von niemanden erkannt zu werden. »Ist ganz schön weit. Warum musst du auch so weit draußen wohnen?«

Justus war ein Stadtkind. Durch die Hektik und Geschäftigkeit einer großen Stadt fühlte er sich erst so richtig lebendig.

»Hast du noch Kaffee da?«

»Was verschafft mir die Ehre deines Besuchs? Hast du gerade keine Frau, mit der du dir die Zeit vertreiben kannst?«, fragte Jonas, während er seinem Freund die Tasse vollmachte.

Justus scheute sonst den Weg zu ihm nach draußen und hatte es im Erfinden von Ausreden zu einer wahren Meisterschaft gebracht.

Einen Moment lang saß Justus verlegen da, wandte den Blick ab und schaute aus dem Fenster. »Eigentlich ist es gar nicht so übel hier«, murmelte er, »so ruhig.«

Für seine Verhältnisse war er seltsam still. Normalerweise quasselte er ununterbrochen, so bald er einen Raum betreten hatte. Doch jetzt gerade benahm er sich so untypisch, dass Jonas sich fast ein wenig Sorgen um ihn machte.

Misstrauisch legte er den Kopf schief. »Was ist los mit dir, Justus?«

Auf die Frage drehte er sich um, sein Lächeln war verrutscht und die Stirn lag in nachdenklichen Falten. »Ich hab einen Korb bekommen.«

Jonas konnte nicht anders. Er musste einfach lachen.

Selbst wenn er angestrengt nachdachte, konnte er sich nicht daran erinnern, dass jemals eine Frau Justus hatte abblitzen lassen. Selbst wenn, hätte Jonas niemals damit gerechnet, dass es dem Ego seines Freundes einen so großen Stich versetzen würde.

»Jaja, lach du nur.« Sein Tonfall ließ keinen Zweifel daran, wie sehr er sich über diese Reaktion ärgerte.

Jonas riss sich zusammen und musterte ihn vorsichtig aus den Augenwinkeln. Justus schien ernsthaft niedergeschlagen. »Tut mir leid, Mann.« Er legte freundschaftlich die Hand auf seine Schulter, bevor er sich neben ihn setzte. »Magst du reden?«

»Was glaubst du, warum ich den ganzen Weg zu dir in die Pampa gekommen bin?«

Schmunzelnd nahm Jonas einen Schluck Kaffee und war gespannt, welche Frau seinem besten Freund solche Kopfschmerzen bereitete.

»Ich muss arbeiten und jetzt geh mir endlich aus dem Weg, hat sie gesagt, nachdem ich sie um ein Date gebeten habe. Das war alles. Ist das zu fassen?«

Jonas hatte aufmerksam zugehört und glaubte sich zu erinnern, dass sein Kumpel, die attraktive Barista aus seinem Lieblingscafé, schon einmal erwähnt hatte. Jedoch überraschte es ihn, dass Justus deshalb so niedergeschlagen war.

»Ich finde sie ziemlich attraktiv, okay?«, rechtfertigte dieser sich. »Schon als ich mir dort das erste Mal einen Kaffee geholt habe.«

»Und jetzt gibst du auf, nur weil sie dir einmal einen Korb gegeben hat?«

Justus schüttelte den Kopf. »Es hat doch keinen Sinn. Außerdem renn ich keiner Frau hinterher. Zugegeben, Jana ist echt süß. Aber wenn ich will, dann kann ich zehn Frauen an einem Finger haben.«

Beinahe hätte Jonas sich an seinem Kaffee verschluckt. »Hast du schon mal überlegt, dass deine Bescheidenheit der Grund für ihre Reaktion sein könnte?«

Justus zog einen Schmollmund und es schien, als würden sich die Gedanken in seinem Kopf überschlagen. »Womöglich hast du recht. Vielleicht muss ich bei ihr die Sache anders angehen.« Die unterschiedlichsten Gefühle spiegelten sich in seinem Blick wider. Er umarmte Jonas kurz und starrte dann wieder auf den Bildschirm.

Mist, Jonas hatte ganz vergessen, seinen Laptop herunterzufahren.

»Na schön. Erzählst du mir jetzt, was bei dir los ist? Oder muss ich dir alles einzeln aus der Nase ziehen?«

Jonas gab sich geschlagen. »Ich habe L.A. Woman gegoogelt, okay? Sie heißt Luisa und wohnt in Regensburg.«

Stirnrunzelnd starrte Justus ihn an und wartete auf eine weitere Erklärung.

»Wir haben telefoniert und ein wenig über WhatsApp hin und her geschrieben.« Er spürte, wie seine Wangen heiß wurden. Sein Magen verkrampfte sich ein wenig, doch er zwang sich zu einem Lächeln. Obwohl Justus zu seinen engsten Vertrauten zählte, war es ihm peinlich.

»Oh mein Gott!«

Der schockierte Ton in seiner Stimme, ließ Jonas für einen Moment zusammenzucken.

»Du bist in sie verknallt!«

»So ein Blödsinn. Was redest du da?« Wenig überzeugend schüttelte er den Kopf.

»Alter, du kannst mir nichts vormachen. Wie lange kennen wir uns jetzt? Mensch, du verliebst dich in eine Frau, die du überhaupt nicht kennst. Wie verrückt ist das denn?«

»Dein Taktgefühl in allen Ehren, Justus.« Er lächelte. »Ich finde sie einfach nur sympathisch, okay?«

»Ja, ja schon klar. Deshalb leuchtest du auch wie eine Tomate, wenn du ihren Namen erwähnst, und bekommst diesen schmachtenden Gesichtsausdruck.« Jonas blieb ihm eine Antwort schuldig.

Sein Freund musterte ihn genau. »Du hast Angst«, stellte er ganz nüchtern fest und sah Jonas fest in die Augen. »Du hast Angst davor, dich wieder zu verlieben.«

Kapitel 9

Bereits zum dritten Mal drückte Luisa auf die Klingel. Ein wenig genervt verdrehte sie die Augen. Das war wieder typisch. Langsam wurde der Korb mit der selbstgebackenen Rosmarinfocaccia und der riesigen Schüssel Tortellinisalat schwer in ihrer Hand.

Seufzend stellte sie ihn vor der Haustür ab und kramte ihr Handy aus der Tasche. Genau in diesem Moment ging die Tür auf.

»Sorry, Luisa. Wir sind wieder mal spät dran.« Betty hob entschuldigend die Arme. »Komm doch kurz mit rein. Conny braucht noch einen Moment.«

Nachdem sie Betty zur Begrüßung umarmt hatte, folgte sie ihr in die Küche und ließ sich auf einen der weißlackierten Stühle sinken. Ihr Blick fiel auf ein blaues Tablett aus Holz, das vor dem Fensterbrett stand und auf dem kleine Gläser mit einer dunklen Creme und einem Klecks Sahne arrangiert waren.

»Oh, lecker! Du hast deine berühmte Schokoladenmousse gemacht«, stellte Luisa erfreut fest.

»Hier.« Grinsend stellte Betty eines der Gläser vor ihr auf den Tisch und reichte Luisa einen kleinen Löffel dazu. »Du kannst gerne schon mal probieren, ob sie so gut schmeckt wie immer. So wie es aussieht, dauert es wohl noch, bis wir bei deinem Paps etwas zu Essen kriegen.«

Schon seit einer Woche freuten sich die drei Freundinnen auf den Grillabend bei Luisas Vater und dessen Lebensgefährtin.

Gierig machte sich Luisa über das Dessert her. »Köstlich«, nuschelte sie mit vollem Mund. Mit dem Finger zeigte sie Richtung Badezimmer. »Was treibt Conny bloß so lange da drin?«

Betty seufzte. »Glaub mir, das frage ich mich auch jedes Mal, wenn wir etwas vorhaben.« Sie lachte. »Dabei benutzt sie nicht mal Make-up. Ich weiß auch nicht, warum sie trotzdem doppelt so lange im Bad braucht wie ich.«

Luisa fragte sich oft, wie zwei dermaßen unterschiedliche Menschen wie Conny und Betty eine solch harmonische Liebesbeziehung führen konnten, ohne den Wunsch zu verspüren, sich gegenseitig an die Gurgel zu gehen.

Im Gegensatz zu der burschikosen Conny mit den kurzen, strohblonden Haaren, die sich nie schminkte und Dinge grundsätzlich auf den letzten Drücker erledigte, sah Betty aus, als wäre sie einem angesagten Modemagazin entsprungen. Ihr langes dunkles Haar schmiegte sich wie schwarze Seide an ihren Rücken und den dunklen Teint sowie ihr spanisches Temperament hatte sie ihrer Mutter zu verdanken. Außerdem war Betty die Pünktlichkeit in Person und liebte ihre seitenlangen To-Do-Listen genau so sehr wie Make-up und trendige Klamotten.

Ständig räumte Betty ihrer Lebensgefährtin hinterher. Denn außerhalb der Buchhandlung hielt Conny nicht viel von

Ordnung. Trotzdem konnte Luisa sich nicht daran erinnern, dass Betty sich jemals über ihre Liebste beschwert hatte. Als sie bei Conny im Laden angefangen hatten, waren die beiden bereits ein Paar gewesen. Das war jetzt über fünf Jahre her. Conny ohne Betty war unvorstellbar. Mehr als einmal hatte sie die beiden um ihre Liebe zueinander beneidet. Ob sie in ihrem Leben wohl auch noch einmal so viel Glück haben würde?

Als ihr Handy in der Tasche vibrierte, fischte sie es heraus und lächelte, während sie gedankenverloren aufs Display starrte. In den letzten beiden Wochen war kein Tag vergangen, an dem sie nicht eine gefühlte Ewigkeit mit Jonas telefoniert oder Nachrichten hin- und hergeschickt hatte.

Bin unterwegs.

Das war wohl die kürzeste WhatsApp, die sie je von ihm bekommen hatte. Ein bisschen mehr hatte sie schon erwartet, wenn sie ehrlich war. Aber vielleicht war er gerade einfach nur beschäftigt.

Betty setzte sich auf den freien Stuhl gegenüber. »Lass mich raten? Eine Nachricht von 007? Conny hat mir das mit deinem Internetflirt verraten. Ich hoffe, das ist okay für dich?«

Luisa nickte, während sie ihr Telefon zurück in die Handtasche steckte. Vielleicht würde sie ihn nach dem Grillabend bei ihrem Vater noch anrufen.

»Meinst du nicht, dass das ein bisschen gefährlich werden könnte? Schließlich kennst du den Typen überhaupt nicht.

Was weißt du denn schon über ihn?«, äußerte Betty ihre Bedenken.

Luisa verdrehte die Augen. Tatsächlich wusste sie so gut wie nichts über Jonas. Dennoch hatte sie ein gutes Gefühl und das würde sie nicht täuschen, oder?

»Gefährlicher als die Blind Dates, die ihr für mich bisher organisiert habt, wird Jonas wohl kaum sein. Oder erinnerst du dich etwa nicht mehr an Christian Grey, mit dem ihr mich allein im *Biasinis* gelassen habt?«

»Er heißt Alexander. Außerdem haben Conny und ich uns schon so oft bei dir entschuldigt, inklusive der Orecchiette Pomodori bei Sofia, falls ich dich daran erinnern darf.« Ihr entschlüpfte ein Kichern. »Obwohl du ihn so hast abblitzen lassen, scheinst du mächtig Eindruck auf ihn gemacht zu haben. Er hat nach dir gefragt. Und das nicht nur einmal.«

Luisa verschluckte sich an ihrer Schokoladencreme. »Das ist jetzt nicht dein Ernst, oder?«

Betty umklammerte die Stuhllehne hinter ihr und bemühte sich um eine neutrale, konzentrierte Miene. Es schien sie einiges an Mühe zu kosten, nicht auf der Stelle loszulachen. »Keine Sorge. Ich habe ihm erzählt, dass du jemanden kennengelernt hast.« Jetzt prustete sie doch los. »Allerdings fällt es mir schwer, ihn bei der Arbeit ernst zu nehmen. Bei jedem Meeting sehe ich ihn jetzt in schwarzem Leder vor mir und jedes Mal, wenn unser Chef fragt, was los ist, breche ich in schallendes Gelächter aus. Hoffentlich wird mir das nicht zum Verhängnis.«

Ebenfalls kichernd kratzte Luisa die Reste des köstlichen Desserts aus dem Glas.

Ihre Gedanken wanderten wieder zu Jonas. Ob ein Date mit ihm auch in einem derartigen Reinfall enden würde? Daran wollte sie lieber gar nicht erst denken.

Seine Stimme jagte ihr jedes Mal einen wohligen Schauer über den Rücken, wenn sie am Telefon miteinander sprachen oder er eine Melodie vor sich hin summte. Obwohl sie ihn nur über das Handy hören konnte, schien dieser Klang jede Ecke des Raumes auszufüllen und sie tief im Herzen zu berühren. Kaum zu glauben, dass er sonst nur unter der Dusche sang, wie er immer wieder beteuerte.

Jemand boxte ihr in den Arm.

»Hey, das gibt bestimmt einen blauen Fleck«, beschwerte sich Luisa.

Conny zuckte lässig die Schultern. »Hast du mich gerade nicht gehört? Wir können los, habe ich aus dem Flur gerufen.« Lachend schüttelte sie den Kopf. »Lass mich raten? Deine Gedankenwelt kreist mal wieder um den geheimnisvollen 007?«

Luisas Wangen glühten und sie bemühte sich um einen gleichgültigen Gesichtsausdruck. Irgendwie war ihr die Schwärmerei für ihre Internetbekanntschaft ein wenig peinlich.

Die beiden Frauen musterten sie aufmerksam und Luisa war dankbar, als Conny das Thema wechselte. »Sofia hat kurzfristig abgesagt. Im Restaurant haben sie gerade viel um die Ohren und ihr Kleiner ist jetzt auch noch krank geworden.«

»Wie schade!« Luisa öffnete ihren Pferdeschwanz, nur um ihn gleich darauf wieder zu einem unordentlichen Dutt zu knoten. Genervt pustete sie sich den Pony aus dem Gesicht. Sie musste dringend zum Friseur. »Ich hätte Sofia gerne mal wieder gesehen. Sie hat mich übrigens an dem besagten Abend gerettet.« Mit dem Finger deutete sie auf Conny und Betty. »Vor euren miserablen Verkupplungskünsten.«

Erheiterung flackerte in Bettys Augen auf. Sie konnte sich immer noch darüber amüsieren. »Ich glaube, wir sollten uns jetzt wirklich auf den Weg machen. Wir sind spät dran. Wie immer.« Sie schenkte Conny einen liebevollen, strengen Blick, die zuckte jedoch nur kurz die Schultern und küsste sie zur Antwort auf den Mund.

»Keine Sorge«, zerstreute Luisa ihre Bedenken, »Paps hat gesagt, er heizt den Grill erst an, wenn wir da sind. Er kennt euch doch.« Sie grinste breit. »Oder vielmehr Conny«, verbesserte sich Luisa schnell, als Betty die Augenbrauen gefährlich nach oben bog. Im Moment hatte sie echt keine Lust auf einen Vortrag ihrer Freundin, warum sie so viel Wert auf Pünktlichkeit legte.

Nachdem endlich alles in Connys winzigem Auto verstaut und der Wagen beim dritten Versuch endlich angesprungen war, fuhren sie los. Luisa konnte es immer noch nicht fassen, dass ihre Freundin sich tatsächlich die alte Schrottkiste von Sofias Nonna hatte andrehen lassen.

»Mamma mia! Was habt ihr denn für ein Problem?«, hatte Nonna geschimpft, als Luisa und Betty ihre Zweifel geäußert hatten. Theatralisch hatte sie die Arme in die Luft gestreckt und wild mit ihren Händen gestikuliert. »Mein Fiat ist so gut wie neu. Aber in der Stadt brauche ich kein Auto. Conny bekommt es zu einem Spottpreis, fast geschenkt sozusagen.«

Luisa wunderte sich jedes Mal aufs Neue, wenn der Wagen doch wieder ansprang. Sofia hatte sie gewarnt, dass das kleine rote Auto ihrer Meinung nach nur noch mit Klebeband und guter Hoffnung zusammenhielt. Doch auch Bettys Einwände hatte Conny völlig ignoriert und die alte Karre in ihr Herz geschlossen.

Ursprünglich hatte Luisa mit dem Bus fahren wollen. Doch Conny war dagegen gewesen. »Mit dem Auto sind wir viel flexibler und müssen nicht den ganzen Kram mit uns herumschleppen.« Das war das entscheidende Argument gewesen und obwohl Luisa sich eigentlich geschworen hatte, nie wieder in diese alte Klapperkiste zu steigen, fand sie sich genau dort wieder.

Betty debattierte mit ihrer Freundin gerade über deren Fahrstil. Der war nämlich genauso miserabel wie der von Sofias italienischer Großmutter. Sie fuhr viel zu schnell und brauste jedes Mal bei dunkelorange noch über die Ampel.

Luisa nutzte den Moment, um Jonas ungestört eine Nachricht zu schreiben, ohne dass ihre Freundinnen sie deswegen aufziehen konnten.

***

Bin unterwegs.

Mehr hatte er nicht geschrieben, als sie ihn fragte, was er heute noch so vorhatte. Es war eine ungewohnt kurze Antwort gewesen. Vielleicht interpretierte Luisa aber auch zu viel hinein und er hatte einfach Stress.

Ich bin mit meinen Freundinnen heute zum Grillen eingeladen. Wird bestimmt lustig. Ich wünschte, du könntest dabei sein. Denk an dich.

Spontan fügte sie ein Herz hinzu.

Nach dem ersten Telefonat hatte sie zu ihrer Überraschung die eigene Unsicherheit überwunden und seitdem flirteten sie heftig miteinander. Einmal hatte sogar eines ihrer Gespräche mit Telefonsex geendet. Die Mischung aus den Cocktails, die sie zuvor mit den Mädels getrunken hatte, und der Erschöpfung eines anstrengenden Tages hatte sie viel zu locker und leichtsinnig werden lassen. Trotzdem war es eine durchaus erotische Erfahrung gewesen, deren Erinnerung ihr immer noch die Schamesröte ins Gesicht trieb. Ob sie nüchtern dafür auch den Mut aufbringen würde?

Leider musste sie zugeben, dass sie sich an all die Nachrichten und die langen Telefonate mit Jonas schon viel zu sehr gewöhnt hatte. Dieser Fremde, der ihr zugleich unheimlich vertraut erschien, brachte ihr Herz schneller zum

Schlagen, als ihr lieb war. Sie ließ ihre Stirn gegen die Scheibe sinken und versuchte, sich auf die vorbeifahrenden Autos zu konzentrieren. Jonas hatte viel Raum in ihrem Leben eingenommen. Ob es ihm umgekehrt genauso ging?

»Schön, dass ihr da seid!« begrüßte sie Helena. Die nur ein Meter sechzig große Gestalt mit den langen Haaren, die mehr grau als blond waren, steckte in einem hellgrünen Kleid mit weitem Rock und lachsfarbenen Ballerinas.

Wie immer durchflutete Luisa ein warmes Gefühl, wenn sie die Lebensgefährtin ihres Vaters in ihre Arme schloss. Mit dieser Frau hatte er einen wahren Glücksgriff gemacht, auch wenn sie in Sachen Kleidung einen weniger guten Geschmack hatte. Im Gegensatz zu Luisas Mutter war Helena eher der häusliche Typ.

Obwohl Luisa sich nicht an alles erinnern konnte, so wusste sie dennoch von den Streitereien zwischen ihren Eltern, weil ihrer Mutter die Karriere am Theater immer wichtiger gewesen war als die eigene Familie. Als sie Krebs bekommen hatte, hatte ihr Vater viel Zeit bei ihr im Krankenhaus verbracht und die Wut seinerseits war langsam verpufft. Mit Helena hatte er nun eine Frau gefunden, die gemeinsam mit ihm kochte, für ihn Kuchen backte und lange Spaziergänge mit ihm unternahm.

»Da sind ja meine Mädels!«, rief ihr Vater kurz darauf, als er den Grill angeheizt hatte.

Conny und Betty strahlten ihn an. Den beiden gefiel es, dass Luisas Papa sie ebenfalls als seine Mädels bezeichnete.

Wenig später saßen sie alle um den großen runden Tisch, der auf der Terrasse stand und an dem sie schon unzählige tiefgründige Gespräche geführt und diverse Diskussionen über alle möglichen Themen geführt hatten.

»Die Focaccia schmeckt wirklich lecker, Luisa. Ich brauche unbedingt das Rezept«, lobte Helena.

»Es schmeckt wirklich alles sehr köstlich. Vielen Dank für die Einladung euch beiden.« Betty schenkte Luisas Papa ein anerkennendes Nicken.

Im gleichen Moment spürte Luisa ihr Handy in der Tasche vibrieren. Entgegen all ihren guten Vorsätzen riskierte sie doch einen schnellen Blick. Enttäuscht packte sie es zurück. Nur eine Nachricht ihres Mobilfunkanbieters. Leider blieb das nicht unbemerkt.

»Also Luisa, wirklich«, sagte Conny in gespielt strengem Tonfall. »Kein Handy während des Essens. Deine Worte.«

Luisa fühlte sich ertappt. Tatsächlich war sonst sie diejenige, die auf diese Regel bestand und die anderen beharrlich darauf hinwies.

»Erwartest du eine wichtige Nachricht?«, wunderte sich auch Helena, die ebenfalls über Luisas Handyregeln Bescheid wusste.

Luisa war dankbar, dass zumindest ihr Vater sich taktvoll zurückhielt, während ihre beiden Freundinnen bis zu den Ohren grinsten.

»Habe ich etwas verpasst?« Helena blickte fragend in die Runde.

Luisa seufzte und erzählte Helena in der Kurzfassung von ihrer Internetbekanntschaft mit Jonas. Die Sache mit dem Telefonsex und andere pikante Details erwähnte sie lieber nicht.

»Ach, wie romantisch!«, schwärmte die Freundin ihres Vaters. »Aber willst du dich denn gar nicht mit ihm verabreden? Im richtigen Leben? Ein richtiges Date?«

Conny winkte ab. »Gib dir keine Mühe, Helena. Das habe ich sie in den letzten Tagen schon so oft gefragt. Aber anscheinend reicht Luisa ein virtueller Flirt völlig aus.« Sie grinste und Luisa wusste, dass Conny sie nur ein wenig provozieren und aus der Reserve locken wollte.

»Vielleicht ist das auch gar nicht das Schlechteste«, warf Betty ein. »Was wissen wir schon von dem Typen? Vielleicht ist er in Wirklichkeit ein Serienkiller, der im Internet nach seinen Opfern sucht.«

Luisa verdrehte genervt die Augen. »Ich sage nur Christian Grey«, flüsterte sie so leise, dass nur Betty sie verstand. Daraufhin war sie endlich still.

Unbehaglich rutschte Luisa auf ihrem Stuhl hin und her. Sie konnte es überhaupt nicht leiden, wenn sie im Mittelpunkt eines Gesprächs stand. Sie gab sich geschlagen. Die anderen würden nie Ruhe geben, wenn sie überhaupt nicht darauf einging.

»Ich habe so etwas schon einmal in einer Nachricht angedeutet. Das war ziemlich am Anfang, als er wissen wollte, wie ich aussehe.«

Betty seufzte theatralisch. »Als ob dein Aussehen das Wichtigste wäre!«

Ihr Vater drückte ihr aufmunternd den Arm. »Wie hat er reagiert?« Nun hatte auch seine Neugierde die Oberhand gewonnen.

»Er ist überhaupt nicht darauf eingegangen. Irgendwie würde ich mich gerne mit ihm treffen. Aber ich habe Angst, dass ich enttäuscht sein könnte oder schlimmer ...« Sie holte tief Luft. »... dass ich nicht die Frau bin, die er sich vorgestellt hat.«

»Wenn du es nicht versuchst, wirst du es niemals herausfinden. Warum rufst du ihn nicht einfach an und fragst ihn ganz direkt? Was hast du zu verlieren?« Helena strich ihr fürsorglich über den Rücken und ihr Vater nickte zur Bestätigung.

»Vermutlich hast du Recht«, antwortete Luisa resigniert.

Helena konnte nicht ahnen, dass ihre Stieftochter dabei durchaus etwas zu verlieren hatte. Sie wusste ja nicht, wie viel Jonas ihr mittlerweile bedeutete.

***

Luisa schloss die Tür hinter sich zu und ließ ihren Kopf für einen Moment dagegen sinken. Erleichtert war sie mit den Mädels nach Hause gefahren, als Betty über plötzliche Kopfschmerzen geklagt hatte.

Obwohl es ihrem Vater gelungen war, das Gesprächsthema in eine andere Richtung zu lenken, hatte sie den Abend nicht so richtig genießen können. Immer wieder hatte sie den ein oder anderen Blick auf sich ruhen gespürt.

Sie sah auf die Uhr. Es war erst halb zehn. Ob Jonas noch wach war? Bestimmt. Schließlich war heute Samstag.

Kurzentschlossen schenkte sich Luisa ein Glas von dem Rotwein ein, den Helena ihr mitgegeben hatte, und nahm es mit hinaus auf ihre Dachterrasse. Luisa entdeckte die ersten Sterne am Himmel.

Dabei fiel ihr ein, dass sie seit dem Essen ihr Handy nicht mehr gecheckt hatte. Jetzt kribbelte es in ihren Fingern. Doch das Display zeigte keine neuen Nachrichten an. Sie schüttelte den Kopf über sich selbst. Jetzt verbrachte sie ihre Zeit schon wieder damit, auf einen Mann zu warten. Genauso, wie sie es oft bei Christopher getan hatte. Der hatte sie immer gerne zappeln lassen und auf Nachrichten und erneute Verabredungen seinerseits musste sie immer eine Weile warten.

Wie satt sie das hatte! Doch sie konnte eine Entscheidung treffen. Hier und jetzt. Entweder sie zog sich beleidigt in ihr Schneckenhäuschen zurück, weil er sich nicht meldete oder sie fand endlich den Mut, ihn um ein Date im echten Leben zu bitten.

Genau.

Auch Jonas würde sich entscheiden müssen.

Kapitel 10

Lustlos hing Jonas in seiner Küche herum und wusste nichts mit sich anzufangen. Er sah auf die Uhr. Erst kurz vor zehn! Um schon ins Bett zu gehen, fühlte er sich nicht müde genug. Vielleicht hätte er doch etwas mit Justus und den Jungs unternehmen sollen, statt allein in seiner Bude herum zu hocken. Doch die Aussicht auf den Brunch bei seiner Mutter am nächsten Morgen hatte seine bereits vorhandene miese Laune deutlich verschlechtert.

Wieder einmal wollte sie etwas wegen einer ihrer dämlichen Partys mit ihm besprechen. Diese Frau baute immer eine irrsinnige Erwartung auf, die stets in einer großen Enttäuschung für sie endete, weil Jonas nicht gewillt war, nach ihrer Pfeife zu tanzen. Nie wurde sie es müde, sämtlichen Leuten zu erzählen, wessen Mutter sie war und wie viel Einfluss sie auf seine Karriere gehabt hatte. Einmal in der Woche hatte sie einen Klavier- und Gesangslehrer für Jonas ins Haus bestellt, während das Hausmädchen ihr und ihren hochnäsigen Freundinnen draußen im Garten Kaffee und ausgefallenes Gebäck kredenzt hatte. Was für eine Leistung! Bravo Mutter!

»Tristan kommt mich demnächst wieder besuchen. Vielleicht habt ihr später ja das Vergnügen«, pflegte sie ihnen später unter die Nase zu reiben.

Jonas schüttelte verärgert den Kopf. Er konnte sich nicht daran erinnern, wann sie ihn zum letzten Mal bei seinem richtigen Namen genannt hatte.

Wie hatte sein Vater das so lange mit ihr aushalten können? Seit über drei Jahren waren seine Eltern nun geschieden. Zu seiner eigenen Überraschung pflegten die beiden jedoch immer noch ein freundschaftliches Verhältnis.

Hoffentlich hatte sie seinen Vater für morgen ebenfalls eingeladen, statt einer ihrer überheblichen Freundinnen samt einer Tochter, mit der sie ihn verkuppeln wollte. Aber wenn es nach seiner Mutter ging, konnte seiner Ex-Freundin Tanja sowieso niemand das Wasser reichen. Für sie wäre diese Frau die perfekte Schwiegertochter gewesen.

Zugegeben, sie war eine echte Schönheit. Ihre langen Haare, die ihr fast bis über den Po reichten, hatten die Farbe von dunkler Schokolade und auch wenn sie stets über imaginäres Übergewicht klagte, so ließ sie jedes zusätzliche Pfund nur noch Pin-up-tauglicher und sinnlicher wirken. Ihre Lippen waren kräftig geschwungen und wenn sie ihn aus ihren blau-grünen Katzenaugen ansah, hatte er ihr nichts abschlagen können.

Zumindest am Anfang ihrer Beziehung war das so gewesen.

Sein Manager war damals hingerissen, weil die Presse ihn und Tanja als das Traumpaar in der Promiwelt gefeiert hatte: Die aufstrebende junge Schauspielerin, die das Herz des sonst so verschlossenen Musikers im Sturm erobert hatte. Wie verliebt er anfangs doch gewesen war! Naiv genug, um sich von einer Frau wie ihr blenden zu lassen.

Eigentlich hätte ihm das alles klar sein müssen. Jonas erinnerte sich noch gut an den Moment, an dem er ihr gegenüber das erste Mal Zweifel an seiner Karriere geäußert hatte.

Zu diesem Zeitpunkt lebten sie seit einem halben Jahr in der für seinen Geschmack viel zu pompösen und kühlen Villa, auf die Tanja bestanden hatte. Einen Moment vor dem besagten Gespräch hatten sie miteinander geschlafen. Tanja lag in seinen Armen und er verspürte das Bedürfnis, sich ihr anzuvertrauen.

»Ich weiß nicht, ob dieses Musikerleben das Richtige für mich ist.« Er seufzte tief.

»Was willst du damit sagen?« Erschrocken setzte sie sich auf.

Jonas zuckte die Schultern und ließ sich neben ihr auf der Bettkante nieder. »Manchmal wird mir einfach alles zu viel. Der Druck, die Presse. Ich habe oft das Gefühl, nicht mehr richtig atmen zu können.« Wie schlimm es tatsächlich um ihn stand und wie stark die Ängste waren, die ihn plagten, erwähnte er lieber nicht.

»Das ist doch normal. Das geht allen so, die im Rampenlicht stehen. Glaub mir. Das geht wieder vorbei.«

»Ich weiß nicht so recht, Tanja.« Er war nicht überzeugt. »Irgendwie wünsche ich mir ein einfacheres Leben. Ich will Kinder haben, eine eigene Familie. Ich möchte nicht, dass sie unter den Augen der Öffentlichkeit aufwachsen, die ihre Entwicklung auf Schritt und Tritt verfolgt.«

Tanja musterte ihn abfällig von oben bis unten, als läge ihr eine schnippische Antwort auf der Zunge. Schließlich entschlüpfte ihr doch ein Kichern. »Du und Kinder? Im Ernst? So habe ich dich ja noch nie reden hören. Muss ich mir Sorgen um dich machen?«

Eigentlich hätte ihn diese Reaktion ihrerseits damals schon skeptisch machen müssen. Doch er ignorierte das unbehagliche Ziehen in seiner Herzgegend. Sie ließ wie immer ihren Charme spielen, neigte den Kopf zur Seite, nahm eine zufällige Haarsträhne zwischen Zeigefinger und Daumen und strich sie sich langsam hinters Ohr. Ihr Mund war leicht geöffnet.

»Ich weiß schon, wie wir dich auf andere Gedanken bringen können.« Und schon hatte sie nackt vor ihm gekniet. Wie hätte er da bei klarem Verstand bleiben sollen?

Ein paar Wochen später bekam Tanja die ersehnte Zusage für die Hauptrolle in einer Liebeskomödie, die in den deutschen Kinos laufen sollte. Danach ging alles ganz schnell und Jonas selbst kam sich vor, als würde er in einem Liebesdrama mitspielen, das vollgepackt mit Klischees war.

Eines Tages kam er früher als geplant von einer Tournee zurück. Er blinzelte, um das Bild aus seinem Kopf zu bekommen, wie Tanjas Schauspielkollege zwischen ihren nackten Schenkeln kniete. Jonas zog aus, überließ ihr die Villa, in der er sich sowieso nie richtig wohl gefühlt hatte, ertränkte seinen Kummer in Alkohol und legte reihenweise fremde Frauen flach.

Selbstverständlich war die Presse davon überzeugt, dass er der Schuldige war, er seine Freundin schlecht behandelt und betrogen hatte. Tanja hatte sich erst gar nicht die Mühe gemacht, die Sache richtigzustellen. Im Gegenteil. In ihren Interviews betonte sie stets, wie schwierig das Zusammenleben mit dem berühmten und exzentrischen Tristan Evers gewesen war.

Beim Gedanken an diese Zeit verspannte sich jeder Muskel in seinem Körper. Er sollte die Vergangenheit endlich hinter sich lassen und sich stattdessen lieber Gedanken um seine Zukunft machen. Vielleicht konnte er auch endlich mit seinem Manager reden und ihm seine Ideen unterbreiten. Wie gerne würde er einmal selbst den Text schreiben und auf Deutsch singen.

Jonas Blick fiel auf sein Handy. Er hatte Luisa immer noch nicht zurückgeschrieben. Was war nur los mit ihm? Bestimmt wunderte sie sich über seine kurzen Nachrichten. Hatte Justus wirklich Recht und er hatte einfach Angst?

Mit einem Mal geriet sein Herzschlag ein wenig aus dem Takt. Er musste etwas tun, sich ablenken. Im Waschbecken der Küche stapelte sich das dreckige Geschirr von heute Mittag. Seine Spülmaschine war kaputt. Vielleicht sollte er das endlich in Angriff nehmen.

Gerade als er den Wasserhahn aufdrehte, klingelte sein Telefon. Luisas Nummer blinkte auf. Bevor er es sich anders überlegen konnte, drückte er auf den grünen Hörer.

»Hallo, Luisa«, sagte er und bemühte sich um einen lässigen, unverbindlichen Tonfall.

»Hey. Ich habe gehofft, dass du rangehst.«

Er konnte die Unsicherheit in ihrer Stimme hören und für einen Moment herrschte zwischen ihnen ein unangenehmes Schweigen.

»Ist bei dir alles in Ordnung?«, fragte sie vorsichtig.

Wie gerne hätte er ihr von seinen Sorgen und dem Stress mit seiner Mutter erzählt. Für einen Moment kämpfte sein Herz gegen seinen Verstand und verlor. Es war einfach zu riskant, ihr etwas zu erzählen.

»Klar. Ich hab grad einfach nur viel um die Ohren«, antwortete er deshalb kurz angebunden.

Eine weitere Pause folgte. Jonas hörte, wie Luisa am anderen Ende der Leitung tief durchatmete.

»Was hältst du davon, wenn wir uns treffen? Zu einem richtigen Date?«

Jonas starrte eine gefühlte Ewigkeit in die Luft und umklammerte das Handy an seinem Ohr noch eine Spur fester.

»Sag endlich ja, du Idiot!«, schimpfte seine innere Stimme energisch.

»Ich glaube, das ist keine gute Idee, Luisa«, meinte er stattdessen. Um sich selbst zu beruhigen, öffnete er das Fenster und sog tief Luft in seine Lungen.

»Okay.« Sie stellte keine Fragen und sagte nichts weiter zu seiner Abfuhr.

Er spürte ihre Enttäuschung deutlich. »Es ist kompliziert«, versuchte er zu erklären. »Es tut mir leid.«

»Schon in Ordnung. Gute Nacht, Jonas.«

»Luisa, warte!«

Doch sie hatte bereits aufgelegt.

Für einen kurzen Moment empfand er Erleichterung, gleichzeitig war er auch verwirrt und irritiert. In ihm tobten die unterschiedlichsten Gefühle.

Ob es das nun gewesen war? Was, wenn Luisa sich jetzt gar nicht mehr meldete? Als ihm dieser Gedanke durch den Kopf schoss, erschreckte er ihn so sehr, dass er das Gefühl hatte, unsichtbare Hände würden ihn würgen. Ihm war übel und eiskalt.

***

»Mein Junge, da bist du ja!« Jutta Kluge hauchte ihm einen Kuss auf die Wange und hinterließ dabei eine Spur ihres roséfarbenen Lippenstifts.

»Hallo, Mutter.«

Jonas ließ die Umarmung über sich ergehen und rümpfte unbemerkt die Nase. Sie trug immer noch dieses aufdringliche

Parfüm, dass seinem Empfinden nach viel zu süßlich roch. Erleichtert stellte er fest, dass der Tisch nur für drei Personen gedeckt war.

»Dein Vater kommt später noch dazu.«

Sie setzte sich auf einen der hellen Stühle und schlug die Beine übereinander. Wie immer trug sie einen weißen Hosenanzug. Das rotblond gefärbte Haar hatte sie im Nacken zu einem strengen Pferdeschwanz gebunden, ihre Augen waren wie immer stark geschminkt.

Seine Mutter versuchte zu lächeln. Zumindest sah es für Jonas so aus. Vermutlich hatte der gute Herr Doktor beim letzten Mal ein wenig zu viel Botox erwischt.

»Bedien dich, Tristan.«

Er zuckte zusammen. »Jonas, Mutter. Ich heiße Jonas. Hast nicht du selbst diesen Namen für mich ausgesucht?«

Wie so oft ignorierte seine Mutter den Einwand und schenkte zuerst ihm, dann sich selbst Kaffee in die weißen Tassen mit dem goldenen Rand.

Jedes Mal wieder weckte sie in ihm den Wunsch, sie mit bloßen Händen zu erwürgen. Es gab Momente, da hätte er den Kontakt am liebsten ganz abgebrochen. Doch sein Vater hatte recht. Sie war seine Mutter und auf ihre eigene Art und Weise hegte sie vermutlich sogar mütterliche Gefühle für ihn, die sie allerdings gut zu verbergen wusste.

Sein Magen knurrte und auch wenn es ihn vor diesen Anstandsbesuchen jedes Mal graute, so freute er sich doch immer auf das köstliche Essen. Wie ein hungriger Löwe stürzte er sich auf die Croissants mit Schokoladenfüllung, die Juttas Köchin Anne gebacken hatte. Seine Mutter wusste um seine Schwäche für diese Teile.

»Was gibt es eigentlich so Wichtiges, dass du mit mir besprechen willst?«, fragte er skeptisch, als ahnte er bereits, dass sie ihn damit bestechen wollte.

»Vielleicht wollte ich einfach mal wieder Zeit mit meinem einzigen Sohn verbringen? Du lässt dich viel zu selten hier blicken.« Beleidigt verschränkte sie die Arme vor der Brust.

Jonas warf ihr einen vielsagenden Blick zu. »Mutter, ich bitte dich. Sag doch einfach, was du willst. Ich kenne dich doch.«

»Offengestanden …« Sie zögerte einen Moment. Dann umspielte ein Lächeln ihre Lippen. »Also schön. Du kennst deine alte Mutter eben zu gut.« Sie tätschelte seine Wange, als wäre er zehn Jahre alt, woraufhin Jonas verärgert das Gesicht verzog. »Nächsten Monat gebe ich anlässlich meines Geburtstages eine große Party.« Wie immer bemühte sie sich um einen vornehmen Tonfall, was Jonas ein Grinsen entlockte. Sie machte eine bedeutungsvolle Pause. »Es werden viele wichtige Leute kommen und ich wünsche mir, dass du singst.«

»Das kannst du vergessen«, entgegnete Jonas mühsam beherrscht. Er hasste Auftritte auf Familienfeiern und wollte nicht vorgeführt werden.

»Du wirst deiner Mutter wohl diesen kleinen Gefallen tun können.«

»Warum sollte ich das tun? Damit du wieder mit mir angeben kannst?« Er stand so abrupt auf, dass der Stuhl hinter ihm umkippte, ging zu dem großen Panoramafenster auf der anderen Seite des Zimmers, stützte sich auf den Rahmen und spähte hinaus. »Nun ja, wissen Sie«, äffte er sie nach, »den Großteil seiner Karriere hat der Junge mir zu verdanken. Was habe ich ihn gefördert, als er noch klein war.«

»Ich verbitte mir diesen Ton.« Die Veränderung ihrer Gesichtsfarbe von blass zu tiefrot und die Art, wie sie nach Luft schnappte, ließen keinen Zweifel daran, dass sie stinksauer war.

»Guten Morgen. Was ist denn hier los? Euch hört man ja schon in der Eingangshalle brüllen.«

Erleichtert seufzte Jonas auf, als er seinen Vater im Türrahmen stehen sah.

Das graumelierte Haar stand in sämtliche Richtungen ab, weil er die Angewohnheit hatte, ständig mit den Fingern hindurchzufahren.

»Hannes! Das wird ja auch Zeit, dass du endlich kommst. Dein Sohn weigert sich ständig, mir einen Gefallen zu tun«, sagte sie mit einer beleidigten Kleinmädchenstimme.

»Vielleicht sollten wir uns setzen und frühstücken. Dann könnt ihr mir in aller Ruhe berichten, was zwischen euch vorgefallen ist.«

Wie immer versuchte Hannes Kluge, die Wogen zu glätten und zwischen Jonas und seiner Mutter zu vermitteln. Offenbar verband seine Eltern immer noch genug, um in

Krisenzeiten eine gemeinsame Sprache zur Lösung diverser Probleme zu finden.

Jonas hatte es längst den Appetit verschlagen. Die Vorstellung, eine weitere Stunde mit seiner Mutter im gleichen Raum zu verbringen, lag ihm schwer wie Blei im Magen.

»Er weigert sich, an meinem Geburtstag zu singen!«, platzte es schließlich aus ihr heraus.

»Aha«, erwiderte sein Vater.

Wie immer war er um Diplomatie bemüht. Aber er wusste im Gegensatz zu seiner Exfrau auch darüber Bescheid, wie sehr sein Sohn gerade mit den Schattenseiten seiner Berühmtheit kämpfte.

»Ich will einfach nicht die Attraktion des Abends sein.« Jonas bemühte sich erst gar nicht, die Gereiztheit in seiner Stimme zu verbergen. »Außerdem bist du das Geburtstagskind. Solltest also nicht du im Mittelpunkt stehen?«

Seine Mutter tat, als wäre sie mit ihren Fingernägeln beschäftigt.

Jonas hasste es, wenn sie ihn drängte. Er zermarterte sich das Gehirn nach einer Lösung. Irgendwas musste es doch geben, damit sie endlich damit aufhörte.

»Außerdem bringe ich eine Frau mit auf deine Party.«

Diese Worte hatten seinen Mund verlassen, noch bevor er sich darüber im Klaren war, was das für ihn bedeutete. Seine Nerven begannen zu flattern. Es gab doch gar keine Frau in seinem Leben. Seit der Trennung von Tanja war er Single.

Oder hoffte er insgeheim, Luisa würde ihn begleiten? Unmöglich!

Ein Ausdruck tiefster Besorgnis zeichnete sich in Juttas Blick. »Hoffentlich hast du eine passende Begleitung. Dir ist doch klar, dass die Presse ebenfalls vor Ort sein wird?«

Jonas stöhnte und trank einen Schluck von seinem Kaffee.

»Wer ist sie?« Nervös trommelte seine Mutter mit ihren perfekt lackierten Nägeln auf den Tisch und musterte ihn ungeduldig.

Seufzend neigte Jonas seinen Kopf zur Seite. Gab es eine höfliche Antwort auf die nervigen Fragen seiner Mutter?

Hannes räusperte sich auffällig. »Jutta, bitte. Es ist doch schön, wenn Jonas wieder einmal eine Frau mitbringt.«

»Ich werde doch wohl noch fragen dürfen. Schließlich handelt es sich um ein wichtiges Event.«

»Mama, das ist nicht einmal ein runder Geburtstag. Ich verstehe sowieso nicht, warum du überhaupt so ein Tamtam darum veranstaltest.« Nun klang Jonas genauso hitzig wie seine Mutter.

»Hast du sie gern?«, fragte sein Vater sanft.

Um keinem in die Augen schauen zu müssen, kramte er umständlich sein Handy aus der Hosentasche und legte es auf den Tisch.

Er dachte an Luisa und fühlte, wie seine Wangen heiß wurden. »Irgendwie schon. Wir kennen uns noch nicht sehr lange.«

»Dann bring sie halt mit, wenn du meinst«, sagte seine Mutter gnädig. »Aber du stellst sie deinem Vater und mir vor, bevor der offizielle Teil beginnt.«

Genervt verdrehte er die Augen. »Wenn du darauf bestehst, Mutter. Aber auf keinen Fall werde ich singen.« Er bemühte sich um einen resoluten Tonfall.

»Und du bringst ernsthaft eine Frau mit und versuchst nicht einfach nur, mich von meinem Wunsch abzulenken?«

Ertappt. Jonas blieb ihr eine Antwort schuldig.

»Ich denke, das reicht jetzt, Jutta. Jonas weiß schon, was er tut. Ist es nicht wichtiger, dass es ihm gut geht? Es ist doch völlig wurscht, was die Presse über ihn oder uns schreibt.«

Jutta runzelte die Stirn. Den Blick, den sie ihrem Ex-Mann zuwarf, war eindringlich, aber schwer zu deuten.

Die nächste Stunde bei seinen Eltern schien sich eine Ewigkeit hinzuziehen. Erleichtert seufzte er auf, als er endlich wieder zu Hause war.

Warum konnte er sich nicht einfach mit Luisa treffen? Wovor hatte er solche Angst?

Sein Blick wanderte zu seiner Hand, mit der er sein Mobiltelefon umklammerte.

Du gehst mir einfach nicht aus dem Kopf. Ich vermisse dich.

Hatte er überhaupt das Recht eine solche Nachricht zu schreiben, nachdem er sie vorhin am Telefon so hatte abblitzen lassen?

Schnell schickte er die Worte ab, bevor er es sich anders überlegen konnte.

Kapitel 11

»Du hast heute aber eine bezaubernde Laune, Sonnenschein«, meinte Conny mit einem ironischen Unterton in der Stimme. »Außerdem ist es doch jetzt ordentlich genug. Ich würde gerne Feierabend machen.«

Luisa ignorierte ihre Chefin und räumte weiter die Liebesromane in den beiden blauen Holzregalen um. Mit zusammengekniffenen Augen betrachtete sie ihr Werk und war immer noch nicht zufrieden.

Gerade, als sie alle Bücher wieder herausreißen wollte, fasste Conny ihren Arm. »Ist es wegen Jonas?«, hakte sie vorsichtig nach.

Luisa nickte betreten. »Er will sich nicht mit mir treffen«, erklärte sie niedergeschlagen und verschränkte die Arme vor der Brust.

Conny zog sie an sich heran und hauchte ihr einen freundschaftlichen Kuss auf den Scheitel. »Was hältst du davon, wenn wir bei Sofia vorbeischauen? Ich lade dich auf einen Teller Nudeln ein.«

Mit einem Papiertaschentuch tupfte Luisa sich die ersten Tränen aus den Augenwinkeln. Sie wollte jetzt nicht weinen.

»Inklusive einem doppelten Espresso und einem riesigen Stück Tiramisu?«, fragte sie und zwang sich zu einem Lächeln. »Und noch einen Ramazotti für hinterher. Oder zwei oder drei?«

Conny drückte aufmunternd ihre Hand.

Draußen war es merklich kühler geworden und Luisa hakte sich bei ihrer Freundin unter. Die Abendsonne tauchte den Himmel in ein orangefarbenes Licht.

»Ich liebe diese Stadt um diese Jahreszeit«, schwärmte sie, während sie gemeinsam über den Haidplatz schlenderten und vor dem *Biasinis* durch das große Fenster in das Restaurant lugten.

»Das sieht aber ziemlich voll aus«, stellte Conny fest. »Und das an einem Mittwoch.«

»Eigentlich hätten wir damit rechnen müssen. Bei Sofia und Nonna ist es doch immer brechend voll.« Luisa zog ihre Freundin am Arm. »Komm, wir versuchen trotzdem unser Glück.«

Als sie das Restaurant betraten, schlug ihnen dampfig warme Luft entgegen. Das laute Stimmengewirr und eine Sofia, die zwischen den Gästen hin und her sauste, waren eindeutig ein Zeichen dafür, dass hier ordentlich etwas los war.

»Sbrigati, Marcello! Ich brauche die Getränke für Tisch fünf. Oder soll ich mich etwa um alles allein kümmern?«, rief sie dem Lebensgefährten ihrer Mutter zu, der hinter der Theke stand und gerade Wein in eine Karaffe füllte.

Nachdem sie Luisa und Conny entdeckt hatte, stürmte sie auf die beiden zu und küsse sie auf die Wange. »Hallo, ihr zwei«, begrüßte sie die beiden Frauen ein wenig außer Atem. »Es ist ganz schön viel los heute. Wie immer. Aber dort hinten wird gleich ein Tisch frei.« Sie deutete Richtung Fenster. »Ihr könnt euch so lange zu Marcello an die Theke setzen. Aber lenkt ihn ja nicht von seiner Arbeit ab.« Sofia zwinkerte ihnen zu und kümmerte sich anschließend weiter um die anderen Gäste.

Interessiert beobachtete Luisa das hektische Treiben und konnte dabei Sofias Nonna gar nicht entdecken.

»Buonasera, meine Mädchen!«, rief sie just in diesem Augenblick und platzierte wie aufs Stichwort ein kleines Tablett mit drei Ramazotti auf dem Tisch.

Eigentlich fielen die Getränke in Marcellos Aufgabenbereich, doch Nonna ließ es sich nie nehmen, die Freundinnen persönlich zu begrüßen.

»Ich habe leider nicht viel Zeit zum Plaudern. Scusa. In der Küche gibt es noch viel zu tun. Aber ein Ramazotti geht immer.« Sie hielt den beiden ihr Glas entgegen. »Salute!«

Luisa spürte die Wirkung sofort, als Sofia sie keine fünf Minuten später an ihren Tisch begleitete. Ein paar Sterne tanzten vor ihren Augen. Was sie jetzt unbedingt brauchte, waren ein paar Kohlenhydrate.

»Was darf ich euch denn bringen? Oder wollt ihr die Karte?«

Lächelnd schüttelte Luisa den Kopf. All die köstlichen Gerichte kannten sie mittlerweile auswendig, so oft waren sie schon hier gewesen. Die Tagesgerichte standen zudem auf der großen Tafel neben der Eingangstür.

»Ich hätte gerne die Gemüselasagne. Und ein großes Stück Tiramisu inklusive doppelten Espresso für hinterher.«

Conny entschied sich für die hausgemachten Spaghetti Frutti di mare, woraufhin Luisa angewidert das Gesicht verzog. Sie konnte Meeresfrüchte nicht ausstehen.

»Sobald es ein wenig ruhiger geworden ist, setze ich mich zu euch.« Kaum hatte Sofia das gesagt, war sie auch schon wieder zwischen den anderen Gästen verschwunden.

»Magst du mir jetzt endlich erzählen, was genau passiert ist? Du bist schon seit dem Wochenende so schräg drauf«, hakte Conny nach, nachdem das Essen auf dem Tisch stand.

Luisa starrte auf ihre Lasagne und hielt die Gabel in ihrer rechten Hand noch ein wenig fester. »Er will sich nicht mit mir treffen. Nach dem Grillabend bei Papa habe ich ihn doch noch angerufen und gefragt. Jonas findet, dass ein richtiges Date keine gute Idee wäre. Aber das hält ihn nicht davon ab, mir trotzdem ständig Nachrichten zu schreiben.« Mit gerunzelter Stirn fischte sie ihr Handy aus der Tasche und legte es vor Conny auf den Tisch.

»Du fehlst mir. Bitte melde dich, Luisa. *I've got you under my skin*«, las ihre Freundin laut vor.

Das war nur eine Nachricht von vielen.

Connys Miene wurde skeptisch. »Was bitte soll das denn heißen? *I've got you under my skin?*«

Luisa biss sich auf die Lippe und zuckte nur kurz die Schultern. Jedes Detail wollte sie ihrer Freundin nun auch nicht verraten.

»Na ja, wenigstens hast du immer noch einen gesegneten Appetit«, meinte Conny schmunzelnd, als Luisa sich gierig über die Lasagne hermachte.

»Stimmt.« Nun grinste auch Luisa.

Sie gehörte nicht zu dem Typ Frauen, denen Liebeskummer auf den Magen schlug und die deshalb nichts hinunter bekamen. Im Gegenteil. Für sie war gutes Essen ein wahrer Seelentröster. Dafür nahm sie das ein oder andere Kilo mehr gerne in Kauf.

»Und du hast ihm nicht zurückgeschrieben?«

Resignierte schüttelte Luisa den Kopf. Seine Anrufe hatte sie ebenfalls ignoriert. Warum blieb Jonas so hartnäckig, wenn er sie sowieso nicht treffen wollte?

Gedankenverloren kratzte Luisa mit ihrer Gabel den letzten Rest Lasagne von ihrem Teller.

»Vielleicht solltest du ihn dir besser aus dem Kopf schlagen. Betty meinte gestern erst, ihr neuer Kollege wäre noch Single und …«

Luisa brachte sie mit einer Handbewegung zum Schweigen. »So einfach ist das nicht. Und habt ihr mir nicht versprochen, dass mit euren Kuppelversuchen endgültig Schluss ist?«

Conny zuckte lässig die Schultern. »Schon gut. Ich glaube, jetzt könnten wir ein Dessert vertragen, oder?«

Sie winkte Sofia zu, die sofort zu ihnen an den Tisch kam, die Teller abräumte und in der Küche verschwand, um das Tiramisu zu holen.

»Also Mädels, was ist bei euch so los?« Sofia wischte sich mit der Hand den Schweiß von der Stirn und ließ sich auf den Stuhl neben Conny plumpsen. »Ich hab nicht viel Zeit. Also erzählt mir bitte etwas, das nichts mit Nudeln oder Windeln zu tun hat.« Sie stöhnte. »Ich glaube, ich brauche dringend mal Urlaub.«

Unschlüssig schob Luisa ein Stück von ihrem Tiramisu hin und her. Schließlich erzählte sie von ihrem Internetflirt mit Jonas und wie es gerade um sie stand.

Die Halbitalienerin pfiff anerkennend durch die Zähne. »Das nenne ich ja mal spannend. Und was hast du jetzt vor?«

»Ihn endlich abschreiben und vergessen«, antwortete Conny an ihrer Stelle.

Seufzend verschränkte Luisa ihre Arme und senkte das Kinn, wobei sie plötzlich sehr traurig wirkte. Sie ahnte, dass dieses süße Dessert nicht ansatzweise ihren Kummer besänftigen konnte, und schob den Teller beiseite.

»Der Trick mir einzureden, dass die Sache mit ihm nur ein harmloser Internetflirt war, funktioniert nicht«, gestand sie zu ihrer eigenen Überraschung.

»Du hast dich in ihn verliebt«, stellte Conny nüchtern fest.

Luisa hatte mit mehr gerechnet, einer Gardinenpredigt vielleicht, inklusive diverser Argumente, warum man besser die Finger von solchen Datingplattformen lassen sollte. Stattdessen herrschte nur erwartungsvolles Schweigen.

Sofia stand auf und kam kurz darauf mit einer weiteren Runde Ramazotti zurück. Der Schnaps brannte in Luisas Kehle und gluckerte in ihrem vollen Bauch.

In diesem Moment hob Sofia den Finger, als wäre ihr gerade noch ein Gedanke gekommen. »Was ist, wenn er dich eigentlich gerne treffen würde, aber sich einfach nicht traut?«

Neugierig richtete Luisa ihren Blick auf sie. »Wie meinst du das?«

»Vielleicht hat er Angst, du könntest enttäuscht sein, wenn du ihn siehst«, erklärte Sofia mit erstaunlich ruhiger Stimme.

Conny legte den Kopf schief und schürzte die Lippen. »Vielleicht ist er aber auch einfach nur pervers.«

»Vielleicht findet er sich ja hässlich«, meinte Sofia unbeeindruckt von Conny Einwand.

»Oder zu dick.«

»Glaubt ihr wirklich, dass Männer sich um solche Dinge Gedanken machen?« Ein winziger Funke Hoffnung regte sich in Luisa. Hatte Jonas in Wirklichkeit einfach nur Angst?

»Ich finde, du solltest ihn zurückrufen.« Sofia ließ ihren Finger bedächtig über dem Glas kreisen.

»Meinst du?«, fragte Luisa ein wenig unsicher und schaute zu Conny, die nur lässig die Schultern zuckte, als würde sie damit sagen wollen: »Das musst du schon selbst entscheiden.«

»Manchmal muss man das Schicksal ein wenig herausfordern.« Sofia zwinkerte Luisa verschwörerisch zu und gab noch eine Runde Ramazotti aus, bevor sie sich zurück an die Arbeit machte.

***

Luisa zog den Kragen ihres Mantels noch ein Stückchen höher. Trotzdem fröstelte sie. Der Wetterbericht hatte heute Morgen bereits angekündigt, dass es in den kommenden Tagen merklich abkühlen würde.

Auf der Steinernen Brücke hielt sie für einen Moment inne und blickte über das Wasser auf ihre Heimatstadt. Der Ramazotti und Sofias Worte hatten die Traurigkeit in ihrem Herzen vertrieben. Stattdessen hatte sich eine Mischung aus Sehnsucht und Verwirrung dort breitgemacht.

Ihr Handy vibrierte in der Handtasche. Eine Nachricht von Jonas.

Es tut mir leid, Luisa. Bitte melde dich.

Ungläubig schüttelte sie den Kopf. Er blieb wirklich hartnäckig. Die Welt drehte sich ein wenig. Luisa wusste nicht, ob es am Schnaps oder an der Aufregung lag. Hatte Sofia Recht und Jonas hatte einfach nur Angst?

Mit dem Alkohol im Blut stieg auch ihr Mut. Sie atmete tief durch, bevor sie wieder auf das Display sah und Jonas Nummer wählte.

»Luisa.« Seine Stimme klang ehrlich erfreut. »Ich bin so froh, dass du anrufst.«

»Hallo, Jonas«, sagte sie leise und bat inständig darum, dass der viele Ramazotti sie nichts sagen ließ, was sie hinterher bereute.

»Es tut mir leid. Ehrlich.«

»Schon gut.«

Nein, eigentlich war es gar nicht gut. Aber gerade konnte Luisa nicht klar denken.

»Ich wollte dich nicht so abblitzen lassen. Es war ein mieser Tag und ich hatte wirklich viel Stress. Und außerdem …«

Luisa hörte, wie er tief Luft holte.

»… habe ich Angst.«

»Du hast Angst?« fragte sie fassungslos und konnte nicht glauben, wie richtig Sofia mit ihrer Vermutung gelegen hatte.

»Ich weiß ja nicht, wie du reagierst, wenn du mich siehst. Vielleicht erhoffst du dir etwas anderes oder jemand anderen.«

In ihr tobten so viele unterschiedliche Gedanken und Gefühle, die sie nicht greifen konnte. Sie wollte etwas darauf antworten, doch aus ihrem Mund kam kein einziges Wort.

»Möchtest du noch immer, dass wir uns treffen?«, fragte er vorsichtig.

Luisas Nerven erwachten zum Leben. Viel zu heftig nickte sie. Da fiel ihr ein, dass er das ja gar nicht sehen konnte. »Ja, das möchte ich immer noch.«

»Was hältst du von Samstagabend? Das ist mein letztes freies Wochenende.«

Sie drückte den Hörer fester an ihr Ohr. »Okay.« Mehr brachte sie nicht heraus.

Jonas lachte erleichtert auf. »Ich im Anzug, du im Kleid?«

Luisa erinnerte sich an das Telefonat mit ihm. Das besagte Telefonat, das so unschuldig begonnen und mit heißem Telefonsex geendet hatte. Darin war ebenfalls ein Kleid vorgekommen.

»Ja. Das machen wir«, sagte sie heiser und war froh, dass er nicht sehen konnte, wie ihre Wangen die Farbe einer Tomate annahmen.

»Und was ziehst du an? Das kleine Schwarze oder das Rote?«, fragte er und seine Stimme klang dabei viel zu sexy.

»Das kleine Schwarze und etwas rotes darunter«, antwortete Luisa und ihre Schüchternheit war mit einem Mal verflogen.

Wieder lachte Jonas. Doch dieses Mal klang es verlegen. »Ich überlege mir etwas für uns beide.«

Luisa entschlüpfte ein Kichern. Zu viel Ramazotti. Eindeutig.

»Jonas?«

»Luisa?«

»I've got you under my skin«, hauchte sie in das Telefon und legte auf.

Ihr Kopf sank in den Nacken und ein angenehmes Zittern lief über ihren ganzen Körper. Sie würde ihn also endlich treffen.

Kapitel 12

»Auf gar keinen Fall, Jonas.«

Die Stimme seines Managers ließ keinen Zweifel daran, dass er sich nicht umstimmen ließ. Dirk kippte noch zwei weitere Teelöffel Zucker in den Cappuccino und rührte in aller Seelenruhe in seiner Tasse.

Justus hingegen schwieg. Die ganze Zeit über hatte sein Freund überhaupt nichts zu Jonas' Vorschlägen gesagt, sondern nur missmutig das Gesicht verzogen. Unbeweglich starrte er ins Leere.

»Aber warum denn nicht?«, bohrte Jonas nach. »Vielleicht ist es an der Zeit, etwas Neues zu versuchen.«

Energisch schüttelte Dirk den Kopf und ließ entnervt seinen Löffel auf den Teller fallen. »Schlag dir das besser aus dem Kopf. Tristan Evers und seine Band sind eine Marke, die wir mühevoll aufgebaut haben. Das Label und ich treffen die Entscheidungen, du singst. Falls du dich nicht mehr daran erinnerst, kannst du das gerne in dem Vertrag nachlesen, den du unterschrieben hast.«

»Komm schon, Dirk. Gib mir doch wenigstens eine Chance. Schließlich hatte ich nie die Möglichkeit, dir einen eigenen Song vorzuspielen,« bettelte er weiter, was sonst überhaupt nicht seine Art war.

»Hör zu, mein Junge«, Dirks Stimme klang nun ein wenig sanfter, »das Musikgeschäft ist ein hartes Business. Für Selbstverwirklichung ist da kein Platz. Entweder du schwimmst mit dem Strom oder du gehst unter.« Sein Manager räusperte sich und Jonas hatte das Gefühl, als würde er jedes seiner Worte von nun an gut abwägen. »Du bist ein begnadeter Musiker und du weißt, dass ich große Stücke auf dich halte?«

Jonas nickte.

Er hatte diesem Mann viel zu verdanken. Nachdem er es trotz seiner herausragenden Leistung in *The Voice of Germany* nicht in die Battles geschafft hatte, war sein heutiger Manager auf ihn aufmerksam geworden, hatte ihn gefördert und ihn mit der Band zusammengebracht. Gemeinsam war ihnen kurz darauf der große Durchbruch gelungen.

»Ich bin nun lange genug im Geschäft, Jonas«, redete Dirk weiter. »Ich habe einige vielversprechende Musiker scheitern sehen und hier geht es nicht nur um dich, sondern auch um die Band und dein Management. So ungern ich dir das jetzt auch sage, aber: Entweder du fügst dich oder wir müssen uns nach einem anderen Sänger umsehen.«

Alarmiert blickte Justus auf, hielt aber weiterhin den Mund.

Jonas spürte, wie seine Schläfen vor Wut pulsierten. »Zur Hölle, nein! Das kannst du nicht machen.« Er sprang auf die Beine und fuhr sich aufgeregt durchs Haar.

»Entschuldigung?« Schüchtern tippte ihm jemand von hinten auf die Schulter. »Bist du nicht Tristan Evers?« Die beiden blonden Mädchen, die wie Zwillinge gekleidet und vermutlich nicht älter als vierzehn Jahre alt waren, kicherten verlegen.

»Das ist er«, antwortete sein Manager an seiner Stelle und nickte den beiden aufmunternd zu.

Jonas ärgerte sich darüber. Schließlich konnte er für sich selbst sprechen.

»Soll ich ein Foto von euch machen?«, bot Dirk an und die beiden drückten ihm sofort begeistert ihre Smartphones in die Hand.

»Justus soll auch mit drauf!«, forderte das Mädchen mit dem blonden Pferdeschwanz. »Der ist ja soooo süß!«, flüsterte sie ihrer Freundin so laut ins Ohr, dass es alle mitbekamen.

Zu gerne posierte Justus mit ihnen für ein Foto, das die Mädels bestimmt gleich auf Instagram posten würden, und schenkte ihnen ein zuckersüßes Lächeln, während Jonas nur angestrengt die Mundwinkel hob.

Nach einem Autogramm auf die Handfläche und einem »Oh Gott, jetzt werden wir uns nie wieder die Hände waschen«, gefolgt von begeistertem Gekreische, schickte Dirk die beiden Teenager weiter.

»Sorry Mädels, aber das muss reichen. Wir haben noch etwas Wichtiges zu besprechen.« Er legte seine Hand auf Jonas' Schulter und sah in fragend an. »Also?«

In dem Blick seines Managers konnte er keinen Vorwurf erkennen. »Schon gut. Wir machen alles wie immer.« Seine Wut war verpufft und er ließ sich neben seinen Freund auf die Sitzbank sinken.

»Genießt eure restlichen freien Tage, Jungs. Wir sehen uns Montag im Studio, da will ich vollen Einsatz sehen.«

Dirk legte einen Zwanziger auf den Tisch und verabschiedete sich aus ihrem Stammcafé. Oft kam die ganze Band mit ihrem Manager hierher, um verschiedene Angelegenheiten zu klären und zu besprechen. Nicht selten wurden sie von der Presse gestört oder von Fans unterbrochen, was genau Dirks Absichten entsprach.

»Warum hast du nichts dazu gesagt, Justus?«, fragte er und bemühte sich, dabei nicht vorwurfsvoll zu klingen.

»Ich arbeite gerne mit Dirk zusammen und wenn ich ehrlich bin, sehe ich das ähnlich wie er. Im Gegensatz zu dir bedeutet mir meine Karriere etwas und mir ist es egal, dass wir Mainstreammusik machen.«

Jonas schluckte schwer. Trotzdem rechnete er es seinem Freund hoch an, dass er immer sagte, was er dachte, auch wenn er gerade nicht besonders glücklich darüber war.

»Was ist bloß los mit dir?«

Ahnungslos zuckte Jonas die Achseln. Eine durchaus berechtigte Frage. In diesem Business war er nicht mehr wirklich glücklich. Doch es fiel ihm schwer, sein Gefühlschaos in Worte zu fassen.

»Offengestanden …« Justus zögerte einen Moment und musterte ihn besorgt. »Wenn ich gewusst hätte, worüber du mit Dirk sprechen willst, dann wäre ich gar nicht erst gekommen. Ich liebe es, im Rampenlicht zu stehen, und es tut mir leid, wenn du im Moment Schwierigkeiten damit hast. Aber bitte verlang nicht von mir, mich zwischen meiner Karriere und unserer Freundschaft zu entscheiden.«

»Das würde ich niemals tun«, beteuerte Jonas und sah Justus direkt in die Augen, der daraufhin verlegen den Blick abwandte.

Ohne darüber nachzudenken, hatte er seinen Freund in eine unangenehme Situation gebracht. Womöglich dachte Dirk nun sogar, dass Justus auf seiner Seite stand und die Dinge genauso sah wie er. Vorhin hatte er nur eine einzige Lösung gesehen und sich sofort darauf gestürzt. Zum Glück war er rechtzeitig zurückgerudert. Er würde das nächste Mal klarstellen, dass Justus damit nichts zu tun hatte. Bevor er in Zukunft handelte, sollte er sich vorher besser genau überlegen, was er wollte, welchen Preis er zu zahlen bereit war und welche Konsequenzen seine Entscheidungen mit sich brachten.

»Es tut mir leid, Justus. Ich habe überhaupt nicht nachgedacht, was es für dich bedeuten könnte. Weißt du, ich …«

Justus brachte ihn mit einer Handbewegung zum Schweigen. »Schon gut, Schwamm drüber. Aber du solltest Dirk erzählen, dass ich mit deinen Flausen nichts am Hut habe. Wenigstens weißt du jetzt, wie ich zu der Sache stehe.«

Erleichtert atmete Jonas auf. Er war froh, einen Freund wie Justus an seiner Seite zu wissen.

»Wie sieht's aus? Kommst du später noch auf ein Bier zu mir nach Hause? Ich mache meine berühmte Pizza. Mit viel Peperoni. Mein Paps schaut auch vorbei. Er freut sich bestimmt, dich mal wieder zu sehen. Außerdem könnte ich euren Rat brauchen.«

Justus trank den letzten Schluck seiner Cola. »Geht klar. Lass mich raten? Diese geheimnisvolle Frau aus dem Internet hat dir den Kopf verdreht und jetzt weißt du nicht, was du machen sollst?«

»So ungefähr«, meinte Jonas ein wenig verlegen.

»Das war ja klar.«

Justus lachte, bevor er sich verabschiedete und er Richtung Ausgang schlenderte. Dabei scannte sein Blick auffällig das ganze Café ab. Bestimmt suchte er nach Jana, seiner aktuellen Traumfrau.

Mist, jetzt hatte Jonas gar nicht mehr gefragt, ob er bei seiner Eroberung schon Fortschritte gemacht hatte. Das würde er heute Abend schleunigst nachholen.

Bevor Jonas das Café verließ, verschwand er für einen Augenblick auf der Toilette, zog sich eine lockige Perücke über, die sein dunkles volles Haar verdeckte, setzte eine Sonnenbrille auf und entschied sich zusätzlich für eine gelbe Wollmütze. In diesem Aufzug sah er zwar äußerst merkwürdig aus, aber so standen die Chancen gut, unerkannt nach Hause zu kommen.

***

Jonas richtete seine ganze Aufmerksamkeit auf die Pizza im Ofen. Jetzt durfte sie nicht mehr lange brauchen. Im

Hintergrund dudelte Jack Johnson aus der alten Stereoanlage und sorgte für eine entspannte Atmosphäre. Schließlich holte er zwei Flaschen Bier aus dem Kühlschrank und drückte seinem Vater und Justus jeweils eins davon in die Hand.

»Deine Mutter liegt mir ständig damit in den Ohren, welche Frau du wohl mit auf ihre Feier bringst.« Sein Vater setzte die Flasche an den Mund und nahm einen kräftigen Schluck. Keine Frage. Ihn hatte ebenfalls die Neugierde gepackt.

»Du bringst eine Frau mit auf eine der berühmten Partys deiner Mutter?« Justus sah ihn entgeistert an.

»Du bist übrigens auch eingeladen.«

»Etwas anderes habe ich auch nicht erwartet«, meinte Justus wenig bescheiden wie immer.

Jonas gab vor, mit der Pizza beschäftigt zu sein. In aller Seelenruhe zerteilte er sie in gleichgroße Stücke und platzierte eins davon auf jeden Teller.

Hungrig wie ein Löwe stürzte sich sein Freund auf die erste Portion. »Mhm! Lecker. Aber heiß.« Er fächelte mit der Hand vor seinem Gesicht herum. »Und ganz schön scharf. Aber jetzt rück endlich raus mit der Sprache. Ist es deine L.A. Woman?«

»L.A. Woman?« Jonas' Vater sah die beiden fragend an.

Hitze stieg in Jonas' Wangen. »Ehrlich gesagt ist es noch gar nicht sicher, dass ich jemanden mitbringe«, gab er zu.

Enttäuscht stöhnten die beiden anderen auf.

»Ich wollte nur, dass Mama endlich Ruhe gibt. Manchmal ist sie einfach anstrengend.«

Sein Vater nickte. »So etwas habe ich mir schon gedacht. Aber du warst sehr überzeugend, das muss ich zugeben.«

Unbehaglich und nervös rutschte Jonas auf dem Sofa hin und her. »In gewisser Weise gibt es da auch jemanden«, nuschelte er und gemeinsam mit Justus erklärte er seinem Vater die Geschichte mit Luisa und wie alles zwischen ihnen angefangen hatte.

»Und wie geht es jetzt mit euch weiter?«, fragte er ehrlich interessiert und strahlte dabei Gelassenheit und Verständnis aus. Typisch sein Vater. Den konnte so schnell nichts aus der Ruhe bringen.

»Wir treffen uns diesen Samstag.«

Mit offenem Mund starrte Justus ihn an. »Was? Ihr trefft euch? Diesen Samstag schon? Und du hast mir nichts davon erzählt?« Er klang ehrlich enttäuscht.

»Ich habe Luisa erst am Mittwoch gefragt. Außerdem ist es kompliziert.« Verlegen fuhr sich Jonas durchs Haar und der Puls an seinem Hals raste ein wenig schneller, als er an das Telefonat mit Luisa dachte. *I've got you under my skin.* Ob er diese Melodie wohl jemals wieder aus dem Kopf bekommen würde?

»Hast du jetzt komplett deinen Verstand verloren? Du kennst sie doch gar nicht. Das sollte doch nur ein Spaß sein, ein Internetflirt. Nichts weiter. Vielleicht ist sie eine Psychopathin oder so? Was ist, wenn die Presse davon Wind bekommt? Ich sehe die Schlagzeile schon vor mir: Tristan Evers tappt in Datingfalle!« Für seine Verhältnisse klang Justus ungewöhnlich aufgebracht.

»Deshalb brauche ich euere Hilfe. Wo könnte ich mit ihr hingehen, so dass wir uns in Ruhe kennenlernen können, ohne dass ich Angst haben muss, auf Schritt und Tritt verfolgt zu werden?«

»Warum lädst du sich nicht einfach zu dir nach Hause ein?«, schlug sein Vater vor. »Hier seid ihr garantiert ungestört. Wer verirrt sich schon hierher?«

»Klar!« Justus tippte sich mit dem Zeigefinger an die Stirn. »Als würde sie gleich zu Jonas in die Pampa fahren. Da muss sie doch ihn für einen verrückten Serienkiller halten. Außerdem …« Er kratzte sich nachdenklich am Kinn. »… wenn sie erkennt, wer du bist, und weiß, wo du wohnst, rennt sie womöglich zur Presse und du hast hier keine ruhige Minute mehr.«

»Was denkt ihr? Sollte ich ihr vor unserem Date reinen Wein einschenken und ihr sagen, wer ich bin?«

Sein Vater schüttelte energisch den Kopf. »Nein, das würde ich an deiner Stelle einfach auf mich zukommen lassen.«

Justus stimmte zu. »Dein Paps hat recht. Das ist keine gute Idee. Entweder sie nimmt dich nicht ernst und glaubt vielleicht, dass du dir nur einen Spaß mit ihr erlaubst, oder sie sieht nur den berühmten Tristan Evers und genau das willst du doch nicht. Also viel zu riskant.«

Für einen kurzen Moment schloss Jonas die Augen, um sich zu sammeln. »Was mache ich denn, wenn sie enttäuscht ist? Wenn sie etwas anderes erwartet? Oder jemand anderen?«

Er fühlte sich wie vom Blitz getroffen. Irgendetwas musste ihm den Verstand vernebelt haben. Warum hatte er sich überhaupt auf diesen Flirt eingelassen? Um Justus etwas zu beweisen?

»Du bist verknallt«, meinte Justus schließlich ganz sachlich. »Verknallt in eine Frau, die du überhaupt nicht kennst.«

Jonas nickte und musste zugeben, dass er mit seiner Vermutung gar nicht so falsch lag. Doch etwas an dieser Situation verlieh ihm Mut. »Hast du eine Idee, wohin ich sie einladen könnte, Paps?«

Er überlegte. »Kannst du dich noch an Vincenzo erinnern?«

»Meinst du den Italiener, bei dem wir früher Samstagabend immer gegessen haben?«

Vor Jonas' innerem Auge tauchte das Bild eines kugelrunden Mannes auf, mit riesigem, struppigem Bart und einer winzigen Schürze um die Hüften gebunden.

»Genau den meine ich. Wir haben immer noch Kontakt und hin und wieder esse ich bei ihm. Er liegt ziemlich weit außerhalb, wenn du dich erinnern kannst. Im Restaurant gibt es eine nette kleine Nische, in der nur zwei Personen Platz haben. Dort habe ich mit deiner Mutter oft gesessen, als wir noch verheiratet waren. Dorthin könntest du sie einladen.«

Sein Vater kramte umständlich in seiner Hosentasche, fand endlich seinen Geldbeutel, zog eine zerknitterte Visitenkarte heraus und reichte sie Jonas.

»Wohnt sie hier in München?«

Jonas schüttelte den Kopf. »Sie kommt aus Regensburg.«

»Dann wirst du sie irgendwo abholen müssen. Allein findet sie dort sicherlich nicht hin.«

»Aber dann habe ich wieder das Problem, mich mit Mütze und Co. zu verkleiden, um in der Stadt nicht gleich erkannt zu werden.«

»Das musst du wohl in Kauf nehmen. Jetzt stell dich nicht so an. Das ist doch das geringste Problem. Außerdem hatten wir das vorhin schon einmal. Du kannst sie nicht einfach allein in die Pampa schicken. Was soll sie da denken?«, gab Justus seinen Senf dazu.

»Und du glaubst, dass wir dort unsere Ruhe haben werden?«

Hannes Kluge nickte. »Wenn du dort anrufst, bestelle ihm schöne Grüße von mir. Sag ihm, dass du ein ungestörtes Plätzchen willst, und erkläre ihm auch warum. Vincenzo ist absolut verschwiegen. Darauf kannst du dich verlassen.«

Justus schüttelte den Kopf. »Du triffst dich also tatsächlich mit L.A. Woman. Ich kann es nicht fassen. Da bin ich ja mal gespannt, wie die Sache ausgeht.«

»Hey, ein bisschen mehr Optimismus, bitte.« Jonas boxte ihm leicht in die Seite. »Immerhin habe ich dir dieses Date zu verdanken. Ohne dich wäre ich niemals auf dieser Website gelandet.«

Sein Freund grinste. »Dann hoffen wir mal, dass du danach nicht den Wunsch verspürst, mir den Hals umzudrehen.«

»Sag mal, was ist eigentlich mit Jana, deiner Kaffeefee?«

Mit einem Mal lief Justus rot an, was für ihn vollkommen untypisch war. »Ich habe ihre Telefonnummer.«

Kapitel 13

Zufrieden betrachtete Luisa ihr Spiegelbild. Die Friseurin hatte ihr zuvor die Haare zu einer lockeren und trotzdem eleganten Banane hochgesteckt, ihr Pony reichte leicht über die Brauen und betonte ihre blauen Augen.

Umziehen und schminken würde sie sich später im Hotel. Unentschlossen starrte sie auf die wenigen Kleidungsstücke, die fein säuberlich auf dem Bett lagen und darauf warteten, von ihr in den Koffer gepackt zu werden. Dabei fiel ihr Blick auf die rote Unterwäsche aus Seide mit Spitzenbesatz. Die war ganz schön teuer gewesen. Sollte sie die wirklich mitnehmen?

Sie trat ans Fenster und wischte mit ihrem Zeigefinger gedankenverloren nicht vorhandenen Staub von einer überdimensionalen Grünlilie.

Schon in zwei Stunden würde sie im Zug nach München sitzen. Überwältigend schnell füllte sich ihr Kopf erneut mit Zweifeln. Vielleicht sollte sie lieber doch nicht fahren. Was wusste sie schon großartig über diesen Jonas? Ihre Gespräche mochten tiefgründig sein, doch stets schien er darauf bedacht, nicht zu viel über sich preiszugeben. Andererseits, was konnte schon passieren, wenn er sie direkt im Hotel abholte? Schließlich waren überall Menschen um sie herum, die sie notfalls um Hilfe bitten konnte.

Sie schüttelte den Kopf über ihre abstrusen Gedanken. Denn wenn sie ehrlich war, wog eine andere Angst viel schlimmer. Was, wenn er ihr überhaupt nicht gefiel oder umgekehrt? Wie manövrierte man sich dann aus einer solch unangenehmen Situation wieder heraus, ohne dass es für einen von ihnen beiden peinlich werden würde?

Seufzend trottete sie zurück in die Küche und trank einen Schluck Kaffee, der von ihrem dürftigen Frühstück übrig geblieben war und packte anschließend die Sachen in ihren Koffer.

Luisa war froh, dass Betty sie zu einer ausgiebigen Shoppingtour überredet hatte. Das Kleid hatte sich als wahrer Glücksgriff entpuppt. Es war schwarz, schräg geschnitten und endete knapp über dem Knie. Zudem zeigte es nicht zu viel Dekolleté, ließ aber Luisas Rundungen erahnen, was es elegant und zugleich sexy wirken ließ. Betty hatte einfach einen guten Geschmack und sie war froh, dass sie nicht einmal mit der Wimper gezuckt hatte, als Luisa die rote Unterwäsche mit in die Umkleidekabine genommen hatte. Vermutlich würde sie selbst auch nichts dem Zufall überlassen, wenn es darauf ankam. Conny hingegen war immer noch ein wenig skeptisch, was Luisas Blind Date mit Jonas betraf.

Luisa schaute noch einmal auf ihr Handy, verspürte jedoch nicht das Bedürfnis, ihren Freundinnen noch einmal zu schreiben. Sie ließ das Telefon in ihre Tasche gleiten.

Vor Aufregung war ihr übel und eiskalt. Gleichzeitig konnte sie sich nicht daran erinnern, wann sie sich das letzte Mal so lebendig gefühlt hatte. Jede Minute, die sie länger in ihrer Wohnung verbrachte, kam ihr wie eine Ewigkeit vor.

Luisa atmete tief durch und zog den Reißverschluss ihres Koffers zu. Da klingelte es an ihrer Haustür.

»Papa!«, entfuhr es ihr, als sie die Tür öffnete.

Beinahe hätte sie laut nach Luft geschnappt. Ihm hatte sie gar nicht erzählt, dass sie heute nach München fahren würde. Wie hatte sie das nur vergessen können? Luisa schob es der ganzen Aufregung zu.

»Komme ich ungelegen?« Ihr Vater deutete auf den Koffer.

»Ein kleines Bisschen vielleicht.« Verwirrt runzelte sie die Stirn. Mit ihm hatte sie überhaupt nicht gerechnet.

»Ich war gerade in der Stadt unterwegs, um ein paar Besorgungen zu machen. Als ich dich in der Buchhandlung besuchen wollte, meinte Conny, dass du dir für heute freigenommen hast. Außerdem hat sie so komische Andeutungen gemacht. Ist alles in Ordnung bei dir?« Er lehnte immer noch im Türrahmen.

»Jetzt komm schon rein.« Sie zog ihn am Ärmel und sah auf die Uhr. »Ein paar Minuten hab ich noch Zeit.«

»Fährst du weg?«, fragte er verwundert.

Luisa nickte. »Ich fahre nach München und treffe mich mit Jonas.« Sie spürte, wie ihren Wangen heiß wurden.

»Das wird ja auch Zeit.« Ihr Vater lächelte.

»Meinst du, ich soll wirklich fahren?«

»Wenn du es nicht tust, wirst du dich vermutlich immer fragen, was wäre, wenn du es doch getan hättest. Also ja. Ich finde, du solltest fahren und dich mit ihm treffen.« Er umarmte sie kurz und trat einen Schritt zurück. »Deine Haare sehen toll aus. Pass auf dich auf, mein Mädchen.«

»Das mache ich«, versicherte sie ihm.

Als ihr Vater die Tür hinter sich geschlossen hatte, spülte Luisa noch schnell ihre Kaffeetasse aus und überprüfte zwei weitere Male, ob sie auch wirklich alles in den Koffer gepackt hatte.

Sie hielt kurz inne, um noch einmal tief Luft zu holen, und machte sich schließlich auf den Weg zum Bahnhof.

Glücklicherweise ergatterte Luisa auf Anhieb einen Sitzplatz direkt am Fenster. An den Samstagen waren die Züge nach München zu jeder Tageszeit rappelvoll. Nervös schob sie den kleinen Koffer auf die obere Ablage und wischte sich die feuchten Hände an ihrer Jeans ab.

Nachdem die Bahn Regensburg hinter sich gelassen hatte, klopfte ihr Herz wie verrückt. Vielleicht sollte sie ein wenig Musik hören, um sich abzulenken? Als sie ihr Handy aus der Tasche fischte, stellte sie fest, dass sie eine Nachricht von Jonas bekommen hatte.

Ich freue mich so unglaublich auf dich und kann es kaum erwarten, dich endlich zu sehen.

Diese Worte entlockten ihr ein Lächeln, und als die Landschaft draußen vor ihr am Fenster vorbeisauste, fasste sie einen Entschluss. Dieser Abend würde großartig werden. Ihre Ängste und Zweifel verflüchtigten sich spontan und Luisa hoffte, dass dies auch so bleiben würde. Egal was kommt, sie würde das Beste daraus machen.

Fast zwei Stunden später stolperte sie samt Koffer etwas unbeholfen aus dem Wagon. Im Gegensatz zu ihrer Heimatstadt kam ihr der Münchner Hauptbahnhof jedes Mal riesig vor.

Im Eiltempo begann sie den Anweisungen von Mister Google zu folgen, ohne die sie vermutlich völlig aufgeschmissen gewesen wäre. Ohne den geringsten Anflug von Orientierung lief sie an diversen Geschäften vorbei und hätte beim Überqueren einer Straße beinahe die rote Fußgängerampel übersehen. Am liebsten hätte sie jemanden nach dem Weg gefragt. Doch das war hier in München so gut wie unmöglich. Jedes Mal, wenn sie bei einem ihrer Besuche in der bayerischen Hauptstadt einen Versuch gewagt hatte, hatte sie ein »Tut mir leid, aber ich bin gar nicht von hier« zur Antwort bekommen.

Doch mit Hilfe ihres Handys würde sie ihr Hotel hoffentlich bald finden. Wenigstens hatte sie sich eins ausgesucht, dass sie zu Fuß erreichen konnte. So musste sie sich nicht auch noch mit weiteren Fahrplänen auseinandersetzen. In Regensburg gab es keine U-Bahn und sie schätzte es sehr, wie überschaubar ihre Lieblingsstadt doch war.

Unglaublich! Luisa schüttelte den Kopf. Nun war aus diesem verrückten Plan tatsächlich Wirklichkeit geworden und schon bald würde Jonas live vor ihr stehen.

Fast wäre sie gegen eine Straßenlaterne gerannt, so konzentriert hatte sie auf das Display ihres Handys gestarrt. Erleichtert stellte sie fest, dass sie ihr Ziel erreicht hatte.

Luisa nahm zwei Stufen auf einmal, öffnete die Tür und blieb vor der Rezeption wie angewurzelt stehen. Nun war sie also hier in München und Jonas war in genau diesem Moment vermutlich gar nicht weit weg von ihr.

»Guten Tag. Wie kann ich Ihnen helfen?« Die Frau mit dem silberfarbenen Bob sah von ihrem Computer auf und schenkte ihr ein freundliches Lächeln.

Luisa errötete. Wie würde der heutige Abend wohl enden? Würde Jonas sie zurück ins Hotel begleiten und die Nacht mit ihr verbringen? Hätte sie vorsichtshalber für zwei Personen reservieren sollen?

»Mein Name ist Luisa Schneider. Ich habe ein Zimmer in ihrem Hotel gebucht«, sagte sie und bemühte sich um eine feste Stimme.

Als sie den Schlüssel entgegennahm, zitterten ihre Hände erneut von der ganzen Aufregung. Falls die Rezeptionistin davon irritiert war, ließ sie es sich zumindest nicht anmerken.

Luisa packte ihren Koffer am Griff und zog ihn hinter sich in den Fahrstuhl, der lautlos in die oberste Etage glitt.

»Gütiger Himmel!« Luisa ließ sich in den gelben Sessel ihres Zimmers sinken. »Wie kann man nur ein dermaßen nervöses Wrack sein!«, schimpfte sie mit sich selbst.

Schnell stand sie wieder auf, öffnete die Tür und trat hinaus auf den Balkon. Sie sog die frische Luft tief in ihre

Lunge und hoffte, ihr Herzschlag würde sich auf diese Weise ein wenig beruhigen.

Schließlich packte sie ihre Sachen aus und hängte sie fein säuberlich geordnet in den Schrank. Viel hatte sie nicht mitgenommen. Das Kleid und die schöne Wäsche für heute Abend, Jeans und Pulli für die Heimfahrt am nächsten Tag und ein bisschen Mädchenkram.

Luisa sah auf die Uhr. Ihr blieben knapp zwei Stunden, bis Jonas sie hier abholen würde. Noch hatte er ihr nicht verraten, wohin er sie ausführen wollte und sie war gespannt.

»Manchmal muss man das Schicksal herausfordern«, hatte Sofia behauptet und genau das würde Luisa heute tun. Sie schnappte sich ihre Lieblingsduschcreme, die nach Pfirsich roch, und gönnte sich eine ausgiebige Dusche, wobei sie genau darauf achtete, dass ihre Frisur keinen Schaden nahm.

Schließlich schlüpfte sie in die rote Seidenunterwäsche, in der sie sich ausgesprochen sexy fühlte.

Ob Jonas Hände sich heute Abend dorthin verirren würden? Bei diesem Gedanken spürte sie ein angenehmes Kribbeln zwischen ihren Beinen.

Hoffentlich bekam die Strumpfhose keine Laufmasche. Sie hatte nicht daran gedacht, eine Zweite als Ersatz einzupacken.

Die langen, silbernen Ohrringe mit dem glitzernden Stein am Ende passten perfekt zu dem Kleid und ihrer Frisur. Dafür verzichtete Luisa auf weiteren Schmuck und auch in Sachen Make-up entschied sie sich für einen dezenten Look. Ein wenig Eyeliner und Wimperntusche, die ihre blauen Augen noch ein wenig mehr zum Strahlen brachten, und einen Hauch Lipgloss. Mehr brauchte es bei einer makellosen Haut wie der ihren nicht.

Leise spielte im Hintergrund die neue Lieblingsplaylist auf ihrem Handy. Luisa schloss für einen Moment die Augen. Musik war ihrer Meinung nach Balsam für die Seele und als die ersten Töne von Melody Gardots *Morning Sun* erklangen, spürte sie, wie ihr Puls sich langsam beruhigte. Leise summte sie den Refrain mit. Jeden Moment konnte er hier sein.

»Ganz bestimmt wird es ein unvergesslicher Abend«, sagte sie diesmal extra laut, damit ja kein Zweifel mehr aufkam.

Behutsam strich sie über den glatten Stoff ihres Kleides und warf noch einen letzten Blick in den Spiegel, um Frisur und Make-up einer letzten Prüfung zu unterziehen.

In diesem Moment klingelte das Telefon in ihrem Hotelzimmer und Luisa zuckte erschrocken zusammen. Wer konnte das sein?

»Ja, bitte?« Ihre Stimme klang ungewohnt heiser.

»Frau Schneider? Ihre Begleitung wartet unten auf Sie.«

Luisa warf sich ihren roten Trenchcoat über, in dem sie heute Abend vermutlich schrecklich frieren würde. Doch in diesem Mantel fühlte sie sich selbstbewusst und weiblich. Dafür nahm sie die Kälte gerne in Kauf.

Vorsichtshalber wickelte sie sich den grauen Kaschmirschal, den ihr Conny und Betty letztes Weihnachten geschenkt hatten, um den Hals.

Zufrieden nickte sie ihrem Spiegelbild zu und schenkte sich selbst ein anerkennendes Lächeln. Ein Hauch von Eleganz und trotzdem sexy. Für einen kurzen Augenblick schmiegte sie ihre Wange an den weichen Stoff, bevor sie die Tür hinter sich schloss und sich auf den Weg nach unten machte. Das Herz hämmerte wild in ihrer Brust.

Im Foyer suchte ihr Blick sämtliche Ecken nach Jonas ab. Doch nirgendwo konnte sie einen Mann entdecken. In den hellen Sesseln neben der Rezeption saß nur eine junge blonde Frau mit dem Laptop auf dem Schoß. Ob er es sich doch noch anders überlegt hatte?

Jemand tippte Luisa von hinten auf die Schulter und erschrocken fuhr sie herum.

Die nette Dame, die ihr zuvor ihren Schlüssel überreicht hatte, blickte ihr direkt ins Gesicht. »Er wartet draußen im Innenhof auf Sie.« Die Frau deutete Richtung Glastür und ein wissendes Funkeln trat in ihre Augen. Sie zwinkerte Luisa verschwörerisch zu und wünschte ihr einen traumhaft schönen Abend.

Luisa streckte ihre kribbelnden Hände nach dem Türgriff aus und ihr Herz geriet erneut ins Stolpern, als sie nach draußen an die frische Luft trat.

Vor ihr stand ein Mann im dunkelblauen Anzug. Jonas.

Sie spürte einen ersten Anflug von Enttäuschung. Warum trug er eine so hässliche gelbe Wollmütze auf dem Kopf? Und eine Sonnenbrille? Dabei war der Himmel voller Wolken und bald schon würde es dunkel werden. Komischer Typ.

Mit großen Augen starrte sie ihn an und fühlte sich unfähig, noch einen Schritt auf ihn zuzugehen.

Er schien ihre Befangenheit bemerkt zu haben und nahm sofort seine Brille ab. Er musterten sie mit warmem Blick aus seinen dunklen Augen.

»Luisa.« Er lächelte, umarmte sie kurz und trat einen Schritt zurück. Verlegen räusperte er sich.

Luisa konnte nicht aufhören, in seine Augen zu schauen, die sie mehr faszinierten, als sie zugeben wollte. Sie waren braun, fast schwarz. Was es mit der Mütze und der Sonnenbrille auf sich hatte, konnte sie ihn später immer noch fragen.

Luisa beschloss, seinen merkwürdigen Aufzug vorerst zu ignorieren und Jonas eine echte Chance zu geben, und hauchte ihm zur Begrüßung einen schüchternen Kuss auf die Wange. Ein Kuss, der ein erfreutes und scheinbar erleichtertes Strahlen auf sein Gesicht zauberte und die längst vergessenen Schmetterlinge in ihrem Bauch anstupste.

Kapitel 14

Er atmete tief ein und hoffte, dass Luisa nicht bemerkte, wie aufgeregt er in Wirklichkeit war.

»Jonas«, sagte sie sanft. »Ich bin so froh, dich endlich zu sehen. Irgendwie kann ich noch gar nicht glauben, dass du jetzt tatsächlich vor mir stehst.«

Ein zärtliches Lächeln umspielte ihre Lippen und dabei geriet sein Herzschlag völlig aus dem Takt, genau wie bei dem scheuen Begrüßungskuss wenige Augenblicke zuvor.

Jonas war während seines Lebens als Musiker schon mit vielen attraktiven Frauen ausgegangen, doch Luisa war unfassbar bezaubernd. Er hatte mit vielen gerechnet, jedoch nicht damit, dass sie seinen Puls derart zum Rasen brachte.

Auf die langen Telefonate mit ihr hatte er sich jedes Mal gefreut und auch die vielen Nachrichten, die sie ständig hin- und hergeschrieben hatten, ließen ihn nicht kalt. Doch so wie sie jetzt vor ihm stand, in dem hinreißenden schwarzen Kleid, das unter ihrem knallroten Mantel hervorlugte, und ihn mit ihren großen blauen Augen anschaute, wurde ihm klar, dass es längst mehr war als nur ein harmloser Flirt.

Ein paar Haarsträhnen hatten sich aus ihrer Frisur gelöst. Auf ihn wirkte Luisa stark und sanft zugleich und ausgesprochen sexy. Behutsam strich er ihr eine Strähne hinter das Ohr. Kein Muskel an ihrem Körper bewegte sich.

Ahnte sie, dass er Tristan Evers war? Warum stellte sie keine Fragen in Bezug auf seine Mütze und Sonnenbrille?

Dabei hatte er vorhin genau bemerkt, dass sie sein Aufzug für einen kurzen Moment verunsichert hatte.

»Wohin gehen wir eigentlich?«, fragte sie und verhinderte damit, dass er sich weiter den Kopf darüber zerbrach.

»Ich habe bei Vincenzo reserviert, ein Italiener, bei dem mein Vater und meine Mutter immer zu besonderen Anlässen gegessen haben. In meiner Kindheit war ich manchmal gemeinsam mit ihnen dort. Ich fand die Idee …« Jonas senkte den Kopf ein wenig und räusperte sich verlegen. »… irgendwie romantisch. Aber das Restaurant liegt ein wenig außerhalb der Stadt. Ist das okay für dich?«

Luisa nickte viel zu heftig. Als er wieder seine Sonnenbrille aufsetzte, musterte sie ihn skeptisch. Er spürte deutlich, dass sie sich in diesem Moment ein wenig unwohl fühlte.

»Ich habe Probleme mit den Augen, deshalb die Brille«, erklärte er deshalb schnell und wollte am liebsten die Hände über den Kopf zusammenschlagen, als ihm klar wurde, wie dämlich das klang.

Luisa hob die Augenbrauen. »Und mit den Ohren auch, oder wie?«

Jonas lachte. »Du meinst wegen der Mütze? Ich mag sie einfach. Wenn wir da sind, nehme ich sie ab. Versprochen.«

Ganz überzeugt wirkte sie nicht.

Wie selbstverständlich nahm er ihre Hand. Sie fühlte sich eiskalt an und er schmunzelte. Die Frau an seiner Seite war mindestens genauso aufgeregt wie er selbst.

Die Straße vor dem Hotel war nicht sonderlich belebt. Trotzdem schaute er sich ein paar Mal nervös um und betete inständig darum, von niemanden erkannt zu werden.

Gott, Luisa musste ihn für einen bescheuerten Freak halten!

Als sie nach einer gefühlten Ewigkeit bei seinem Leihwagen ankamen, zögerte Luisa. Vermutlich hatte sie Angst, er würde sie irgendwohin verschleppen. Das konnte er ihr nicht verdenken. Sein Verhalten musste ihr merkwürdig vorkommen. Doch er hatte keine Lust, jemanden von der Presse über den Weg zu laufen, und es kam ihm sehr entgegen, dass Luisa bisher keine Ahnung hatte, dass er berühmt war.

Vorsichtig umfasste er ihr Kinn und hob es an, sodass sie ihn ansehen musste.

»Vertrau mir, Luisa. Es ist zu weit, um das ganze Stück zu laufen. Ich bin kein Psychopath, ehrlich nicht.« Er schüttelte den Kopf über seine eigenen Worte. Wahrscheinlich gingen Verbrecher genauso vor.

Jonas lächelte sie aufmunternd an und spürte Erleichterung, als er bemerkte, dass Luisa sich entspannte.

»Na, dann bin ich mal gespannt, ob es *Vincenzo* mit dem *Biasinis* aufnehmen kann«, sagte sie, als sie zu ihm ins Auto stieg. »Du musst wissen, dass es das beste italienische Restaurant ist, das ich kenne. Die Orecchiette von Sofia und ihrer Nonna sind legendär. Die solltest du unbedingt probieren, wenn du mich in Regensburg besuchst.«

Jonas Herz machte einen Satz. Luisa ging also davon aus, dass sie sich nach dem heutigen Abend wiedersahen. So schlimm konnte ihr erster Eindruck von ihm also nicht gewesen sein.

Er parkte das Auto neben einer Wiese. Das restliche Stück würden sie zu Fuß gehen. So waren sie noch ein wenig ungestört. Der Kiesweg, der zu *Vincenzo* hinaufführte, war beleuchtet. So war es kein Problem, später im Dunklen zurückzufinden.

Luisa stieg aus und stand nun direkt vor ihm. Jonas starrte sie an und für einen Moment war er versucht, sie zu küssen. Doch sie griff nach seiner Hand und zog ihn weiter.

»Komm schon. Ich habe Hunger. Vor Aufregung habe ich den ganzen Tag nichts hinunter bekommen. Für alles andere haben wir später noch genug Zeit, oder?« Sie grinste frech.

»Du warst also aufgeregt?«, neckte er Luisa.

Amüsiert boxte sie ihn in die Seite. »Jetzt sag bloß du nicht.«

Er wirbelte zu ihr herum und zog sie an sich. Dann nahm er ihre Hand und legte sie auf sein Herz. »Doch, natürlich. Und ich bin es immer noch. Spürst du, wie verrückt mein Herz gegen meine Brust hämmert?«

Für einen Moment schloss Luisa die Augen, dann lächelte sie und suchte mit den Lippen nach seinen.

Jonas ließ sie los. »Hast du nicht gerade gesagt, du hättest riesigen Hunger?«

Er lachte und es fiel ihm schwer, den lang ersehnten, ersten Kuss noch länger hinauszuzögern. Doch es gefiel ihm auch und er wollte diesen Abend so lange wie möglich genießen.

»Schön ist es hier«, stellte Luisa zufrieden fest, als sie wenige Minuten später an ihrem Tisch saßen.

Unsicher nahm Jonas seine Mütze ab und wuschelte sich durch das dunkelbraune Haar.

»Ohne dieses hässliche Teil gefällst du mir viel besser.« Sie grinste.

Anscheinend erkannte sie ihn wirklich nicht oder sie überspielte es gekonnt. Er versuchte, sich ein wenig zu entspannen.

Vincenzo war genauso, wie Jonas ihn in Erinnerung hatte. Kugelrund, grauhaarig, struppiger Bart, herzlich und er lachte unheimlich laut. Nachdem der Italiener ihre Bestellung aufgenommen hatte und mit seinem Vortrag über seine wunderschöne Heimat Bella Italia endlich am Ende war, ließ er sie wieder miteinander allein. In diesem Eck fühlte Jonas sich vor möglichen neugierigen Blicken geschützt.

Aufmerksam musterte er Luisa über den Rand seines Glases. Sein Blick wanderte zu ihren Augen, die in dem gedämpften Licht fast türkis wirkten, dann ein Stück tiefer. Ihr Kleid war nicht besonders tief ausgeschnitten, jedoch konnte er ihre Rundungen erahnen und ein winziges Stück roter Spitze lugte daraus hervor.

Jonas sog scharf die Luft ein. Hitze stieg in seine Wangen, während sein Körper unanständige Ideen entwickelte. Verlegen wandte er sich wieder seiner Wasserflasche zu und schenkte sich etwas davon in sein Glas, das noch halbvoll war.

»Eigentlich wissen wir immer noch nicht besonders viel übereinander«, meinte Luisa völlig unvermittelt. »Was machst du so, wenn du nicht gerade mit mir telefonierst oder Nachrichten schreibst?« Ihr Lächeln war umwerfend.

»Mein Job nimmt viel meiner Zeit in Anspruch. Da bleibt nicht viel Raum für Hobbys oder so.«

»Was machst du denn eigentlich beruflich? Am Telefon hast du immer so ein Geheimnis darum gemacht.«

Luisa hatte also wirklich nicht den leisesten Schimmer. Zumindest das wäre geklärt. Trotzdem wurde seine Kehle eng.

»Ich arbeite für die Unterhaltungsindustrie.«

Das war nicht einmal gelogen.

Luisa schien zufrieden mit seiner Antwort und fragte glücklicherweise nicht weiter nach. Schließlich erzählte sie ihm von ihrer Arbeit in der Buchhandlung.

»Bist du glücklich mit deinem Leben?«

Sie schien überrascht von seiner Frage und es machte den Eindruck, als müsse sie überhaupt nicht darüber nachdenken.

»Ja, das bin ich. Ich habe einen Beruf, den ich liebe, tolle Freunde und ich sitze hier mit dir.«

Zwischen ihnen flackerte eine Kerze und Jonas erwischte sich dabei, wie er Luisa wieder verstohlen musterte. Behutsam streckte er seine Hand nach der ihren aus und fuhr mit dem Daumen über ihre schmalen Finger. Luisa sah in die ganze Zeit an, ohne dass ihr Lächeln auch nur für einen Augenblick verschwand. Da kam Vincenzo zurück an ihren Tisch.

»Für die Dame die Bucatini all'amatriciana. Das war übrigens die Spezialität meiner Mutter«, meinte er stolz lächelnd, »und Saltimbocca alla Romana für dich, Jonas. Buon appetito!«

Zum Glück unterhielt er sie diesmal nicht wieder mit Anekdoten aus seinem Leben, sondern kümmerte sich sofort um die anderen Gäste.

»Mhm! Das schmeckt wirklich köstlich.« Genießerisch spießte Luisa eine Nudel auf ihre Gabel und hielt sie ihm vor den Mund. »Nicht ganz so gut wie Sofias Pasta. Aber Vincenzo ist nahe dran. Vielleicht sollten wir ihn mit Sofias Nonna verkuppeln. Die beiden dürften in etwa das gleiche Alter haben und die italienische Küche lieben sie auch.«

»Ich dachte, du hältst nichts von Kuppelversuchen. Oder wie war das mit deinem Christian Grey?«

Jonas lächelte verschmitzt und Luisa wurde schlagartig rot.

»Oh Gott! Erinnere mich bloß nicht daran.« Plötzlich ließ sie die Gabel sinken und legte sie zurück auf ihren Teller. »Verhalte ich mich eigentlich lächerlich?«

Die selbstsichere Luisa von zuvor schien mit einem Mal verschwunden.

Die Verletzlichkeit in ihrem Blick rührte ihn und er schüttelte den Kopf. »Nein, überhaupt nicht, Luisa. Wie kommst du nur auf so einen Blödsinn?« Jonas versuchte, ihren Gesichtsausdruck zu deuten, fand darin aber keine Antwort.

»Es fühlt sich an, als würde ich viel zu viel reden und ich weiß gar nicht, ob ich gerade wirklich ich selbst bin. Es ist nur …« Sie ließ den Kopf auf ihre Brust sinken und seufzte. »Ich bin so schrecklich nervös.«

»Luisa …« Er beugte sich nach vorne und dabei stieg ihm der Geruch ihrer Haut in die Nase. Sie duftete dezent nach Pfirsich und er fragte sich, wie Luisa wohl schmeckte. »Mir geht es nicht anders. Glaub mir, ich bin genauso aufgeregt wie du.« Er räusperte sich ein wenig verlegen. »Was hältst du davon, wenn wir das Dessert ausfallen lassen und stattdessen ein wenig spazieren gehen? Bestimmt ist es eiskalt draußen, aber vielleicht tut uns ein wenig frische Luft ganz gut.«

Seine heißen Gedanken brauchten dringend ein wenig Abkühlung. Doch das behielt er lieber für sich.

Erleichtert nickte sie.

Obwohl sich die Atmosphäre zwischen ihnen auf seltsame Weise verändert hatten, aßen beide ihre Teller leer, bevor sie aufstanden. Luisa verzog jedoch sofort das Gesicht, als er seine Mütze und die Sonnenbrille aufsetzte. Nachdem er bezahlt hatte, holte er ihre Mäntel von der Garderobe und half Luisa hinein.

Sein Blick huschte über die Gäste an den anderen Tischen und erleichtert stellte er fest, dass niemand sich für ihn zu interessieren schien. Niemand außer Luisa. Dieser Gedanke gefiel ihm. Jonas konnte sich nicht daran erinnern, wann es ihm das letzte Mal gelungen war, unerkannt in einem Restaurant sein Essen zu genießen.

»Alles in Ordnung mit dir?«, wollte Luisa wissen.

»Ja, alles gut«, versicherte er ihr und hielt die Tür auf.

Kalte Abendluft schlug ihnen entgegen. Sofort zog Luisa ihren Schal ein wenig höher. Ihm entging nicht, wie sie draußen mit den Zähnen klapperte. Jonas zog seinen Mantel aus und legte ihn über ihre Schultern.

»Danke«, sagte sie leise und er war angenehm überrascht, dass sie nicht protestierte, sondern sich an ihn schmiegte. Luisa deutete auf den strahlenden, nachtblauen Himmel. Unzählige Sterne funkelten von dort oben auf sie herab. »Ist das nicht wunderschön?«

Jonas nickte. Dann schob er seine Finger hinter ihren Rücken und zog sie an sich. Sein Blick senkte sich auf ihren Mund. »Verrückt, oder? Wir sehen uns heute zum ersten Mal und doch fühlst du dich in meinen Armen so vertraut an«, murmelte er.

Sie blinzelte und ihre Brust hob sich in einem tiefen Atemzug. Zärtlich hauchte ihr Jonas einen sanften Kuss auf ihre Stirn, eine liebevolle Geste, die ihn selbst überraschte. Er ließ sein Kinn auf ihre Schultern sinken und strich mit der Nasenspitze über die weiche Haut nahe ihrer Schläfe. Schließlich umarmte er sie fester und senkte seinen Mund auf ihre Lippen.

Aus ihrer Kehle drang ein wohliges Stöhnen und Hitze sammelte sich in seiner Mitte, als sie seinen Kuss leidenschaftlich erwiderte.

»Komm mit zu mir«, raunte er und suchte ihren Blick.

Zärtlich strich er über ihre Wange. Als er glaubte, sie würde ihm nicht mehr antworten, drang leise ihre Stimme an sein Ohr.

»Okay«, flüsterte sie heiser.

Kapitel 15

»Es ist nicht sehr weit bis zu mir nach Hause«, meinte Jonas. Seine Stimme klang angenehm rau. Er richtete seine Aufmerksamkeit weiter auf den Straßenverkehr.

Nach Luisas Empfinden schien diese Autofahrt eine gefühlte Ewigkeit zu dauern. Dabei wollte sie jetzt nichts lieber, als seine Lippen wieder auf ihrem Mund spüren und herausfinden, wie sich sein nackter Körper unter ihren Fingern anfühlte. Sie spürte ihre eigene Kleidung viel zu deutlich auf ihrer Haut.

Jonas musste ihren Blick bemerkt haben. »Könntest du bitte aufhören, mich so anzustarren? Das macht mich völlig nervös. Außerdem kann ich mich nicht konzentrieren, weil ich mich ständig frage, was dir gerade durch den Kopf geht.«

Ein Grinsen huschte über ihr Gesicht. Luisa biss sich auf die Zunge und zwang sich, aus dem Fenster zu schauen, statt Jonas begehrlich zu mustern.

Sie schmiegte sich an seinen Mantel, den sie immer noch um ihre Schultern trug. Der Geruch seines Aftershaves stieg ihr dabei in die Nase. Er duftete nach einer frischen Meeresbrise und ein wenig salzig vom Kontakt mit seiner Haut.

Jonas lenkte den Wagen in einen Feldweg und bog schließlich rechts ab. Es war schwer, in der Dunkelheit Genaueres zu erkennen. Schließlich hielt er vor einem Haus.

Luisa registrierte nur, dass es sehr klein wirkte.

»Nun«, flüsterte er gedehnt, »wir sind da. Hier wohne ich.« Mit einer abrupten Bewegung beugte er sich vor und küsste sie. Sein leichter Bart kratzte etwas an ihrem Kinn, doch sie zog ihn fester zu sich heran.

Der Puls an ihrem Hals raste noch wie verrückt, als er ausstieg und um das Auto herum kam.

»Lass uns reingehen«, raunte Jonas und hielt ihr galant die Wagentür auf.

Luisas Augen wurden schmal und für einen Moment verkrampfte sich ihr Magen. Sie war hier mitten im nirgendwo gelandet. Mit einem Fremden. Keine Nachbarn weit und breit. Schon während des nächsten Kusses wusste sie, dass es verrückt war. Und trotzdem sehnte sich ihr Herz, ihr ganzer Körper danach, mit Jonas in seinem Schlafzimmer zu verschwinden.

Sie holte tief Luft und hoffte, dass er ihre Unsicherheit nicht bemerkte. Auf keinen Fall wollte sie das Knistern zwischen ihnen stören.

Die Haustür schwang auf, sobald Jonas den Schlüssel hineingesteckt hatte. Jetzt stand er vor ihr, lässig an den Türrahmen gelehnt.

»Ist alles in Ordnung?«, fragte er sanft.

Der Klang seiner tiefen, samtigen Stimme jagte ihr einen angenehmen Schauer über den Rücken. Luisa schluckte und der letzte Funke Vernunft in ihr gab dem Verlangen ihres Körpers nach. Anstelle einer Antwort presste sie ihre Lippen auf die seinen.

Schließlich hatten sie es bis in die Küche geschafft.

»Möchtest du etwas trinken?«, fragte er ein wenig außer Atem.

»Ein Glas Wasser vielleicht.«

Luisa war dankbar für diese Pause, in der sie sich noch einmal kurz sammeln konnte. So viele Gedanken sausten durch ihren Kopf. Sie erwiderte sein Lächeln und strich sich verlegen ihren Pony aus der Stirn. Vielleicht war sie ein wenig aus der Übung, was diese Dinge anging, doch ihr Körper schien sich deutlich daran zu erinnern.

In einem Zug trank sie ihr Glas leer und sah ihn unverwandt an. Dabei entging ihr nicht, wie sein Blick begehrlich über ihr Kleid wanderte.

Jonas lächelte unverschämt und Luisa gefiel die Vorstellung, dass er sie wollte.

Hitze sammelte sich in ihrem Bauch, als sie ihre Arme um seine Hüften schlang und er sie fest an sich drückte. Nicht in hundert Jahren hätte sie damit gerechnet, dass sie sich derart zu ihm hingezogen fühlen würde. Sie ließ ihre Hände unter sein Hemd wandern und fühlte die nackte Haut unter ihren Fingern.

Zischend stieß er den Atem aus. Er nahm ihre Hand und zog sie in sein Schlafzimmer. Sie spürte die Hitze, die von ihm ausging und konnte es kaum erwarten, zu erfahren, wie er sich in ihr anfühlen würde.

Mit zielstrebigen Handbewegungen löste er geschickt die Nadeln aus ihrem Haar und schälte sie aus dem schwarzen

Kleid. Jonas' Augen weiteten sich vor Begierde, als sie in ihrer roten Wäsche vor ihm stand.

Ungeduldig knöpfte sie sein Hemd auf und er ließ seine Hose zu Boden gleiten. Dabei berührte sie jeden Teil seines Körpers, den sie erreichen konnte, und küsste ihn mit völliger Hingabe.

Leidenschaftlich zog er sie mit sich auf das Bett, glitt mit seinen Fingern über ihren Venushügel, hauchte zarte Küsse auf ihre empfindlichsten Stellen und jagte ihr damit lustvolle Schauer über den ganzen Körper.

Jonas ließ seine Hände über ihre Hüfte gleiten, zu ihren Schenkeln und wieder nach oben. Schließlich befreite er sie von dem letzten Stück Stoff, der sie noch voneinander trennte. Seine Finger drangen in heiße Körperregionen vor und bereiteten ihr äußerst angenehme Gefühle.

Luisa hob den Kopf, um ihn zu beobachten, während sein Mund noch ein Stück tiefer wanderte. Mit pochendem Herzen genoss sie die lustvollen Empfindungen, die seine Zunge dort auslöste. Einzelne Blitze schossen durch ihre Nerven und ihre Kehle brannte. Sie wollte mehr!

Ihr Atem kam stoßweise und sie presste die Lippen aufeinander. Luisa packte ihn an den Haaren und zog ihn zu sich heran. »Ich will dich spüren, Jonas«, keuchte sie.

Eilig kramte er in der Schublade neben seinem Bett nach einem Kondom. Er stöhnte auf, als sie ihre Fingerkuppen über die dünne Spur aus Haaren gleiten ließ, die von seinem Bauchnabel aus weiter nach unten führte.

Jonas hörte nicht auf, sie zu küssen, während er in sie eindrang und sich rhythmisch in ihr bewegte.

Luisa ließ sich fallen und fühlte Leidenschaft und Begehren bis tief in ihre Zehenspitzen. Sie vergrub die Finger in seinem dichten, braunen Haar und spürte, wie die Lust sich ihren Weg bahnte und ein heftiger Orgasmus durch ihren Körper pulsierte.

Sein keuchender Atem verriet ihr, dass er ebenfalls kurz vor dem Höhepunkt stand, und er nahm sie mit aller Kraft.

Wenig später lag Jonas entspannt auf dem Rücken und hatte einen Arm unter ihren Kopf geschoben. Mit seinen Fingern spielte er an ihrem Haar. Keiner von ihnen hatte bisher auch nur ein Wort gesagt.

Vorsichtig musterte sie ihn aus den Augenwinkeln. Sie betrachtete seine starken Arme und diese vollkommenen Lippen, die sie vorhin beinahe um den Verstand gebracht hatten. Statt eines Sixpacks, hatte er einen kleinen Bauchansatz. Doch das machte ihn für sie nicht weniger schön. Im Gegenteil. Dieser Mann war perfekt.

War Jonas womöglich sogar zu perfekt? Gab es einen Haken an der ganzen Sache und sie hatte ihn nur noch nicht bemerkt? Irgendetwas versuchte er zu verbergen. Das spürte Luisa ganz deutlich.

Sie schob diese Gedanken beiseite und stellte fest, dass sie sich für ihren Geschmack bereits viel zu wohl an seiner Seite fühlte.

Luisa bemerkte, wie er tief einatmete, bevor er ihr in die Augen sah. Er öffnete den Mund, als wollte er etwas sagen, doch dann lächelte er nur und küsste sie stattdessen sanft auf die Stirn. Unwillkürlich schmiegte sie sich ein wenig fester an ihn.

»Es gibt so Vieles, das ich dir gerne sagen würde«, flüsterte er leise.

Wachsam hob sie den Kopf, stütze das Kinn auf ihre Hand und sah ihm direkt in die Augen. »Und warum tust du es nicht?« In ihrem Bauch kribbelte es. Doch sie wusste nicht, ob es an den vielen Schmetterlingen lag oder ob die ersten Zweifel an ihr nagten. Ihre Brust wurde eng.

»Es geht nicht. Ich kann meine Gefühle nicht so einfach in Worte fassen.« Er rieb seine Nasenspitze an ihrer.

Verdammt. Auch wenn sie das Gefühl nicht loswurde, dass er so seine Geheimnisse hatte, war sie ihm in diesem Moment regelrecht verfallen. »Ich bin verrückt nach dir, Jonas.« Sie küsste seine Mundwinkel.

»Das geht mir genauso.«

Luisa lachte, als sie erneut seine Erektion an ihrem Oberschenkel spürte. Er summte *I've got you under my skin* leise in ihr Ohr.

Die Härchen auf ihren Oberarmen stellten sich auf und sie fühlte aufs Neue die Hitze zwischen ihren Beinen. Er zog sie auf sich und sie verschränkte ihre Finger mit seinen, während sie sich ein weiteres Mal liebten.

***

Als Luisa aufwachte, wusste sie einen Augenblick lang nicht, wo sie war. Sie setzte sich auf und blinzelte. Da fiel ihr Blick auf Jonas, der immer noch friedlich schlief. Sanft streichelte sie über seinen Oberkörper und er seufzte leise.

Die Nacht mit ihm war wunderschön gewesen, doch sie fürchtete sich vor dem peinlichen Moment danach. Die rosarote Brille war fort und sie war sich nicht sicher, ob das Ganze nicht ein Fehler gewesen war. Aber jetzt musste sie erst einmal aufs Klo. Und zwar dringend.

Luisa erwischte auf Anhieb die richtige Tür zum Badezimmer und atmete erleichtert durch. Sie wusch sich die Hände und putzte sich mit seiner Zahnpasta und ihren Fingern notdürftig die Zähne.

Ihr Spiegelbild blickte ihr vorwurfsvoll entgegen. Ihre Wangen waren stark gerötet und ihre Lippen leicht wund, von den vielen Küssen, die sie mit Jonas getauscht hatte.

Auf dem Weg zurück inspizierte sie sein Haus, das wirklich sehr klein und ein echter Männerhaushalt war. Fast jedes Möbelstück war aus massivem Holz. Von Dekokram oder Kerzen fehlte jede Spur. Im Wohnzimmer standen zwei riesige durchgesessene Sessel mit Kissen, die farblich nicht zueinander passten und ein überdimensionaler Flachbildfernseher mit einer riesigen Staubschicht obendrauf.

Das einzige Stück, das wirklich herausstach, war das kleine gemütliche Sofa in der Küche. Luisa betrachtete den fröhlich orangefarbenen Stoffbezug und dachte wieder einmal daran, wie wenig sie über diesen Mann wusste.

Als sie sich zurück ins Schlafzimmer schleichen wollte, fiel ihr Blick auf eine Kiste, die unter dem Sofa hervorlugte. Neugierig zog sie sie hervor. Darin türmten sich einige Perücken, Sonnenbrillen und diverse Mützen.

Da war es wieder. Dieses Gefühl, diese Vorahnung. Sie konnte es nicht länger ignorieren. Irgendetwas stimmte mit diesem Traumtyp nicht.

Luisa zwirbelte ihre Haare nach oben, straffte ihre Schultern und ging zurück zu Jonas. Die ersten Sonnenstrahlen blinzelten durch die Schlitze der Rollos.

»Hey, du bist ja schon wach«, sagte er gedehnt und setzte sich auf. Sein Grinsen verrutschte ein wenig, als er sah, wie Luisa hektisch ihre Sachen zusammensuchte und sich anzog, doch sein Blick blieb voller Wärme. »Was hast du vor?«

Ihr Atem stockte, als ihre Augen über seinen nackten Körper glitten und ihr Unterleib erneut unanständige Ideen entwickelte. »Ich muss langsam los. Mein Zug fährt bald und ich habe meine Sachen noch im Hotel«, stammelte sie und stand da wie vom Donner gerührt.

Eigentlich wollte sie überhaupt nicht gehen. Ihr Herz flüsterte leise: »Bleib doch noch ein bisschen und kuschle dich zu ihm ins Bett.«, Während ihr Verstand ihr entgegen brüllte: »Mach bloß, dass du hier wegkommst!« Beinahe hätte sie laut nach Luft geschnappt.

»Möchtest du noch mit mir frühstücken? Meine Rühreier sind legendär.« Jonas verschwand kurz im Bad und zog sich an. Auch ihm schien der plötzliche Stimmungswechsel nicht entgangen zu sein.

Luisa schüttelte den Kopf. Für wie viele Frauen er wohl schon seine legendären Rühreier gemacht hatte? »Nein, danke. Aber es wäre toll, wenn du mir ein Taxi rufen würdest.«

Wie konnte man nur so blöd sein? Sie hatte mit ihm geschlafen und jetzt wusste sie nicht einmal, wo sie war, geschweige denn, wie diese Straße hieß, wenn sie denn überhaupt einen Namen hatte, so verlassen wie sie lag.

Vorsichtig streckte er seinen Arm nach ihr aus, doch Luisa trat sofort einen Schritt zurück. Sie wusste nicht, wie sie sich ihm gegenüber verhalten sollte. Gestern Nacht waren sie einander so nahe gewesen. Doch nun hatte sie das Gefühl, den Mann, der ihr gegenüberstand und sie traurig anschaute, überhaupt nicht zu kennen.

Sein Blick wurde finster. »Was ist denn plötzlich los, Luisa?«

Lässig zuckte sie mit den Achseln, als würde das alles keine Rolle spielen. *Mein Herz spielt in deiner Nähe verrückt, obwohl ich überhaupt nicht weiß, wer du bist,* wollte sie sagen. »Vielleicht war das Ganze ein Fehler«, meinte sie stattdessen. Sie ließ ihren Kopf auf die Brust sinken und seufzte.

Die Wut verschwand aus Jonas' Blick. An ihre Stelle schlich sich eine Mischung aus Sehnsucht und Bestürzung.

Sie folgte ihm in die Küche und bemerkte dabei, wie er mit seinem Fuß die Kiste mit den Perücken zurück unter das Sofa schob.

»Meinst du das ernst?« Er drehte sich zu ihr herum. »Gestern hast du dich auf mich gestürzt, wie eine halbverhungerte Löwin und heute bereust du plötzlich alles?«

Auf einmal schoss eine Wutflamme aus ihrem Bauch hervor. »Was verschweigst du mir, Jonas? Und was sollte dein Auftritt mit der Sonnenbrille und der Mütze? Und was ist mit den vielen Perücken unter deinem Sofa? Suchst du dir jedes Wochenende eine andere Frau und spielst jedes Mal eine neue Rolle?«

Resigniert steckte er die Hände in die Gesäßtaschen seiner Jeans. »Ich kann nicht.«

»Was kannst du nicht?«

»Ich kann nicht darüber reden. Noch nicht. Bitte gib mir Zeit.«

Jeder Muskel in ihrem Körper verspannte sich. »Ich habe das Gefühl, dass du nicht ganz ehrlich zu mir bist. Es war schön mit dir, Jonas. Aber ich habe keine Lust auf ein Liebesdrama und ich brauche auch nicht die Bestätigung eines Mannes, um jemand zu sein. Ich war nicht auf der Suche, doch aus irgendeinem Grund habe ich dich gefunden. Aber das was du mir gibst, reicht mir nicht. Eigentlich habe ich immer geglaubt, dass mir eine Affäre genug wäre. Doch ich will mehr. Glaub mir, damit habe ich selbst nicht gerechnet.«

Als er nichts sagte, berührte sie kurz seinen Arm. »Rufst du mir jetzt bitte ein Taxi? Ich will nach Hause.«

»Ich fahre dich«, erwiderte er kurz angebunden und schnappte sich die Schlüssel, die auf der Kommode in der Küche lagen.

Bevor er das Haus verließ, setzte er wieder die hässliche gelbe Mütze auf. Doch auf die Sonnenbrille verzichtete er diesmal.

Die ganze Fahrt verbrachten sie schweigend. Jonas parkte den Wagen vorm Hotel. Er stieg nicht mit aus.

»Sehen wir uns wieder?«

»Ich glaube nicht, dass das eine gute Idee ist.« Sie hauchte ihm einen letzten Kuss auf die Wange und zwang sich zu einem Lächeln. »Mach's gut, Jonas.«

Er sagte nichts und sah sie nicht an.

Mit festen Schritten ging Luisa durch die Eingangstür, ohne sich noch einmal nach ihm umzudrehen.

Eilig tauschte sie im Hotelzimmer ihr Kleid gegen ein Paar Jeans und einen Pullover, bevor sie die anderen Sachen in den Koffer stopfte und zum Bahnhof eilte.

Später im Zug spürte sie ihr Handy in der Tasche vibrieren. Betty und Conny wollten wissen, ob ihr Date ein Erfolg und sie noch am Leben war. Doch sie hatte keine Lust, den beiden zurückzuschreiben. Warum hatte sie vorher eine so große Sache daraus gemacht? Es war ein wundervoller One-Night-Stand gewesen, mehr nicht. Zumindest versuchte Luisa, sich das einzureden.

Es zog heftig, kurz unterhalb ihres Herzens. Sie blickte aus dem Fenster und fuhr mit den Fingerspitzen über ihren Mund. Als könnten ihre Lippen jemals die Küsse von gestern Nacht vergessen.

Kapitel 16

Ein paar Mal hatte er sich heute Morgen bereits gefragt, ob er zu den Studioaufnahmen in der Lage sein würde, weil er sich so traurig und erschöpft fühlte, dass es ihm nahezu unmöglich schien, sein Bett zu verlassen. Wäre er doch dort geblieben! Jetzt wollten sie alle mit ihm etwas besprechen.

Justus und Ben, der Schlagzeuger, alberten ausgelassen miteinander herum. Jonas spürte, wie deren Lächeln erstarrte, als er sich zu ihnen an den Tisch setzte.

Dirk legte vertraulich einen Arm um Jonas' Schultern.

»Gibt es einen speziellen Grund für diese spontane Bandbesprechung?«, wollte Jonas wissen und räusperte sich.

»Ich denke, du weißt ganz genau, worum es geht.« Dirk holte tief Luft und legte den Kopf schief.

»Das würde ich schon gerne von dir hören«, bat Jonas seinen Manager.

Im Gegensatz zu sonst hatten sie sich nicht in ihrem Stammcafé getroffen, sondern saßen hier in einem nüchternen Zimmer, das direkt an den Aufnahmeraum angrenzte. Hier würde sie niemand stören. Es musste also eine ernste Sache sein. Diese Erkenntnis verursachte ein unangenehmes Gefühl in seiner Magengegend.

In aller Ruhe schenkte sich Dirk eine Tasse Kaffee ein und schaufelte die übliche Menge Zucker hinein. Vielleicht sollte Jonas ihn darauf hinweisen, dass es ihm ganz guttäte, wenn er mehr auf sein Gewicht achten würde, verkniff sich aber jeglichen Kommentar.

»Justus und die anderen machen sich Sorgen um dich. Und ich auch, wenn ich ehrlich bin.«

Fassungslos starrte Jonas seinen Freund an, der sofort verlegen den Blick abwandte. Hatte er etwa hinter seinem Rücken mit dem Manager gesprochen?

Dirks Miene nahm einen äußerst unglücklichen Ausdruck an. »Ständig vergeigst du die Aufnahmen für das neue Album. Und überhaupt scheinst du mit deinen Gedanken ständig woanders zu sein. Was ist los mit dir? Ich dachte, ich hätte mich das letzte Mal klar ausgedrückt?«

Jonas knirschte mit den Zähnen und hätte Justus am liebsten einen Kopf kürzer gemacht. Warum hatte er ihn bei Dirk angeschwärzt?

»Außerdem müssen wir darüber nachdenken, wie wir wieder gute Publicity für dich kriegen. Das ist enorm wichtig für euer neues Album. Die letzte Zeit hast du dich ganz schön rargemacht. Die Presse braucht neues Futter. Außerdem …« Er tätschelte Jonas den Bauch. »… wäre es nicht verkehrt, wenn du wieder mehr Sport treiben würdest. Deine weiblichen Fans vermissen dein Sixpack.«

Das sagte genau der Richtige!

Betont gleichgültig wischte sich Jonas einen imaginären Fussel von seinem grauen Pullover. Dass er vor allem von sich selbst genervt war, weil er keinen Schimmer hatte, was er wollte, musste niemand wissen. War sein Platz hier in der Band oder doch woanders?

Unwillkürlich wanderten seine Gedanken zu Luisa. Auf seine Nachrichten hatte sie bisher nicht reagiert. Lange würde er ihr nicht mehr hinterherlaufen!

»Ist das alles, was du mir zu sagen hast?« Seine Stimme klang schroffer als beabsichtigt.

Er war traurig und frustriert, weil das Date mit Luisa ganz anders verlaufen war, als er es sich gewünscht hatte. Außerdem wurde ihm der ganze Trubel um seine Person langsam zu viel. Manchmal hatte er das Gefühl, keine Luft mehr zu bekommen. Dann war seine Kehle wie zugeschnürt. Doch wie hätte er das den anderen erklären können? Womöglich war er einfach zu sensibel. Besser er war dankbar für sein Leben. So eine Chance wie er bekam schließlich nicht jeder.

Dirk schnaubte und machte deutlich, wie sehr ihm sein Verhalten gegen den Strich ging. »Jeder ist ersetzbar. Auch du, Jonas.«

»Heißt das, du feuerst mich?« Panik mischte sich in seine Stimme.

Dirk verdrehte die Augen und schüttelte den Kopf. »Das habe ich so nicht gesagt.«

»Aber angedroht!«

Sein Manager nickte. »Da hast du durchaus recht. Vielleicht solltest du besser darüber nachdenken.«

»Und was ist mit euch, ihr Pfeifen? Hat von euch niemand den Mut, mir seine Meinung ins Gesicht zu sagen? Stattdessen schickt ihr Dirk vor. Ist ja auch viel bequemer.« Wieder einmal konnte Jonas nicht an sich halten.

Am Tisch brach Tumult aus, weil Dirk, damit beschäftigt war, die Wogen zu glätten, und die anderen nun ebenfalls heftig miteinander diskutierten.

Im nächsten Moment ergriff Justus das Wort. »Es stimmt doch, was Dirk gesagt hat, und ja, ich sehe das ganz genauso! Wann bist du das letzte Mal mit uns feiern gewesen oder hast dich mit deiner Band für die Presse fotografieren lassen?«

»Ach, darum geht es also! Du bist eifersüchtig!«, giftete Jonas zurück.

»Du solltest dich mal reden hören! Ständig ziehst du dich zurück und seit du diese Regensburger Tussi getroffen hast, ist alles noch viel schlimmer!« Er klang nun ebenso hitzig wie Jonas zuvor. »Ich sage es nur ungern Kumpel, aber es wundert mich nicht im Geringsten, dass sie dich abserviert hat«, meinte er und machte dabei nicht den Eindruck, als kämen ihm diese Worte besonders schwer über die Lippen.

»Welche Regensburger Tussi?« Dirk sah die beiden Freunde verdattert an und ärgerte sich scheinbar darüber, dass ihm dieses wichtige Detail vorenthalten worden war. »Du triffst dich mit einer Frau? Weiß die Presse davon?«

»Gütiger Himmel, nein!« Justus ließ seinen Rücken theatralisch gegen die Stuhllehne krachen. »Nicht einmal wir kennen sie. Jonas macht ja so ein Geheimnis aus allem!«

Jonas musterte ihn mit zusammengekniffenen Augen und erkannte seinen besten Freund nicht wieder. Was war nur los mit ihm?

»Also schön.« Dirk klatschte in die Hände. »Ich sehe schon, das bringt uns nicht weiter. Jonas? Lass dir meine Worte durch den Kopf gehen. Trinkt euren Kaffee aus und dann geht es zurück an das neue Album. Das muss ein Erfolg werden, verstanden?« Der Manager stand auf und verließ kopfschüttelnd den Raum.

Jonas brauchte dringend frische Luft und ging für einen Moment durch die Hintertür in den kleinen Innenhof. Er schob die Finger in die Gesäßtaschen seiner Jeans und atmete tief durch. Justus trat ebenfalls hinaus und drängte sich an ihm vorbei.

»Was sollte das? Warum hast du mich bei Dirk angeschwärzt, statt vorher mit mir zu reden? Ich verstehe dich nicht, Justus.« Jonas bemühte sich erst gar nicht, den Vorwurf in seiner Stimme zu verbergen.

»Weil ich überhaupt nicht mehr mit dir reden kann. Seit am Wochenende diese Frau bei dir war, bist du noch mehr durch den Wind als zuvor. Du erzählst mir überhaupt nichts. Ich habe keine Ahnung, was in dir vorgeht. Da habe ich keine andere Möglichkeit gesehen. Hier geht es nicht nur um dich, Jonas. Auch unserer Karriere steht auf dem Spiel.«

Die Vorstellung den restlichen Tag weiter mit Justus und den anderen verbringen zu müssen, lag ihm schwer im Magen.

»Am besten bringen wir die Aufnahmen für heute endlich hinter uns«, murrte er.

Justus schnitte eine verärgerte Grimasse. »Wie du meinst.« Mehr sagte er nicht.

Die restlichen Stunden kamen ihm wie eine Ewigkeit vor. Aber schließlich hatte er es geschafft und die ersten Aufnahmen waren ganz passabel, auch wenn sie Justus' Ansprüchen nicht zu genügen schienen. Doch das war ihm gerade egal.

Als er sich auf den Weg nach draußen machen wollte, klingelte sein Handy. In der Hoffnung, es wäre Luisa, holte er es eilig aus seiner Jackentasche. Unterdrückte Nummer. Egal. Er nahm den Anruf entgegen.

»Luisa?« fragte er hoffnungsvoll.

»Luisa? Wer soll das sein? Tristan, hier spricht deine Mutter.«

Jonas verdrehte die Augen. Auch das noch!

»Bist du noch dran?« Doch sie wartete seine Antwort gar nicht erst ab, sondern plauderte munter weiter. »Ich wollte dich noch einmal an die Feier erinnern und dich fragen, ob das mit deiner Begleitung noch aktuell ist oder ob ich jemanden für dich organisieren soll? Wie du weißt, wird die Presse vor Ort sein. Die interessieren sich bestimmt für dein Liebesleben. Es ist viel zu still um dich geworden. Du brauchst die Publicity.«

Das durfte doch nicht wahr sein! Jetzt klang seine eigene Mutter schon wie sein Manager.

»Darüber brauchst du dir nicht den Kopf zu zerbrechen. Ich bringe jemanden mit.« Er konnte die Unsicherheit in seiner Stimme nicht ganz verbergen und verfluchte sich dafür.

»Wenn du meinst.« Doch sie klang nicht überzeugt. »Zur Sicherheit werde ich noch ein paar Damen einladen, die dir gefallen könnten.«

»Mutter!«, zischte er.

Wie gewohnt ignorierte sie seinen Einwand und verabschiedete sich. »Mach's gut, mein Lieber. Und es wäre schön, wenn du pünktlich bist.«

Jonas verdrehte die Augen und steckte das Telefon zurück in die Tasche. Bis zu der Feier waren noch Wochen hin. Doch für seine Mutter schien es kein wichtigeres Thema zu geben.

Früher war sie einmal selbst berühmt gewesen. Jutta Kluge hatte die Hauptrolle in der Telenovela *Rote Rosen* gespielt. Doch nach ein paar Jahren waren die Zuschauerzahlen stark gesunken und die Serie abgesetzt worden. Seitdem lebte sie in ihrer ganz eigenen Blase, in der sich alles um Geld und Ruhm drehte. Er versuchte, ihr das nicht übel zu nehmen, was ihm nicht besonders gut gelang.

Kapitel 17

»Ach, nun komm schon, Luisa. Seit dem Wochenende machst du so ein Geheimnis aus deinem Blind Date mit Jonas und heute ist schon Mittwoch. Jetzt erzähl schon! Oder war es ein totaler Reinfall?«

Verstohlen warf Luisa einen Seitenblick zu Conny, die bis eben noch damit beschäftigt gewesen war, die neuen Bücher in den Online-Shop einzupflegen.

Mit einem Mal plagte sie das schlechte Gewissen, weil sie ihren Freundinnen noch gar nichts erzählt hatte. Sogar während der gemeinsamen Arbeit hatte sie Conny immer auf einen späteren Zeitpunkt vertröstet.

»Es war …« Luisa zermarterte sich ihr Gehirn nach einer passenden Antwort. »Okay.«

»Es war okay? Das hast du schon gesagt. Und zwar jedes Mal, wenn Betty oder ich dich danach gefragt haben«, erwiderte sie nun ein wenig ungeduldig und rieb sich müde die Augen, bevor sie den Laptop zuklappte.

Luisa löste ihr Haar, das sie im Nacken zu einem lockeren Pferdeschwanz gebunden hatte. Heute Vormittag war in der Buchhandlung kaum etwas los.

»Also schön«, gab Luisa sich geschlagen. »Was hältst du von einem Cappuccino und dabei erzähle ich dir alles?«

Ihre Freundin nickte zufrieden und wenig später tranken sie hinter dem Tresen ihren Kaffee und Luisa berichtete Conny von ihrem Date mit Jonas.

»Du bist also echt mit zu ihm nach Hause gefahren?«, fragte die ungläubig.

Luisa zuckte die Schultern, als würde das keine Rolle mehr spielen. Ihr Handy summte und sie fischte es aus der Tasche.

Ich kann nicht aufhören, an dich zu denken. x, Jonas

»Lass mich raten? Die Nachricht ist von ihm?«

Luisa schwieg einen Moment zu lange.

»Und du schreibst ihm nicht zurück?«

Resigniert schüttelte Luisa den Kopf. »Es war wirklich schön mit ihm. Ich kann mich ehrlich gesagt nicht daran erinnern, wann mich das letzte Mal ein Mann auf diese Art und Weise berührt hat, und das meine ich nicht nur in Bezug auf Sex. Wobei der auch nicht übel war. Was sag ich da, der war grandios.« Luisa schlug die Hände über dem Kopf zusammen. Was redete sie da bloß! »Er hat sich allerdings total komisch verhalten. Ständig hat er sich nervös umgesehen, als hätte er Angst, verfolgt zu werden. Dann sein seltsamer Aufzug mit der Mütze und die Kiste mit den Perücken. Nein, mit ihm stimmt irgendetwas nicht.«

Sie scrollte durch Jonas' Nachrichten und ihr Herz verkrampfte sich für einen Moment.

»Aber du warst so verschossen in den Kerl und das, bevor du ihn überhaupt gesehen hast. Warum fragst du ihn nicht einfach, was los ist?«

Misstrauisch legte Luisa ihren Kopf schief. »Das schlägst ausgerechnet du mir vor? Wer hatte denn ständig Angst, dass ich einem Psychopathen in die Falle tappen könnte?«

»Ich habe meine Meinung eben geändert.«

Luisa seufzte. »Entweder der Funke springt über oder eben nicht. Für uns hat es einfach nicht gereicht.«

»Warum kaufe ich dir das nicht ab? Ich glaube, du hast Angst wieder so verletzt zu werden wie damals von Christopher«, sagte sie sanft.

Die Sonne brach durch die dunklen Wolken und schien durch das große Schaufenster. Die Wärme im Rücken war eine Offenbarung. Luisa spürte, wie ein altbekannter Schmerz ihr Herz umklammerte und unerbittlich zudrückte.

»Vielleicht hast du recht. Aber das mit Jonas ist mir einfach zu kompliziert.«

»Wann ist die Liebe denn bitte nicht kompliziert?« Conny nahm sie in den Arm und drückte sie fest an sich. »Über unserem Bett hängt ein Zitat von Katherine Hepburn:

Liebe ist nicht das, was man erwartet zu bekommen, sondern was man bereit ist zu geben.«

»Und was willst du mir damit sagen?«

»Vielleicht solltest du dich wieder für jemanden öffnen. In der Liebe gibt es nun mal keine Garantie.«

Luisa dachte über Connys Worte nach, wusste aber nicht, ob sie dafür schon bereit war.

Kapitel 18

Zwei Wochen später …

Lustlos hing Jonas in seiner Küche herum und überlegte, ob das Glas mit den Essiggurken und die Scheibe Brot, die bereits eine verdächtige weiße Schicht in der Mitte gebildet hatte, für ein Frühstück ausreichten. Das war alles, was sein Kühlschrank gerade hergab und er hatte überhaupt keine Lust, einkaufen zu gehen. Eigentlich hatte er auf gar nichts richtig Lust. Vielleicht hätte er doch lieber zum Brunch seiner Mutter gehen sollen.

Die Aufnahmen für das neue Album waren so gut wie fertig und Dirk schien zufrieden mit seiner Arbeit. Mit Justus hatte er sich allerdings nicht wieder vertragen und auch die künftigen Interviewtermine lagen ihm schwer wie Blei im Magen. In diesem Moment hasste er die ganze Welt.

Er hasste seinen Job, er hasste es, ständig im Rampenlicht zu stehen, er hasste Justus, der auf ihm herumhackte, und er war wütend, weil Luisa geschrieben hatte, dass sie über alles nachdenken müsse. Außerdem hasste er sich selbst und Essiggurken ebenfalls, wie ihm gerade klar wurde. Ein fader Geschmack stieg ihm die Kehle hoch. Jonas schüttelte sich.

In diesem Moment klingelte es an der Tür. Er hatte nicht vor, aufzumachen. Doch der unerwünschte Besucher gab nicht auf. Auf dem Weg zum Flur stolperte er über seine Schuhe.

»Papa?« Überrascht bat er seinen Vater herein.

»Ist alles in Ordnung mit dir?« Er musterte ihn ein wenig besorgt. »Deine Mutter meinte, du seist krank. Siehst aber gar nicht so aus. Ein wenig niedergeschlagen vielleicht. Aber sonst?«

»Tut mir leid, Paps. Mir war heute einfach nicht nach einem Brunch bei Mutter. Ich hatte keine Lust, mich dafür zu rechtfertigen und deshalb behauptet, dass ich mich nicht wohl fühle. Leider kann ich dir so gar nichts anbieten. Ich habe es noch nicht geschafft einkaufen zu gehen«, gestand er ein wenig verlegen.

»Kein Problem.«

Sein Vater stellte eine Tüte auf den Tisch und grinste, als Jonas sie begeistert auspackte. Zum Vorschein kamen seine heißgeliebten Schokoladencroissants, die Anne, die Köchin seiner Mutter, gebacken hatte. Sogar an eine Thermoskanne mit Kaffee und eine Packung Milch hatte er gedacht.

»Danke! Du bist einfach der Beste!« Jonas holte zwei Tassen und Teller aus dem Küchenschrank.

»Eigentlich hat mir deine Mutter die Sachen für dich mitgegeben.«

Erstaunt sah Jonas seinen Vater an.

»Jetzt schau doch nicht so. Sie macht sich eben Sorgen um dich.«

Jonas setzte sich zu ihm an den Tisch, verteilte die Croissants auf den Tellern und schenkte ihnen beiden Kaffee ein. »Warum besucht sie mich dann nicht selbst und hört endlich damit auf, mich Tristan zu nennen?«

Genüsslich biss er in das Schokoladenhörnchen und tatsächlich rührte ihn die Geste seiner sonst so kühlen Mutter ein wenig.

»Du weißt doch, dass das hier draußen nichts für sie ist. Deine Mutter ist eben eine Stadtpflanze.«

»Aus ihr soll mal jemand schlau werden. Wenn wir uns sehen, macht sie jedes Mal einem Eisklotz Konkurrenz und heute gibt sie dir Croissants für mich mit. Oft frage ich mich, warum ihr euch ausgerechnet seit eurer Scheidung so gut versteht.«

Sein Vater zuckte lässig die Schultern. »Weißt du, manchmal geht die Liebe, aber die Freundschaft, die einen verbunden hat, bleibt. Bei deiner Mutter und mir ist das so. Ich weiß, dass sie viel zu viel Aufhebens um deine Karriere macht. Insgeheim weiß sie selbst das vermutlich auch. Aber leider war es ihr immer schon zu wichtig, was die Leute über sie denken.«

Jonas seufzte. Jutta Kluge war eben, wie sie war, und er versuchte, mit ihr auszukommen, so gut es eben ging.

»Was ist eigentlich mit deiner Luisa?«, wollte sein Vater wissen und musterte ihn neugierig über den Rand seiner Kaffeetasse.

Gedanken und Erinnerungen an das besagte Wochenende spukten durch seinen Kopf. Jonas atmete tief ein, bevor er seinem Vater die ganze Geschichte erzählte.

»Und was hast du jetzt vor?«

»Nichts. Was soll ich denn machen? Sie antwortet ja nicht mal auf meine Nachrichten«, antwortete er schroffer als beabsichtigt.

»Aber du hast sie gern.« Aus dem Mund seines Vaters klang es eher wie eine Feststellung als wie eine Frage.

»Wenn ich ehrlich bin, kann ich an nichts anderes mehr denken.«

»Und warum fährst du dann nicht einfach zu ihr?«

Jonas' Augen wurden schmal. »Wie stellst du dir das vor? Ich habe Termine. Außerdem weiß ich ja nicht einmal, wo sie wohnt.« Wenn er genauer darüber nachdachte, kannte er nicht einmal ihren Nachnamen.

Sein Vater kratzte sich nachdenklich am Hinterkopf, während sein Blick Richtung Fenster glitt. »Du weißt, dass sie in Regensburg wohnt. Was noch?«

»Sie hat mir erzählt, dass sie in einer Buchhandlung arbeitet.« Jonas zuckte die Schultern, als würde diese Information sowieso keine Rolle spielen.

»Dann musst du eben sämtliche Buchläden in der Stadt abklappern und nach Luisa fragen.«

»Das meinst du nicht ernst, oder?«

Hannes Kluge nahm einen Schluck von seinem Kaffee und nickte zufrieden. »In Regensburg bist du in circa anderthalb Stunden. Du kannst mein Auto haben.«

»Ich weiß nicht so recht.«

Beim Gedanken an ein Wiedersehen mit Luisa verspannte sich jeder Muskel in seinem Körper. Was, wenn sie ihn gar nicht sehen wollte? Dieser Gedanke lastete schwer auf seinen Schultern.

»Hier sind die Schlüssel. Freitag brauche ich das Auto wieder. Vielleicht kannst du mich noch schnell nach Hause fahren. Zu Fuß ist es mir zu weit und die Busverbindungen vom Dorf aus sind echt schlecht.«

»Klar, fahre ich dich heim. Bestimmt bin ich heute Abend schon wieder zurück.« Jonas zwang sich zu einem Lächeln.

Sein Vater grinste und ein wissendes Funkeln blitzte in seinen Augen auf. »Wie gesagt, spätestens Freitag …«

Heute war Dienstag. So lange würde Jonas auf keinen Fall bleiben. Schließlich hatte er Verpflichtungen. Dirk würde ihm vermutlich den Kopf abreißen, wenn er wüsste, was sein Schützling vorhatte.

***

Dank des Navis seines Vaters hatte er sich nicht verfahren.

Jonas parkte den Wagen auf dem Regensburger Dultplatz und ließ den Kopf auf das Lenkrad sinken. Für einen kurzen Moment fiel er in eine regelrechte Schockstarre und fühlte sich nicht in der Lage, auszusteigen. Mit jeder Minute sank er tiefer in seinen Sitz. Seine Wangen glühten und seine Hände zitterten vor Aufregung.

»Jetzt stell dich doch nicht so an!«, schimpfte er mit seinem Spielbild, das ihm mutlos aus dem Rückspiegel entgegenblickte.

Wenn er es jetzt nicht versuchte, würde er womöglich niemals wissen, woran er bei Luisa wirklich war, und vielleicht half ihm dieser Tag in einer fremden Stadt auch dabei, sich endlich darüber klar zu werden, in welche Richtung sein Leben künftig gehen sollte.

Nervös zog er seine senfgelbe Mütze über seine dunklen Locken, die ihm ständig in die Augen fielen, und setzte seine Sonnenbrille auf. Schließlich stieg er endlich aus.

Jonas schlenderte über die Steinerne Brücke Richtung Innenstadt. Es nieselte und für Oktober war es ganz schön kalt. Für einen Moment blieb er stehen und ließ seinen Blick über die Donau schweifen. Andere Menschen anzusehen vermied er. Dank seiner Sonnenbrille war das nicht sonderlich schwer.

Allerdings kannte er sich in Regensburg überhaupt nicht aus, was die Sache nicht gerade einfacher machte. Er ging weiter und zog den Kragen seiner Jacke ein Stück weiter hoch. Der Wind blies ungemütlich kalt. Besonders viel los war heute nicht. Jonas konnte nicht sagen, ob es daran lag, dass es mitten unter der Woche war oder an dem trostlosen Wetter.

Auf dem Haidplatz blieb er stehen. Es half alles nichts, er musste jemanden fragen, denn so kam er nicht weiter. Das war jedoch gar nicht so einfach. Bei dem Wetter war kaum jemand unterwegs. Von dem Herrn im Anzug, den er ansprach und um Hilfe bat, wurde er völlig ignoriert und ein anderer knurrte nur unfreundlich: »Bin nicht von hier!« und ging weiter.

»Entschuldigen Sie bitte!«, sprach er schließlich eine rundliche, ältere Dame an, die gerade damit beschäftigt war, die Tür zu einem Restaurant namens *Biasinis* aufzusperren. Irgendwie erinnerte sie ihn ein wenig an Mamma Mircoli aus der Werbung von damals.

»Buongiorno. Wie kann ich Ihnen helfen?«

»Ich suche nach einer Buchhandlung.«

Die Italienerin schnalzte mit der Zunge. »Davon gibt es hier ein paar, mein Lieber. Aber ich empfehle Ihnen *Connys Bücherecke*. Ich kenne die Inhaberin. Dort werden Sie gut beraten. Der Laden ist am Neupfarrplatz.«

Sie erklärte ihm den Weg und gestikulierte dabei wild mit den Händen.

»Vielen Dank. Sie haben mir sehr geholfen.«

Zur Antwort nickte die Dame, wobei sich eine Haarnadel aus ihrem silbergrauen Dutt löste, und verschwand auch schon hinter der Tür.

Immer wieder blickte er sich nervös um, in der Angst, erkannt zu werden. Doch niemand schien sich weiter für den Fremden mit der gelben Wollmütze und der Sonnenbrille zu interessieren.

Kurz darauf stand er vor dem Laden und spähte durch das Schaufenster hinein. Aber er konnte nur eine Frau mit blonden, kurzen Haaren erkennen, die etwas in einen Laptop tippte. Jonas straffte die Schultern und ging hinein, bevor er es sich anders überlegen konnte.

»Kann ich Ihnen helfen?« Die blonde Frau schaute ihn aus freundlichen Augen an.

Mit gerunzelter Stirn und offenem Mund schüttelte er zuerst den Kopf. »Nein, danke.« Oh Mann! Er war völlig durch den Wind. »Das heißt doch. Arbeitet bei Ihnen eine Luisa?«, fragte er vorsichtig und seine Stimme klang ein wenig wackelig.

Ihr fragender Blick bohrte sich in seinen, der sich immer noch hinter der Sonnenbrille versteckte. Schnell nahm er sie ab.

Schließlich nickte die Blonde. »Luisa!«, rief sie in einen Raum hinein, von dem Jonas vermutete, dass es sich um eine Art Lager handelte. »Hier ist jemand für dich.«

Jonas schluckte schwer und warf einen vorsichtigen Blick Richtung Tür. Noch konnte er es sich anders überlegen. Sein Puls raste und seine Hände waren noch immer eiskalt.

»Was gibt es denn?« Luisa blieb mitten auf dem Weg stehen und ihre Augen weiteten sich vor Überraschung. »Jonas! Was machst du denn hier?«

»Was? Das ist Jonas? *Der* Jonas?« Die blonde Frau verschränkte die Arme vor der Brust und blickte interessiert zwischen den beiden hin und her.

Luisa nickte nur.

Jonas versuchte den Ausdruck in ihren türkisblauen Augen deuten, konnte aber nicht einschätzen, was gerade in ihr vorging. In ihm tobten so unterschiedliche Gefühle und Gedanken, dass er gar nicht wusste, was er zuerst sagen sollte. Schließlich entschied er sich für die einfachste Möglichkeit.

»Ich wollte dich gerne wiedersehen.«

»Du bist extra meinetwegen hergekommen? Wie hast du mich überhaupt gefunden?«

Sie lächelte und Jonas entspannte sich endlich ein wenig.

»Na ja, du hattest mir erzählt, dass du in einer Buchhandlung arbeitest. Also dachte ich mir, ich frage mich am besten durch die Regensburger Buchläden, und gleich beim ersten Mal hatte ich Glück.« Er ging einen Schritt auf sie zu und berührte ihren Arm. Jonas atmete tief ein, bevor er ihr direkt in die Augen sah. »Du hast mir gefehlt.«

Sanft küsste er sie auf die Stirn und sah, wie ihr Lächeln verrutschte. Für einen Moment schien es ihm, als müsse sie erst darüber nachdenken, was sie von seinem Besuch hielt, doch dann spürte er plötzlich ihre Lippen auf den seinen.

Hinter ihnen räusperte sich jemand überdeutlich.

»Entschuldige. Jonas, das ist Conny, meine beste Freundin und zugleich meine Chefin.«

»Freut mich.« Er reichte ihr die Hand und bemerkte, wie sie ihn auffällig musterte. Das war Jonas unangenehm. »Können wir vielleicht irgendwo hingehen, wo wir ungestört sind?«, flüsterte er. »Ich kann auch warten, bis du Feierabend hast.«

»Schon gut. Du kannst dir ruhig den restlichen Tag frei nehmen, Luisa. Heute ist sowieso nicht viel los.«

Dieser Conny schien aber auch nichts zu entgehen.

Luisa umarmte ihre Freundin. »Danke, du bist ein echter Schatz!«

Sie winkte ab. »Schon gut.« Dabei sah sie Jonas streng an, ganz so als wolle sagen: »Pass auf. Ich behalte dich im Blick.«

Schnell setzte er seine Sonnenbrille auf, bevor er mit Luisa den Laden verließ.

»Und jetzt?«, fragte er ein wenig unsicher.

»Hast du Lust auf ein zweites Frühstück? Nicht weit von hier ist mein Lieblingscafé.«

Eigentlich stand ihm danach überhaupt nicht der Sinn. Er hatte immer noch Bedenken, erkannt zu werden. Luisa schien bemerkt zu haben, dass er sich unwohl fühlte.

»Wir können auch zu mir nach Hause gehen, wenn du willst.« Ein Lächeln huschte über ihr Gesicht.

»Klingt nach einem guten Plan.« Jetzt grinste er ebenfalls.

»Dann sollten wir uns besser beeilen«, meinte sie, und als es anfing, richtig zu schütten, packte sie ihn am Ärmel seiner Jacke, lief los und zog ihn hinter sich her. »Jetzt ist es nicht mehr weit!«, schrie sie ihm entgegen, als sie die Steinerne Brücke erreicht hatten und der Wind ihnen entgegenblies.

Mittlerweile waren sie klitschnass und Jonas war froh, als Luisa schließlich die Tür zu ihrer Wohnung aufsperrte. Sie schälten sich aus ihren nassen Jacken und Luisa hängte sie im Badezimmer über die Heizung zum Trocknen. Dabei hatte sie ihren Arm so weit nach vorne gestreckt, dass ihr Oberteil ein Stück hochgerutscht war und ein Stück nackte Haut freigab.

Jonas schluckte. Diese Frau brachte ihn völlig aus der Fassung.

»Hier wohne ich«, sagte sie ein wenig verlegen und für einen Moment wussten sie beide nicht so recht, was sie sagen sollten.

Interessiert sah Jonas sich um. Die Wohnung war klein, aber gemütlich. Sie passte zu Luisa und vom Wohnzimmer aus führte eine Tür zu einer Dachterrasse nach draußen.

»Einen trockenen Pullover von mir kann ich dir schlecht leihen, aber vielleicht passt dir ja mein Bademantel?«

Ihre Art zu Lächeln ließ sein Herz einen Takt schneller schlagen.

»Schon gut, nicht nötig«, raunte er, schob seine Hände in die Gesäßtaschen ihrer Jeans und zog sie an sich. Er ließ seine Lippen über ihre gleiten, zuerst sanft, dann fordernder. Ihre zarten Finger unter seinem Shirt sandten ihm Schauer über den Rücken und er senkte die Lider.

»Eigentlich wollten wir doch reden …«, sagte sie heiser.

»Vielleicht wird reden überbewertet.« Er lächelte frech und küsste sie.

Luisa schüttelte den Kopf und schob ihn von sich weg. »Nein, so einfach geht das nicht Jonas. Ich dachte, du wärst hergekommen, um mir alles zu erklären.«

Seufzend trat er an das große Fenster und blickte gedankenverloren hinaus. »Ich wünschte, es wäre alles nicht so kompliziert.«

»Vielleicht bist einfach nur du derjenige, der alles kompliziert macht. Was ist dein Geheimnis? Rede mit mir! So schlimm kann es doch nicht sein?« Sie klang frustriert und er konnte es ihr nicht verübeln.

»Ich habe Angst, dass sich dadurch zwischen uns alles verändert.« Er drehte sich zu ihr um und bemerkte, dass sie zitterte. »Ist dir kalt?«

Luisa nickte.

»Vielleicht solltest du besser deine nassen Klamotten ausziehen.« Auch er trug immer noch seine vom Regen durchnässte Kleidung.

Bevor er sich versah, war sie aus ihren Sachen geschlüpft und hatte sich eine Decke übergeworfen. Vorsichtig machte er einen Schritt auf sie zu und strich ihr eine nasse Haarsträhne aus dem Gesicht.

»Ich werde es dir erklären. Versprochen. Aber nicht gleich …«

Er senkte seine Lippen auf ihren Mund und spürte, wie Luisa nachgab. Kurz darauf wälzten sie sich in ihrem Bett.

Luisas Hände wanderten ein Stück tiefer und sein Herz schlug so heftig, dass ihm fast die Luft wegblieb. Sein Blick glitt nach unten zu ihren Brüsten und zurück zu ihrem Hals. In seinen Augen war sie wunderschön.

Ihre Finger vergrub sie in seinem Haar, als er seinen Mund auf ihren senkte. Jonas wusste nicht, ob es ihm gelingen würde, seine Leidenschaft zu zügeln, während er immer wieder ihre nackte Haut an seiner spürte.

Er wanderte ein Stück tiefer und hob den Kopf, um sie zu beobachten, bevor er mit seinem Daumen ihre empfindlichste Stelle liebkoste.

Luisa hatte ihren Mund leicht geöffnet und den Kopf in den Nacken geworfen. Ihre Beine zitterten leicht und sie stöhnte, als er seine Zunge sanft darüber gleiten ließ. Sie kramte ein Kondom aus der Schublade ihres Nachtkästchens.

Jonas hörte nicht auf sie zu küssen, während er in sie eindrang und sich in ihr bewegte. Er fühlte sich durchdrungen von Lust, Begehren und ihm völlig unbekannter Lebensenergie.

Erschöpft schlief er neben ihr ein, nachdem sie später gemeinsam gekocht und sich dann wieder geliebt hatten. Und noch mal und noch mal und noch mal.

Jonas konnte sich nicht daran erinnern, wann er das letzte Mal dieses Gefühl von Liebe und Geborgenheit gespürt hatte. Es fühlte sich fast so an, als wäre sein Platz hier, an Luisas Seite.

Kapitel 19

Als Luisa am nächsten Morgen aufwachte, fiel ihr Blick auf Jonas dunkle Locken. Es war eine ganze Weile her, dass ein Mann bei ihr im Bett geschlafen hatte.

Draußen war es noch dunkel. In wenigen Stunden musste sie wieder zur Arbeit. Für einen Moment war sie versucht, ihn zu wecken. Gerade war sie wütend auf Jonas und auch auf sich selbst. Statt auf ein klärendes Gespräch zu bestehen, hatte sie sich von ihm um den Finger wickeln lassen. Doch im Gegensatz zu ihr wirkte er entspannt.

Seine langen Wimpern ruhten auf seinen Wangen und er atmete tief, wobei er zwischendurch immer wieder zufrieden lächelte. Wovon er wohl gerade träumte?

Ein angenehmer Schauer der Begierde und Zuneigung erfasste sie. Luisa konnte sich nicht daran erinnern, wann sie das letzte Mal so für jemanden empfunden hatte. Gleichzeitig war sie vorsichtig. Sie wollte nicht wieder verletzt werden.

Leise schlich sie aus dem Zimmer und verschwand unter der Dusche.

Unschlüssig blickte ihr Spiegelbild ihr entgegen. Vermutlich konnte man ihr ansehen, was sie in der letzten Nacht alles getrieben hatte. Bei dieser Erinnerung färbten sich ihre Wangen rot. Mit den Fingern fuhr sie über ihr Lippen, die von den vielen Küssen noch ein wenig geschwollen waren.

Luisa tippelte in die Küche und genehmigte sich einen Schluck Kaffee. Schließlich konnte sie nicht widerstehen und warf einen Blick durch die leicht geöffnete Schlafzimmertür.

»Hey, wo willst du denn hin?«, fragte Jonas schlaftrunken, setzte sich auf und fuhr sich mit den Händen durchs Haar.

Sie setzte sich zu ihm auf die Bettkante. »Ich muss zur Arbeit.«

»Kann ich dich nicht dazu überreden, noch einmal zu mir ins Bett zu kommen?«

Verführerisch fuhr er mit seinen Fingerspitzen Luisas Oberschenkel entlang. Sofort spürte sie erneut die Hitze zwischen ihren Beinen und atmete tief durch. Nein, dieses Mal würde sie standhaft bleiben.

»Ich muss jetzt wirklich los. Außerdem sollten wir reden, wenn ich wieder nach Hause komme. Du bist dann noch da, oder?«

Er warf ihr einen vielsagenden Blick zu. »Wenn du darauf bestehst.« Jonas grinste verschmitzt. »Spätestens am Freitag muss ich zurück nach München fahren.«

Ihr entging nicht, wie sein Blick begehrlich über den Ausschnitt ihrer Bluse wanderte.

»Vielleicht kann ich bei Sofia und ihrer Nonna einen Tisch für uns reservieren.« Sie küsste ihn auf die Stirn. »Bis später.«

***

Auch das Wetter schien die gute Laune mit ihr zu teilen. Der Himmel war wolkenlos und die ersten Sonnenstrahlen blinzelten ihr entgegen. Tat das gut nach der trüben Suppe in den letzten Tagen!

Beschwingt ging sie weiter Richtung Neupfarrplatz. Auf dem Weg dorthin grüßte sie selbst fremde Menschen, die daraufhin ein wenig irritiert dreinschauten. Conny war schon da.

»Ausgeschlafen?« fragte sie provokativ. »Sag nichts. Dein Grinsen verrät alles. Wo ist denn dein Traumprinz jetzt?« Irgendwie hatte Connys Stimme einen seltsamen Unterton, der Luisa verunsicherte.

»Er schläft noch. Also bei mir zu Hause.«

»Du lässt ihn ganz allein in deiner Wohnung? Du kennst ihn doch gar nicht richtig.«

»Was ist denn los, Conny? Gestern hast du dich noch für mich gefreut.« Luisa zog eine enttäuschte Schnute.

»Was weißt du über den Mann?«

»Nicht viel«, gab sie zerknirscht zu.

Conny ging hinüber zu der Kaffeemaschine und kam mit einer dampfenden Tasse zurück. »Hier. Setz dich hin und trink das«, sagte sie im Befehlston, der einem Oberstabsfeldwebel Konkurrenz machte.

Luisa ließ sich auf den Stuhl hinter dem Kassentresen plumpsen und verzog angewidert das Gesicht. »Was ist das?«

Lässig zuckte Conny die Schultern. »Doppelter Espresso mit Schuss. Hilft bei Kummer und Stress, sagt Nonna Concetta. Und glaub mir, den wirst du gleich brauchen.«

»Was ist denn los? Ich finde, du verhältst dich ganz schön seltsam.«

Conny verschwand kurz im Lager und wedelte anschließend mit einer Zeitschrift vor ihrer Nase herum. »Bist du bereit?«

Luisa legte den Kopf schräg. »Was soll das werden?«

Conny schnalzte mit der Zunge und drückte ihr die Zeitung in die Hand. »Seite 6. Schlag auf!«

Luisa merkte ihr die Aufregung an, gab nach und blätterte in der Klatschzeitung vom letzten Frühling. Verständnislos starrte sie ihre Freundin an. »Und was bitte schön willst du mir damit sagen?«

In dem Artikel ging es um irgendeinen Musiker, der nach einer wilden Party nicht mehr taufrisch aussah.

»Ich hab mir gleich gedacht, dass er mir bekannt vorkommt. Diese Augen …«, murmelte Conny vor sich hin.

»Du weißt doch, dass ich mit solchen Zeitschriften nicht viel anfangen kann.« Genervt verdrehte Luisa die Augen.

»Mensch, Luisa! Kapierst du es denn nicht? Schau doch mal genau hin!«

Als sie immer noch nicht verstand, worauf ihre Freundin hinaus wollte, platzte Conny der Kragen. »Der Typ auf den Fotos ist Jonas. Dein Jonas. Du hast dir einen echten Superstar geangelt und weißt es nicht einmal.«

Ungläubig schüttelte Luisa den Kopf. »So ein Blödsinn! Da steht doch, der Typ heißt Tristan Evers.«

»Tristan Evers und Jonas Kluge sind ein und dieselbe Person.« Conny hielt ihr das Handy vor die Nase. »Schau! Ich habe ihn gegoogelt.«

»Ein bisschen ähnlich sieht er ihm schon«, gab Luisa zu, war aber nicht ganz überzeugt.

Doch Conny hatte nicht vor, sie zu schonen, und zeigte ihr einen Artikel nach dem anderen. Auf den meisten Fotos sah er umwerfend aus. Sein dunkles Haar war kunstvoll zerzaust und seine Augen strahlten mit seinem Lächeln um die Wette. Nicht selten hielt er auf den Bildern eine schöne Frau im Arm.

Luisa schluckte schwer und rang nach Luft. Diese Erkenntnis schockierte sie zutiefst und ließ das Blut viel schneller als gewohnt durch ihre Adern rauschen. Gedankenverloren trat sie ans Fenster und versuchte, das Chaos in ihrem Gehirn zu ordnen. Jetzt verstand sie seine seltsame Verkleidung und die dauernde Nervosität.

Warum schlief er ausgerechnet mit ihr, wenn er all diese anderen tollen Frauen haben konnte? Nein, auf diese Ebene würde sie sich gar nicht erst herablassen. Sie war nicht weniger wert als diese berühmten Möchtegernschönheiten. Luisa wusste um ihren eigenen Wert und würde sich nicht klein machen.

»Es tut mir leid, Süße. Ich finde, du solltest das wissen. Sonst spielt er dir vielleicht noch länger etwas vor. Du musst ihn zur Rede stellen.«

Zähneknirschend nickte Luisa. Das sollte sie unbedingt und damit konnte sie nicht mehr bis abends warten.

»Meinst du, du kommst heute noch einmal ohne mich zurecht?«

Conny umarmte sie. »Geh schon. Notfalls kann Betty aushelfen. Sie hat heute ihren freien Tag.«

Resigniert schaute Luisa sich noch einmal im Laden um, verspürte jedoch nicht das Bedürfnis ihrer Freundin noch etwas zu sagen.

Geistesabwesend setzte sie einen Fuß vor den anderen. Überwältigend schnell füllten ihre Augen sich mit Tränen. Eilig senkte sie den Blick, damit niemand etwas bemerkte. Sie bog um die Ecke und blieb wie angewurzelt stehen. Hatte er sie nur benutzt? War sie nichts weiter als ein netter Zeitvertreib, eine Auszeit von seinem Superstarleben? Sie wischte sich die Tränen aus den Augenwinkeln. Das würde sie gleich erfahren. Die Zeitschrift von Conny hatte sie in ihre Tasche gepackt.

Sie nahm zwei Stufen auf einmal und kurz darauf flog die Tür zu ihrer Wohnung auf.

»Du bist schon wieder da?« Jonas' aufrichtiges Strahlen versetzte ihr einen Stich in der Herzgegend. »Ich habe mir noch einen Kaffee gekocht. Ich hoffe, es ist in Ordnung für dich, dass ich mich in deiner Küche bedient habe.«

Nein, das war es nicht! Überhaupt nichts war in Ordnung!

Wütend knallte sie ihm die Zeitschrift vor die Nase.

»Kannst du mir das bitte erklären?«

Jonas verschränkte die Arme und senkte das Kinn. Sein Adamsapfel hüpfte und er wirkte betreten. »Du weißt es also.«

»Warum hast du mich belogen? Warum hast du nicht von Anfang an mit offenen Karten gespielt?«, schrie Luisa ihn an.

»Ich habe dich nicht belogen. Ich habe dir lediglich etwas verschwiegen«, antwortete er zerknirscht.

»Ja, und zwar ein ganz entscheidendes Detail. Stell dir mal vor, mein Bild wäre in der Presse gelandet! Hast du daran vielleicht gedacht?«

Seine Wangen fingen an zu glühen. Darüber hatte er sich tatsächlich keine Gedanken gemacht. Er schämte sich.

Luisa pfiff auf ihren Stolz und konnte die Frage, die seit dem Weg hierher in ihr brodelte, nicht mehr zurückhalten. »Hast du mich nur benutzt?«

Jonas zuckte zusammen und griff nach ihrer Hand, doch sie entzog sich ihm.

»Luisa, bitte lass mich alles erklären.«

»Ich bin mir nicht mehr sicher, ob das mit uns beiden eine gute Idee war.« Ihr Herz jedoch behauptete das Gegenteil. Sie setzte sich Jonas gegenüber und blickte ihm direkt in seine dunklen Augen.

»Ich wollte, dass du mich meinetwegen magst und nicht nur, weil ich Tristan Evers bin. Ich hatte eine Scheißangst vor deiner Reaktion. Als ich bei unserem ersten Treffen bemerkt habe, dass du mich nicht erkennst, war ich unbeschreiblich erleichtert. Ich wollte einfach den Abend mit dir genießen und dann …« Jonas machte eine Pause und senkte den Blick. »Ich habe nicht damit gerechnet, mich so in dich zu verlieben.«

Er blinzelte und Luisa hatte das Gefühl, er versuchte, gegen die Tränen zu kämpfen. Eigentlich hatte sie auf Abstand gehen wollen. Doch sein Anblick rührte sie.

»Ich habe es nicht so mit Mainstreammusik und ich lese auch keine Klatschblätter. Facebook und Instagram nutze ich nicht. Woher hätte ich also wissen sollen, wer du bist?«

Jonas hatte immer noch den Blick abgewandt.

»Bist du glücklich mit deinem Leben?« fragte sie unvermittelt und er zuckte erneut zusammen.

»Ich weiß es nicht«, antwortete er ehrlich.

»Irgendwie kommt es mir so vor, als würde mich das Universum für meine Risikobereitschaft bestrafen«, schimpfte Luisa.

»Warum das denn?«

»Na ja. Da lass ich mich freiwillig auf ein Blind Date ein, verliebe mich Hals über Kopf in dich und dann das!« Sie schluckte.

»Aber dann ist doch alles gut. Du bist verrückt nach mir und ich bin verrückt nach dir.«

»Nein, Jonas. Nichts ist gut. Und weißt du was? Ich verstehe dich. Vielleicht hätte ich es genauso gemacht. Aber ich kann das nicht.«

»Was kannst du nicht?« Die Panik in seiner Stimme war nicht zu überhören.

»Ich kann nicht mit dir zusammen sein. Das ist kein Leben für mich. Ich möchte nicht, dass mein Foto in einem dieser Schundblätter landet und ständig über mich oder uns spekuliert wird.«

»Aber so muss es doch gar nicht sein.« Er klang verzweifelt.

»Es wird so sein und das weißt du besser als ich. Es tut mir leid, Jonas.« Luisa konnte ihre Tränen nicht mehr zurückhalten. »Ich glaube, es ist besser, du gehst jetzt«, flüsterte sie.

Er versuchte, sie in den Arm zu nehmen, und flehte sie an, noch einmal über alles nachzudenken.

»Es geht nicht.« Ihre Stimme zitterte und die Tränen brannten in ihren Augen.

Niedergeschlagen stand Jonas auf und zog sich seine Jacke über. »Dann sehen wir uns also nicht wieder?«

Luisa schüttelte den Kopf. »Ich kann nicht. Es tut mir leid.«

Er küsste sie ein letztes Mal auf die Stirn, bevor er die Tür hinter sich zuzog.

Luisa warf sich aufs Bett und weinte hemmungslos. Sie keuchte und bekam kaum Luft.

Warum tat die Liebe manchmal so schrecklich weh?

Kapitel 20

Gedankenverloren trat Jonas ans Fenster und blickte hinaus in das triste Grau. Für einen Moment schloss er die Augen und umklammerte das Telefon in seiner Hand. Wie sehr er sich nach ihrer Stimme sehnte!

Immer wieder blitzten Erinnerungen an ihre letzte gemeinsame Nacht auf und er sah sie samt ihrem umwerfenden Lächeln vor sich stehen.

Doch egal, was er gesagt oder geschrieben hatte, sie ließ sich nicht überzeugen. Er konnte Luisa verstehen. Auch für ihn war es belastend, ständig im Fokus der Öffentlichkeit zu stehen. Die Musik bedeutete ihm nach wie vor viel. Für ihn war es die beste Möglichkeit, sich selbst und seinen Gefühlen Ausdruck zu verleihen. Doch mit all dem anderen – der Presse, dem Druck und dem Stress – kam er nicht gut klar. Nicht mehr.

Jonas stellte fest, wie sehr er sich seit seinem letzten Absturz im Frühling verändert hatte. Resigniert schüttelte er den Kopf und zwang sich dazu, seine Konzentration wieder auf die Gegenwart zu lenken.

»Das war gar nicht übel, Jonas. Du hast es immer noch drauf, die Mädels von der Presse mit deinem Charme um den Finger zu wickeln.« Dirk klopfte ihm anerkennend auf die Schulter. »Aber irgendetwas brauchen wir für dich. Vielleicht eine neue Frau an deiner Seite oder ein Gerücht. Es ist viel zu still um deine Person. Vielleicht kann Justus dir ein wenig unter die Arme greifen. Der versteht doch was davon.«

Sein Manager verabschiedete sich und Jonas atmete erleichtert auf. Er hasste es, wenn bei Interviews zu viele Fragen rund um sein Privatleben gestellt wurden. Für heute zumindest standen keine weiteren Termine an.

Lässig lehnte Justus an der Wand gegenüber, plauderte angeregt mit den anderen und funkelte ihn finster an. Jonas hielt seinem Blick stand, während er einen Schluck Wasser aus seinem Glas trank. Sein Freund zuckte kaum mit der Wimper und Jonas wurde ein wenig flau im Magen.

Bisher hatte sich keiner von ihnen dazu durchringen können, einen Schritt auf den anderen zu zumachen. Jonas fühlte sich dazu nicht bereit. Zu groß empfand er den Vertrauensbruch, den sein Freund begangen hatte.

Eigentlich wollte er einfach nur nach Hause. Doch er beschloss, Dirk einen Gefallen zu tun, und schlenderte noch ein wenig durch Münchens Innenstadt. Auf seine obligatorische gelbe Mütze samt Sonnenbrille verzichtete er. Vermutlich hatte sein Manager recht und er war es seinen Fans schuldig, sich zumindest mal wieder bei ihnen blicken zu lassen.

Bereits auf dem Weg zu seinem Lieblingscafé hatte er dreimal für ein Selfie die Mundwinkel hochgezogen. Bisher waren es ausnahmslos Frauen gewesen, die ihn darum gebeten hatten.

Jonas konnte einen Tisch am Fenster ergattern. Es war ziemlich voll heute. Immer wieder bemerkte er, wie die Leute ihn neugierig musterten.

Schließlich kam ein Mädchen samt ihren Freundinnen zu ihm an den Tisch. »Hallo.« Ihre Wangen färbten sich rot und sie klang ein wenig verlegen. Die anderen kicherten nervös. »Bist du nicht Tristan Evers?«

Er zwang sich zu einem Lächeln und nickte.

»Cool. Können wir ein Foto mit dir machen?«

Jonas setzte sein Pokerface auf und zwinkerte den Mädchen zu. Schließlich bat er eine Kellnerin, sie zu fotografieren.

»Tausend Dank! Kommt, Mädels, das posten wir gleich auf Insta!«

Zufrieden zogen sie ab, schauten jedoch immer wieder in seine Richtung und versuchten, seine Aufmerksamkeit auf sich zu ziehen. Das hatte andere Cafébesucher ebenfalls ermutigt und eine Weile gab er Autogramme und posierte für Fotos.

Dabei kam ihm Luisa in den Sinn. Das war genau das, wovor sie sich fürchtete. Kurz zog es hefig, unterhalb seiner Herzgegend. Lustlos nippte er an seinem Cappuccino. Irgendwie hatte er das Gefühl festzustecken.

Jonas wusste nicht, was er wollte. Oder vielleicht wusste er es längst, jedoch fehlte ihm der Mut, das auch zuzugeben. Frustriert knallte er die leere Tasse auf den Tisch. Es musste endlich anders werden! Er hatte diese Ungewissheit satt. Er hatte sich selbst einfach satt.

Nachdem er bezahlt hatte, verschwand er kurz auf der Toilette. Für den Heimweg fühlte er sich in seiner Verkleidung sicherer. Schließlich hatte er vor, die öffentlichen Verkehrsmittel zu benutzen und den Rest nach Hause zu laufen. Er musste dringend den Kopf frei kriegen.

Die Fahrt mit der U-Bahn und dem Bus war ohne weitere Zwischenfälle verlaufen.

Jonas entschied sich für den Weg durch den Wald. Tief sog er die Luft in seine Lungen und spürte, wie der Sturm in seinem Inneren sich langsam legte. Vielleicht musste er für ein paar Tage einfach mal hier raus.

Seine Eltern hatten ein kleines Haus in der Nähe von Bayerisch Kanada. Vielleicht wäre das eine Möglichkeit, um sich die nötige Ruhe zu verschaffen. Um diese Jahreszeit war dort vermutlich nicht viel los.

Er blieb stehen und lehnte sich an die riesige Buche, deren imposanter Stamm ihn jedes Mal wieder beeindruckte. Jonas starrte eine Ewigkeit in den Himmel.

Er wollte Luisa. Das war das Einzige, was er mit Sicherheit wusste, und sein Herz wurde nie müde, ihn ständig daran zu erinnern.

Kapitel 21

»Ich glaube, du brauchst meinen Espresso-Speciale«, sagte Sofias Großmutter entschieden und stand auf.

Luisa verzog angewidert das Gesicht. Dank Conny war ihr dieses Gebräu nicht gerade in guter Erinnerung geblieben. Lustlos stocherte sie in ihrer Pasta herum und schob den Teller zur Seite.

»Also wenn du sogar meine köstliche Pasta verschmähst, muss es ja wirklich schlimm um dich stehen.« Besorgt sah Sofia sie an.

Conny und Betty hatten einen Freundinnenabend im *Biasinis* vorgeschlagen und Sofia hatte trotz Ruhetag für sie gekocht. Ihre Nonna hatte sich nicht abwimmeln lassen.

»Oh mio dio! Dann habe ich also mit einem echten Superstar gesprochen? Er hat mich doch nach der Buchhandlung gefragt.« Begeistert setzte sie sich mit an den Tisch.

Für jede der Freundinnen hatte sie ihren speziellen Espresso mitgebracht. Doch im Gegensatz zu Luisa schienen die anderen ganz verrückt nach der schwarzen Brühe.

Abwechselnd hatten Conny und Betty von Luisas desaströsem Liebesleben erzählt. Sie selbst fühlte sich nicht in der Lage dazu.

»Und ihr wartet fast einen ganzen Monat damit, mich auf dem Laufenden zu halten?«, meinte Sofia vorwurfsvoll.

»Du hast doch immer so viel zu tun.« Beschwichtigend tätschelte Betty ihren Arm.

»Und jetzt kannst du den Mann nicht vergessen?«

Nonna musterte Luisa aufmerksam. Doch sie blieb der Großmutter eine Antwort schuldig.

»Irgendwie finde ich das alles total romantisch«, schwärmte Sofia.

»Kompliziert trifft es wohl eher.« Luisa schnitt eine Grimasse.

»Vielleicht machst du es nur kompliziert. Du hast Gefühle für ihn und diesem Jonas scheint es doch genauso zu gehen. Nik und ich hatten auch unsere Schwierigkeiten. Doch wenn die Liebe groß genug ist, kann man vieles gemeinsam durchstehen.«

Luisa schien nicht überzeugt und auch Conny hielt sich zurück.

»Mamma Mia! Die Liebe ist nicht einfach. Liebe bedeutet Arbeit. Das sage ich immer wieder. Du kannst nicht warten, bis du etwas bekommst, Luisa. Du musst bereit sein, etwas dafür zu tun.« Nonna war in der Zwischenzeit aufgestanden und hatte die Hände in die Hüften gestemmt.

»Aber ich will nicht, dass mein Leben in der Öffentlichkeit stattfindet, und ich will auch in keiner Zeitschrift lesen, dass ich es nur auf seinen Ruhm abgesehen hätte, oder wie auch immer.« Nun klang Luisa ein wenig aufgebracht.

Sie hatte keine Lust, sich vor irgendjemandem zu rechtfertigen. Doch gleichzeitig musste sie zugeben, dass Sofias Großmutter nicht unrecht hatte.

»Liebst du diesen Mann?«

Oh Mann! Warum musste Sofias Oma auch solche Fragen stellen!

Alle starrten Luisa an und warteten gespannt auf ihre Antwort. Sie biss sich auf die Lippe und fühlte sich wie vom Blitz getroffen.

»Wir kennen uns doch kaum«, flüsterte sie leise.

»Das ist doch völlig wurscht.«

Erstaunt sah Luisa auf. Mittlerweile beherrschte die rüstige Italienerin sogar bayerisch, was die anderen öfter zum Schmunzeln brachte.

»*Welch eine himmlische Empfindung ist es, seinem Herzen zu folgen.* Sagt Goethe. Und der wird es wohl wissen.« Nonna blickte sie unverwandt an.

Etwas in der Art hatte ihr Vater auch gesagt, als Luisa ihm alles erzählt hatte.

Sie fasste sich an die Stirn. Ihr Kopf tat mit einem Mal höllisch weh und sie musste unbedingt ihre Gedanken sortieren. Sie verabschiedete sich von den anderen.

Auf dem Heimweg fühlte sich Luisa mit sämtlichen Erinnerungen konfrontiert. LuiSiesa dachte daran, wie Jonas plötzlich in der Buchhandlung gestanden hatte, an sein unwiderstehliches Lächeln und seine heißen Hände auf ihrer nackten Haut. Diese Bilder wurden von einem scheußlichen

Durcheinander in ihrem Kopf abgelöst: Ungewissheit, Angst und eine unbekannte Sehnsucht, die ihr die Luft abzuschnüren drohte. Für einen Moment hielt sie inne, um tief durchzuatmen. Die kalte Luft brannte in ihrer Lunge. Sie lief schneller.

Zu Hause ließ sie sich auf ihr Sofa fallen. Am liebsten wollte sie sich für immer die kuschelige Fleecedecke über den Kopf ziehen und die ganze Welt aus ihrem Leben sperren. Doch Nonnas Worte gingen ihr nicht mehr aus dem Kopf.

War sie zu vorsichtig in ihrem Leben? Hatte sie so viel Angst, dass sie überhaupt nichts mehr riskieren wollte?

Entschlossen stand Luisa auf und musterte ihr Spiegelbild. Sie wollte nicht länger ängstlich sein. Viel lieber wollte sie mutig und mit offenem Herzen durchs Leben gehen, egal was dabei passierte. Sie wollte sich wieder richtig lebendig fühlen!

Etwas an diesen fremden Gedanken verlieh Luisa neuen Mut. Sie griff nach ihrem Handy und wählte Jonas' Nummer. Ihre Hände zitterten leicht.

»Luisa?« Jonas klang überrascht.

»Hallo, Jonas.« Ihre Stimme zitterte und plötzlich wusste sie nicht mehr, was sie sagen wollte.

»Wenn ich ehrlich bin, habe ich nicht mehr damit gerechnet, dass du dich meldest.«

Das klang gar nicht gut.

»Offengestanden …« Luisa zögerte und für einen Moment herrschte ein unangenehmes Schweigen zwischen ihnen. »Ich habe gehofft, wir könnten noch einmal miteinander reden«, brachte sie schließlich doch noch hervor.

Sie hörte, wie er am anderen Ende der Leitung tief durchatmete. »Das ist gerade ein ungünstiger Zeitpunkt. Ich wollte für ein paar Tage wegfahren.«

Luisas Nerven begannen zu flattern. »Oh«. Zu mehr fühlte sie nicht in der Lage.

»Möchtest du mitkommen?« Seine Stimme klang, als würde er lächeln.

Kapitel 22

Jonas sah auf die Uhr. Luisa war bereits über eine halbe Stunde zu spät. Er versuchte, ruhig zu bleiben, und atmete noch einmal tief durch. Geduld zählte nicht gerade zu seinen Stärken.

Den Blick auf sein Handy hätte er sich sparen können. Es gab keine neue Nachricht von ihr.

Sein Magen verkrampfte sich und Traurigkeit und auch ein Funken Wut tobten in seinem Herzen. Sie würde nicht kommen. Er strich sich eine hartnäckige Strähne aus der Stirn und versuchte, diese Erkenntnis zu verarbeiten. Hinter seinen Schläfen hämmerte es wild und langsam wurde ihm kalt.

Jonas vermisste sie in jeder Hinsicht. Mit ihr konnte er reden, lachen, schweigen und lieben. Doch vielleicht war es an der Zeit, den Wunsch nach einer richtigen Beziehung loszulassen.

Wenigstens brach die Sonne durch den Wolkenhimmel, als der Nebel sich endlich auflöste. Jonas wertete zumindest das als gutes Zeichen. Er überprüfte noch einmal die große Tasche mit den Lebensmittelvorräten und klappte den Kofferraum zu. Dankbar dachte er an seinen Vater, der ihm noch einmal für ein paar Tage sein Auto überlassen hatte. Gerade als er einsteigen wollte, kam ein Taxi um die Ecke gesaust und hielt mit quietschenden Reifen in der Einfahrt. Luisa!

Für einen Moment fühlte er sich so erleichtert, dass er sich gar keine Gedanken über die Taxifahrerin gemacht hatte. Was, wenn sie ihn erkannte? Doch die schien sich überhaupt nicht für ihn zu interessieren, ließ Luisa nur schnell aussteigen und fuhr sofort weiter.

»Gott sei Dank! Du bist noch da!«

Luisa ließ ihre Reisetasche auf den Boden fallen und rannte auf ihn zu. Dann blieb sie unschlüssig stehen.

Jonas bemerkte ihre Unsicherheit und schloss sie in seine Arme. Sie erwiderte sein breites Lächeln und fuhr sich aufgeregt durchs Haar.

»Entschuldige bitte. Mein Zug hatte Verspätung und dann habe ich auch noch mein Handy zu Hause vergessen. Das ist mir noch nie passiert.«

Bevor sie auch nur blinzeln konnte, drückte er seinen Mund auf ihren. »Jetzt bist du ja da«, meinte er fröhlich und hievte ihre Tasche in den Kofferraum. »Zum Glück. Lass uns losfahren.«

Während der Fahrt sprachen sie nur wenig miteinander. Jonas spürte, dass längst nicht alle Missverständnisse aus dem Weg geschafft waren. Doch sie hatten jetzt ein paar Tage Zeit, um das nachzuholen. Und nicht nur das. Ein anzügliches Grinsen huschte über sein Gesicht. Kopf und Körper entwickelten bereits wieder unanständige Ideen.

Er lenkte seine Aufmerksamkeit wieder auf die Straße vor ihm. Zwischendurch jedoch huschte sein Blick immer wieder hinüber zu Luisa und erwischte sie dabei, wie sie ihn ebenfalls verstohlen musterte.

Eine gute Stunde später hatten sie ihr Ziel erreicht. Die Fahrt war ihm ungewöhnlich lange vorgekommen. Ganz gentlemanlike hielt er Luisa die Tür auf.

»Wir sind da.«

»Wow!«, entfuhr es ihr entzückt. »Ist das schön hier! So idyllisch.«

»Freut mich, dass es dir gefällt.«

Er nahm ihre Tasche und schenkte ihr ein strahlendes Lächeln. Das letzte Mal war er als Teenager mit seinen Eltern hier gewesen. Jonas schloss die Tür auf und staunte. Sein Vater hatte nicht zu viel versprochen. Letztes Jahr im Sommer hatte er quasi hier gewohnt und das Wohnzimmer und die beiden Schlafräume komplett renoviert.

Sein Papa hatte die Wand zwischen Küche und Wohnraum einreißen lassen und die große, verglaste Terrassentür brachte viel Licht in das große Zimmer. Der Mittelpunkt war ein runder, moderner Kamin, vor dem sie es sich später bestimmt gemütlich machen würden. Auch ein paar Designerstücke fanden ihren Platz. Sein Vater hatte ein Händchen für geschmackvolle Inneneinrichtung. Das musste er ihm lassen. Ein paar Stufen führten hinauf zu den beiden Schlafzimmern und dem Bad mit der riesigen Wanne.

»Dieser Mix aus rustikal und modernem Chic gefällt mir«, sagte Luisa anerkennend, als sie ihr Gepäck nach oben trugen.

»Ja, ich mag auch, was mein Vater aus dem Häuschen gemacht hat. Vor ein paar Jahren hat es hier noch ganz anders ausgesehen. Vielleicht finden wir irgendwo ein paar Bilder, die ich dir zeigen kann.«

Jonas entschied sich für das Schlafzimmer, von dessen Fenster aus man einen herrlichen Ausblick auf den riesigen Wald dahinter hatte.

Luisa schob sich an ihm vorbei und nickte zufrieden. »Das Bett ist wohl groß genug für uns beide.« Dabei grinste sie anzüglich.

Erheiterung flackerte in Jonas' Augen auf. Er zog sie an sich und senkte seine Lippen auf ihre. Wie sehr er das vermisst hatte! Ihr vertrauter Duft, die weiche Haut in ihrem Nacken und die eleganten Kurven ihres Körpers, die alle an den richtigen Stellen saßen. Gerade als er seine Hände auf Erkundungstour schicken wollte, hob Luisa ihren Zeigefinger, als wäre ihr plötzlich ein Gedanke gekommen.

»Eigentlich brauche ich dringend was zu essen. Ich habe einen Riesenhunger.« Wie zur Bestätigung knurrte ihr Magen.

Jonas lachte. »Was hältst du von Spaghetti mit Tomatensoße? Viel mehr kulinarische Highlights kann ich dir die nächsten Tage wohl nicht bieten.«

Wenig später standen sie gemeinsam in der Küche, schnippelten das Gemüse für die Soße und Luisa amüsierte sich köstlich, als Jonas die Tomaten in das kochende Wasser kippte, dass eigentlich für die Nudeln gedacht war.

»Oh Shit!« Zu spät. In null Komma nichts hatten die Tomaten sich in Matschepampe verwandelt.

»Mit unserer Soße wird das wohl nichts mehr«, stellte Luisa fest, als sie einen Blick in die riesige Tasche mit den Vorräten warf. »Aber wir könnten alternativ Knoblauchnudeln machen«, meinte sie vergnügt.

Jonas verzog das Gesicht. Luisa grinste amüsiert. »Wenn wir beide welche essen, ist es doch halb so schlimm. Außerdem fände ich es gut, wenn wir nach dem Essen eine Runde spazieren gehen und reden. Alles andere können wir doch ein wenig langsamer angehen lassen.«

»Irgendwie finde ich, dass das keine gute Idee ist. Also das mit dem langsamer angehen und so.«

Luisa lachte und boxte ihm in den Arm.

Wenig später probierte Jonas widerwillig die Knoblauchspaghetti, das Kommando in der Küche hatte doch lieber Luisa übernommen, und er musste zugeben, dass dieses einfache Gericht in ihrer Gegenwart ganz ausgezeichnet schmeckte.

Anschließend brachen sie zu einem gemeinsamen Spaziergang auf, bevor es draußen dafür zu dunkel wurde.

Sie schlenderten am Schwarzen Regen entlang. Es war ziemlich frisch und außer ihnen war kein Mensch unterwegs. Er genoss es, allein mit Luisa zu sein.

Unvermittelt blieb er stehen und drehte sich zu ihr um. Ihre Wangen und ihre Nase waren von der Kälte gerötet, ihre

Augen strahlten wie immer in einem faszinierenden türkisblau. Der Wind hatte ihr Haar völlig zerzaust.

»Es tut mir leid, dass ich dir verschwiegen habe, wer ich bin oder was ich beruflich mache. Aber wie gesagt, ich hatte einfach eine Scheißangst.«

Luisa rieb ihre Hände aneinander und pustete hinein. »Ich wünschte, du wärst von Anfang an ehrlich zu mir gewesen. Ich habe einfach Angst, wieder verletzt zu werden.«

Sie senkte den Blick und erzählte ihm von Christopher und davon, wie sehr sie ihn geliebt und wie lange sie gebraucht hatte, um darüber hinwegzukommen.

»Ich werde dir nicht weh tun. Niemals. Das verspreche ich dir.« Jonas nahm sie in den Arm und drückte sie fest an sich, bevor sie weitergingen. »Aber ich weiß nicht, wie es weitergehen soll«, gestand er ihr plötzlich verunsichert.

»Was meinst du damit?«

»Ich bin mir nicht sicher, ob ich das alles noch will. Mein Leben als Musiker, ständig in der Öffentlichkeit stehen, der ganze Stress. Gerade ist mir alles zu viel und ich fühle mich erschöpft und unendlich müde.« Jonas schluckte. Die Worte brannten in seiner Kehle. Zum ersten Mal hatte er sie in ihrer Gegenwart laut ausgesprochen.

Luisa drückte seine Hand noch fester. »Kannst du dir denn keine Auszeit nehmen, um dir darüber klar zu werden, was du eigentlich willst?«, fragte sie sanft.

Resigniert schüttelte Jonas den Kopf. »Dann bin ich weg vom Fenster. In der Musikbranche vergessen die Fans einen schnell, wenn man nicht regelmäßig nachlegt. Und weißt du was? Es ist schwer zu erklären, aber irgendwie fühle ich mich diesem Leben verpflichtet. Wann bekommt man schon so eine Chance wie ich? Muss ich sie dann nicht auch nutzen? Viele Musiker würden ihr Leben dafür geben, so weit zu kommen, wie ich es geschafft habe.«

Luisa blieb stehen und sah ihm direkt in die Augen. »Und was bringt es dir, wenn du dabei in Wirklichkeit total unglücklich bist? Womöglich macht diese Einstellung dich irgendwann krank.«

Er hielt kurz inne, um Luft zu holen. »Oft spiele ich mit dem Gedanken, mich als Songwriter zu versuchen oder vielleicht als Coach für andere Musiker. Somit bleibe ich der Musik treu, nur eben nicht unter den Augen der Öffentlichkeit. Ehrlich, Luisa, du kannst dir nicht vorstellen, wie schlimm das ist.«

Die ersten Tränen brannten in seinen Augen und ihr liebevoller Blick traf ihn mitten ins Herz. Er ließ sich von ihr halten und trösten, während er immer wieder schluchzte.

Behutsam strich sie ihm eine Strähne aus dem Gesicht. »Vielleicht hast du dich längst entschieden und einfach nur Angst, den nächsten Schritt zu gehen.«

Jonas zuckte lässig die Schultern und wischte sich die Tränen aus den Augenwinkeln. Wie peinlich war das denn eben? Dabei hatte er doch ganz andere Dinge mit Luisa im Sinn gehabt.

»Wir sollten umkehren. Langsam wird es dunkel«, nuschelte er und zog den Reißverschluss seiner Jacke höher, bevor er wieder ihre Hand nahm und sie sich im Schnellschritt auf den Rückweg machten.

Der Kamin verströmte eine angenehme Wärme und Jonas betrachtete Luisa, die genüsslich ihren Tee schlürfte, den er zuvor für sie gekocht hatte. Ihr Anblick rührte ihn und mit einem Mal wurde sein Verlangen nach ihr so groß, dass er sich nicht zurückhalten konnte.

Er berührte ihre Lippen, öffnete mit der Zunge ihren Mund und liebkoste sie zärtlich, bevor sein Kuss fordernder wurde.

Sie setzte sich auf seinen Schoss, ihre Brüste reckten sich ihm entgegen und er spürte ihre warmen Hände unter seinem Pullover. Ihre zarten Lippen auf seinem Hals jagten ihm angenehme Schauer über den Rücken und keck strich sie mit den Fingern über das Stück nackte Haut unterhalb seines Bauchnabels.

Jonas stöhnte lustvoll auf und ehe er sich versah, stand Luisa nackt vor ihm und hatte auch ihn von den lästigen Kleidungsstücken, die sie noch voneinander trennten, befreit.

Sie setzte sich auf ihn und ihr heißer Atem strich über seine Haut. Er spürte, wie die Lust sich langsam ihren Weg bahnte, und mit rasendem Herzen genoss er all die lustvollen Empfindungen, die diese wunderbare Frau in ihm auslöste.

Später hatten sie es doch noch nach oben ins Bett geschafft. Unruhig wälzte sich Luisa in seinen Armen hin und her. Schließlich setzte sie sich auf.

»Hattest du schon vielen Frauen?«, wollte sie auf einmal wissen.

»Was?«

»Du hast mich schon verstanden. Mit wie vielen Frauen hast du vor mir geschlafen?«

Jonas schlug sich mit der Hand gegen die Stirn. »Luisa, was soll das? Jetzt bin ich mit dir zusammen und das spielt doch überhaupt keine Rolle.«

Sie lächelte verkniffen. »Ich habe Bilder von dir gesehen. Im Internet. Auf fast jedem Foto hältst du eine andere Frau im Arm.«

Nun setzte sich auch Jonas auf, schlug die Bettdecke zurück und legte den Arm um ihre Schultern. »Am Anfang meiner Karriere habe ich mit vielen Frauen geschlafen. Das ist wahr. Da will ich dir nichts vormachen.«

Luisa nickte betreten. »Das habe ich mir schon gedacht.« Sie biss sich auf die Unterlippe und starrte angestrengt auf die Wand gegenüber. »Ich wünschte, ich hätte nicht gefragt. Aber irgendwie konnte ich es mir nicht verkneifen. Eigentlich wollte ich ja einen auf taff und unabhängig machen und so tun, als würde mich das überhaupt nicht interessieren. Aber es funktioniert nicht.«

Zärtlich strich er über ihren Rücken. Es war nur eine Frage der Zeit, bis sie sich über solche Dinge Gedanken machen würde. Das war Jonas klar. Er räusperte sich.

»Ich habe mich dann aber ernsthaft in eine Frau verliebt und mir ging es dabei ähnlich wie dir.«

Jonas erzählte vom Beginn seiner Karriere, seiner wilden Zeit. Genaue Details ersparte er ihr jedoch. Er erzählte von Tanja und wie sie ihn hintergangen hatte, und von seinem Absturz danach.

»Es wird wohl nicht leicht werden, wenn wir es ernsthaft miteinander versuchen wollen«, sagte Luisa leise.

Alarmiert sah er auf. »Denkst du, wir haben eine Chance?«

Sie zuckte mit den Schultern. »Das wird sich zeigen.« Sie lehnte ihren Kopf an seine Schultern und für eine Weile saßen sie einfach so da und sagten kein Wort. Viel zu zerbrechlich wirkte das, was sie gerade miteinander hatten.

Die nächsten Tage verbrachten sie ähnlich wie den ersten. Sie kochten gemeinsam, führten lange Gespräche, gingen spazieren und hatten jede Menge Sex.

Daran hätte Jonas sich gewöhnen können. Doch er musste zurück. Am Wochenende würde die Feier seiner Mutter stattfinden und er hatte Luisa immer noch nicht gefragt, ob sie mitkommen wollte. Abends im Bett strich er ihr das Haar aus dem Gesicht.

»Luisa?«

»Hm?« Schläfrig hob sie den Kopf.

»Hast du Lust, mich am Wochenende auf eine Familienfeier zu begleiten?«

Kapitel 23

Luisa fragte sich, ob das Ganze tatsächlich so eine gute Idee gewesen war. Kritisch beäugte sie ihr Spiegelbild. War ihr Outfit in Jeans und Bluse nicht viel zu lässig für die vornehme Geburtstagsfeier von Jonas' Mutter?

Anfangs hatte er überhaupt keine näheren Infos herausrücken wollen. Doch nachdem sie ihn ein wenig gelöchert und mit heißen Küssen und ihren geschickten Fingern bestochen hatte, hatte er endlich mit der Sprache herausgerückt und ihr gestanden, dass sich dort die Reichen und die Schönen die Klinke in die Hand geben würden und auch die Presse vor Ort wäre.

Bei dem Gedanken wurde ihr ganz flau im Magen.

»Warum hast du mich nicht schon vor unserem Kurztrip gefragt? Dann hätte ich passende Klamotten einpacken können, oder besser noch, mir etwas Neues gekauft.«

»Glaub mir, du siehst hinreißend aus, genauso, wie du bist.« Jonas küsste sie auf die Wange. »Außerdem musst du dort nicht im Abendkleid aufkreuzen. Mein Vater und ich tragen doch auch nur Jeans und Hemd.«

»Ja, aber du bist auch ein Mann«, erwiderte sie. *Ein absolut umwerfender und berühmter noch dazu!* »Da spielt das Outfit keine so große Rolle wie bei uns Frauen.«

In diesem Moment wünschte Luisa, sie hätte sich nicht von Jonas überreden lassen. Nicht einmal elegante Schuhe hatte sie eingepackt. Somit blieb ihr nichts anderes übrig, als ihre weißen Sneakers zu tragen. Aber wie auch? Schließlich war sie nur auf die Tage im bayerischen Kanada vorbereitet gewesen und dort waren sie überwiegend wandern gegangen. Wie hätte sie ahnen können, dass Jonas so spontan war?

In diesem Augenblick wurde ihr wieder bewusst, wie wenig sie einander kannten. In weiser Voraussicht hatte sie zumindest ihre neue Jeans und eine weiße Bluse eingepackt, für den Fall der Fälle. Es hätte ja sein können, dass Jonas sie zum Essen ausführen wollte.

Ihre Haare steckte sie zu einem lockeren Knoten hoch, umrahmte ihre blauen Augen dezent mit einem schwarzen Kajal und betonte ihre Lippen mit pfirsichfarbenem Gloss. Sie drehte sich zu Jonas um, der gerade damit beschäftigt war, sein Hemd zu zuknöpfen.

»Wir treten aber nicht offiziell als Paar auf, oder?«

»Wir tun nichts, was du nicht willst.« Er bemühte sich, nicht enttäuscht zu klingen, was ihm nicht sonderlich gut gelang.

Luisa half ihm mit den Knöpfen und fuhr mit ihren Fingern seinen Hals entlang.

»Ich bin noch nicht so weit. Der Gedanke, dass du ein berühmter Musiker bist und die Presse vermutlich sofort über uns herfällt, überfordert mich.« Ihr Blick huschte Richtung Fenster, als könnte sie zwischen den Bäumen eine Antwort finden. »Ich habe einfach Angst.«

Er zog sie in seine Arme. »Das musst du nicht. Du wirst sehen, es wird alles halb so schlimm.«

Nervös warf Luisa einen letzten Blick in den Spiegel. Warum hatte sie sich nicht einfach in einen Steuerberater verlieben können? Dann wäre jetzt alles viel weniger kompliziert. Sie seufzte. Es half alles nichts. Schließlich hatte sie ihm versprochen, ihn zu begleiten, und Jonas schien es viel zu bedeuten.

Während der Autofahrt sprachen sie nur wenig miteinander. Mittlerweile wusste Luisa, dass Jonas ein konzentrierter Autofahrer war, der nicht gerne redete. Insgeheim hoffte sie, dass ihre zarte Liebe diesen Abend unbeschadet überstand.

»Tristan! Da bist du ja, mein Lieber!«

Die rotblonde Frau mit dem strengen Pferdeschwanz und dem eleganten, weißen Kleid mit Spitzenbesatz, musste seine Mutter sein. Luisa wunderte sich jedoch sehr darüber, dass sie ihn mit seinem Künstlernamen ansprach. Neben ihr stand ein attraktiver Mann mit graumeliertem Haar, dem Jonas stark ähnelte, und lächelte sie aus freundlichen grauen Augen an.

»Hallo, Mutter. Alles Liebe zum Geburtstag. Das hier ist übrigens Luisa.«

»Ähm ja, hallo. Schön, Sie kennenzulernen.« Verlegen streckte sie ihr die Hand entgegen und gratulierte dem Geburtstagskind ebenfalls.

Jonas reichte ihr ein kleines Päckchen, welches das teure Lieblingsparfüm seiner Mutter enthielt. »Das ist von uns beiden.«

»Wie aufmerksam. Vielen Dank.« Sie musterte Luisa aufmerksam und verzog keine Miene.

»Ich bin Hannes Kluge. Es freut mich, sie endlich kennenzulernen. Unser Sohn schwärmt in den höchsten Tönen von Ihnen.«

Luisa reichte ihm die Hand und war erleichtert, dass er sich im Gegensatz zu seiner Ex-Frau, sehr über die Begleitung seines Sohnes zu freuen schien.

»Es tut mir leid, meine Liebe. Aber ich hoffe, Sie haben Verständnis, wenn ich Ihnen Tristan kurz entführen muss.«

Dabei hob sie angestrengt die Mundwinkel.

Ein wenig zu viel Botox, vermutete Luisa und nickte.

»Ich bin gleich wieder da«, versprach er und mischte sich mit seiner Mutter unter die Gäste.

Unsicher zupfte Luisa am Saum ihrer Bluse. Sie fühlte sich total fehl am Platz. All die schönen Menschen in ihren beeindruckenden Roben und die imposante Villa schüchterten sie ein wenig ein.

Jonas' Vater bemerkte ihre Befangenheit und drückte aufmunternd ihren Arm. »Nehmen Sie das bitte nicht persönlich. Jutta ist immer so. Möchten Sie etwas trinken, Luisa?«

Dankbar nickte sie und folgte Hannes Kluge nach draußen an die Bar, die in einem prachtvollen weißen Pavillon mit üppigem Blumenschmuck aufgebaut war.

Mit dem Wetter hatten sie Glück. Die Sonne strahlte vom Himmel und für einen Herbsttag war es ungewöhnlich warm.

Luisa entschied sich nur für ein Glas Wasser. Sie wollte einen kühlen Kopf bewahren, auch wenn ihr ein wenig Alkohol im Blut vermutlich nicht geschadet hätte.

»Mein Sohn scheint Sie sehr gerne zu haben«, sagte Jonas' Vater nachdem sie eine Weile über belanglose Dinge wie das Wetter und die Arbeit gesprochen hatten.

Gerade, als Luisa etwas darauf erwidern wollte, kam ein Mann im grauen Anzug auf sie zu. Sie kannte ihn von Bildern aus der Tageszeitung. Er war ein wichtiger Mann in der Finanzwelt.

»Hannes! Wie schön, dich mal wieder zu sehen!« Er lachte und nickte Luisa kurz zu.

»Kann ich Sie für einen Moment allein lassen? Das ist ein alter Freund von mir, mit dem ich gerne mal wieder eine Zigarre rauchen würde. Jonas müsste sowieso jeden Augenblick zurück sein.«

»Machen Sie sich keine Gedanken. Ich komme schon zurecht«, versicherte sie ihm lächelnd, obwohl ihr gar nicht danach zumute war.

Auf der Suche nach Jonas schlenderte sie den Kiesweg entlang zurück zum Haus. Dabei übersah sie den großen afghanischen Windhund, der mitten auf dem Weg döste, stolperte und stieß gegen eine Frau im roten Abendkleid, die soeben noch ein Glas Champagner in der Hand gehalten hatte.

Die Brünette fuhr herum und funkelte sie wütend aus ihren blauen Katzenaugen an. »Können Sie denn nicht aufpassen?«, zeterte sie. »Ihretwegen habe ich mir das Kleid ruiniert.«

Der Champagner tropfte von ihrem Saum und angeekelt wischte sie darüber.

»Das tut mir ehrlich leid«, meinte Luisa aufrichtig und ärgerte sich im selben Moment darüber, dass sie sich von Jonas hierher hatte schleppen lassen. »Meistens hilft es, wenn man sofort etwas Spülmittel auf die Flecken gibt. Wenn Sie möchten, hole ich welches.« Luisa fühlte sich wie eine Idiotin.

Die Frau musterte sie abschätzend und schnalzte missbilligend mit der Zunge. Doch dann weiteten sich ihre Augen, als wäre sie soeben zu einer wichtigen Erkenntnis gelangt. »Du bist Tristans Begleitung, habe ich recht?«

Luisa schluckte und ein unangenehmes Bauchgrummeln riet ihr dazu, schnell die Flucht zu ergreifen. Doch sie blieb wie angewurzelt stehen und nickte nur dämlich.

Die braunhaarige Schönheit streckte ihr die Hand entgegen. »Tanja Borowski. Aber ich nehme an, du weißt längst, wer ich bin.«

Luisa wollte etwas Schlagfertiges und Scharfsinniges erwidern, doch nur ein unverständliches Gestammel kam aus ihrem Mund.

»Ich kann verstehen, dass er dir gefällt. Aber an deiner Stelle würde ich mir nicht zu viel darauf einbilden, dass er dich mitgenommen hat. Sicherlich ist dir bekannt, dass wir beide ein Paar waren. Eigentlich waren wir das Traumpaar schlechthin. Auch wenn wir ein paar Schwierigkeiten hatten, sieht es so aus, als stünde unsere Beziehung vor einem Comeback. Seine Mutter wird sicherlich begeistert sein!«

Wie aufs Stichwort winkte sie Jutta Kluge zu, die gerade mit ein paar anderen Frauen durch die Tür hinaus schritt.

»In einer Viertelstunde wird Tristan für seine Mutter ein Ständchen singen. Zum Glück konnte sie ihn dazu noch überreden. Er hat eine so wundervolle Stimme. Aber das weißt du ja selbst.«

»Ehrlich gesagt, habe ich ihn noch nie auf der Bühne singen hören.« Warum hatte sie das eben gesagt? Luisa hätte sich ohrfeigen können.

Diese Tanja lächelte selbstgefällig. »Für ihn warst du vermutlich nur ein netter Zeitvertreib. So etwas macht er gerne, da ist schon oft vorgekommen.«

In diesem Moment strömten die Gäste langsam in den Garten. Neben dem Pavillon war eine kleine Bühne aufgebaut. Warum war ihr das vorher nicht aufgefallen?

»Ich sichere mir einen guten Platz vor der Bühne.« Mit diesen Worten stakste Tanja Borowski auf ihren hohen Hacken davon.

Luisa hielt sich im Hintergrund. Von Jonas fehlte jede Spur. Sie fühlte sich völlig fehl am Platz und wollte einfach nur weg von hier. Da spürte sie eine warme Hand auf ihrem Rücken. Erleichtert drehte sie sich um. Doch statt Jonas grinste sie ein junger Mann mit verwuschelten blonden Haaren an.

»Hi. Du musst Luisa sein, oder? Ich bin Justus, Gitarrist in der Band und der beste Kumpel von Jonas.«

»Schön dich kennenzulernen.« Luisa kannte ihn nur von Jonas' Erzählungen.

»Ganz meinerseits. Wer hätte das gedacht, hm?« Er musterte sie interessiert, sein Blick war herausfordernd.

Misstrauisch runzelte Luisa die Stirn. »Was meinst du damit?«

Lässig zuckte Justus die Schultern. »Im Grunde genommen war es doch nur eine Wette. Du weißt schon … Jonas wollte eine Frau, die nichts von seinem Ruhm weiß, dazu bringen, sich in ihn zu verlieben. Anscheinend ist ihm das gelungen. Vermutlich sollte ich ihm gratulieren.«

Luisa krümmte sich innerlich. Das konnte doch nicht wahr sein! Irgendwie überkam sie das niederschmetternde Gefühl, dass dieser Tag ganz und gar ungut für sie enden würde.

Aufgebracht drängte sie sich an Justus vorbei. Sie musste mit Jonas sprechen und zwar sofort! Luisa stürmte hinter die Bühne, wo sie ihn vermutete, und blieb wie vom Donner gerührt stehen. Dort musste sie mit ansehen, wie Jonas sich von dieser Tanja küssen ließ. Nein! Er ließ sich regelrecht von ihr abschlecken.

Alte Liebe rostet nicht, schoss es ihr durch den Kopf und dieser Gedanke traf sie mit solcher Wucht, dass sie beinahe nach hinten umgekippt wäre.

Für einen kurzen Moment fiel Luisa in eine Schockstarre, dann schoss die Wut aus ihrem Bauch hervor, wie sie es noch nie zuvor erlebt hatte.

»Du verdammter Scheißkerl! Du elender Lügner!«, brüllte sie ihm entgegen.

Da blitzten auch schon die ersten Kameras auf. Nichts wie weg hier!

Mühsam würgte sie eine Entschuldigung hervor und bahnte sich einen Weg durch die neugierigen Presseleute hindurch. Doch die interessierten sich überhaupt nicht für Luisa, sondern hatten nur Augen für Jonas und Tanja.

Zittrig holte sie Luft und bat einen der freundlichen Kellner, ihr ein Taxi zu rufen. Wie hatte sie nur ihr Handy vergessen können? Ihre Reisetasche, die sie noch bei Jonas hatte, konnte sie auch ein anderes Mal holen. So schnell wollte sie ihn jedenfalls nicht wiedersehen. Vermutlich wollte sie diesen Mistkerl überhaupt nie wieder sehen.

Als sie Stunden später endlich im Zug nach Regensburg saß, hielt sie ihre Tränen nicht mehr länger zurück. Das war's dann wohl mit der vermeintlich großen Liebe.

Schluss, Ende, aus, mit Pauken und Trompeten!

Kapitel 24

Für einen Moment herrschte kurzes Schweigen, während der gute alte Frank *I've got you under my skin* aus der Musikanlage schmetterte. Auch das noch! Dabei hatte alles so gut angefangen.

Mittlerweile hatte sich ein Großteil der Gäste verabschiedet. Jonas saß gegenüber von seinen Eltern auf dem großen, grauen Rattansofa auf der überdachten Terrasse. Inzwischen war es viel zu kalt geworden, um draußen zu sitzen, und Jonas klapperte mit den Zähnen. Doch hier konnte sein Vater in Ruhe dem einzigen Laster frönen, das er hatte. Im Haus drinnen herrschte absolutes Rauchverbot.

»Ich verstehe nicht, warum Luisa einfach verschwunden ist. Sie hätte mir doch wenigstens Bescheid sagen können.«

Er hatte sie über den Rasen laufen sehen, sie jedoch nicht einholen können, da er von der Presse belagert worden war. Tanjas aufdringlichen Versuch, ihn zu küssen, erwähnte er vorerst lieber nicht. Einer der Kellner hatte ihn später darüber informiert, dass er für Luisa ein Taxi gerufen hatte.

Hannes Kluge klopfte die Asche von seiner Zigarette. »Du hättest sie nicht so lange allein lassen dürfen.« Er klang ein wenig vorwurfsvoll. »Vermutlich hat sie sich auf der Party nicht besonders wohl gefühlt. Kannst du es ihr da verdenken, dass sie die Flucht ergriffen hat?«

Mit glasigen Augen sah Jonas ihn an und nickte. Sein Vater hatte ja Recht. Er fühlte sich unglaublich erschöpft. Ob

Luisa zu Hause auf ihn wartete? Sie hatte keinen Schlüssel und würde draußen entsetzlich frieren.

»Und dann auch noch Tanja! Ehrlich Mutter, was hast du dir dabei gedacht, ausgerechnet sie einzuladen? Dabei weißt du doch ganz genau, wie sehr sie mich damals verletzt hat!«, herrschte er sie an.

Jutta nahm seine Hand und drückte sie. »Tanja hat sich selbst eingeladen. Ich wusste nicht, dass sie kommt. Aber es wäre unhöflich gewesen, sie einfach fortzuschicken.«

Aufgebracht sprang Jonas auf. »Aber dir war das ganz recht, oder? Ich habe doch gemerkt, wie abfällig du Luisa gemustert hast.«

Sie zog einen Schmollmund und wirkte gekränkt. Doch dann überlegte sie es sich anders, stand auf und umarmte ihn fest, während Jonas tief einatmete.

»Vorhin hatten dein Vater und ich einen Moment Zeit und haben uns in Ruhe unterhalten. Dabei ist mir klar geworden, wie ich oft auf dich wirken muss. Gleichgültig und kalt. Vielleicht kann ich dir nicht die Mutter sein, die du dir wünscht. Aber du bist mir wichtig, Jonas. Das sollst du wissen.«

Die nachsichtige, liebevolle Haltung seiner Mutter überraschte ihn. Niemals in hundert Jahren hätte er mit einer solchen Reaktion ihrerseits gerechnet. Und zum ersten Mal hatte sie ihn wieder Jonas genannt. Das war zu viel für ihn.

Sein Atem stockte und sein Blick verschwamm durch diese lächerlichen Tränen, die ihm über die Wange liefen. Am

238

liebsten hätte er sich an sie geklammert wie ein kleiner Junge. Doch er riss sich zusammen.

»Ich sollte besser gehen. Vielleicht wartet Luisa zu Hause auf mich«, sagte er leise und wusste, dass er sich selbst etwas vormachte.

Wie er es insgeheim befürchtet hatte, war sein Haus leer. Nur Luisas Reisetasche stand im Flur. Jonas ließ den Daumen über das Handydisplay gleiten. Doch von Luisa gab es keine Nachricht. Ein paar Mal versuchte er, sie anzurufen, ohne Erfolg. Hoffentlich war ihr nichts passiert.

Niedergeschlagen und mutlos schleppte er sich in sein Schlafzimmer und ließ sich auf das ungemachte Bett fallen. Das Kopfkissen roch immer noch nach Luisas Pfirsichshampoo, dass sie immer zum Haarewaschen benutzte. Doch er war zuversichtlich, dass ihn die Mischung aus dem letzten Cocktail, der Erschöpfung und den Kopfschmerzen schnell einschlafen ließ.

Morgen würden die Dinge bestimmt wieder ganz anders aussehen.

Doch dann kamen all die unerwünschten Bilder des vergangenen Abends mit aller Wucht wieder hoch und Wut und Verzweiflung überfielen ihn ohne Vorwarnung und umklammerten seine Brust.

Warum hatte er Luisa einfach sich selbst überlassen, obwohl er ganz genau gespürt hatte, wie unwohl sie sich fühlte? Und warum hatte er Tanja nicht gleich zu Beginn energischer in ihre Schranken verwiesen? Dann hätte sie ihn nie derart überraschen können. Und dann auch noch die Presse! Und Luisa, die plötzlich wie eine Verrückte über den Rasen davongelaufen war!

Natürlich! Sie musste Tanjas armseligen Annäherungsversuch mitbekommen und falsche Schlüsse daraus gezogen haben!

Als ihm diese Erinnerung durch den Kopf schoss, erschrak er so sehr, dass er für einen Moment in eine Art Schockstarre fiel. Jonas konnte sich nicht bewegen und es fühlte sich an, als würden unsichtbare Hände ihm die Luft abschnüren.

***

»Genau so habe ich mir das vorgestellt, Jonas.« Dirk wedelte mit einer Klatschzeitung vor seiner Nase herum, klopfte ihm anerkennend auf die Schulter und grinste zufrieden. »Zugegeben, ich habe nicht geglaubt, dass das mit dir und Tanja noch mal was werden könnte. Aber da hab ich mich wohl getäuscht. Ich kann dich verstehen. Sie ist ein heißer Feger und die Presse ist begeistert!« Dirk schlürfte den letzten Schluck Kaffee aus seiner Tasse, bevor er den Raum verließ.

Jonas warf das Boulevardblatt, das zuvor sein Manager wie einen Grammy in die Luft gehalten hatte, in den Mülleimer. Er wollte nichts mehr davon wissen. Schon seit gestern überschlugen sich die Meldungen und Spekulationen, dass Tanja und er ein Liebescomeback feierten.

Immer wieder hatte er versucht, Luisa zu erreichen. Vergeblich. Doch er konnte es ihr nicht verdenken. Bestimmt war auch sie über den ein oder anderen Zeitungsartikel gestolpert.

Mit Tanja würde er noch ein ernstes Wort sprechen müssen. Was fiel ihr überhaupt ein? Von einer früheren gemeinsamen Freundin hatte er in Erfahrung gebracht, dass der Schauspieler, mit dem sie ihn damals betrogen hatte, sie gegen ein jüngeres Exemplar ausgetauscht hatte. Auch mit ihrer eigenen Karriere schien es nicht besonders gut zu laufen.

Bei den Gedanken an Tanja schoss seine Magensäure kometenhaft nach oben und ihm war speiübel. Wie hatte er sich damals nur in eine solch oberflächliche Frau verlieben können?

Jonas ließ den Kopf auf den Tisch sinken. In diesem Moment ging die Tür auf und er sah wieder auf. Seine Augen weiteten sich vor Überraschung, als Justus hereintrat und sich zu ihm setzte.

»Die anderen sind gegenüber ins Café gegangen und essen dort eine Kleinigkeit zu Mittag. Ich dachte, es wäre eine gute Gelegenheit, dass wir beide miteinander reden.«

Jonas hielt seinem Blick stand, während er mit seinen Händen die Kaffeetasse umklammerte. »Einverstanden. Das wird auch höchste Zeit. So kann es auf Dauer ja nicht weitergehen.«

»Ist sonst alles okay bei dir? Du siehst ziemlich fertig aus, wenn ich das mal so bemerken darf.«

Genervt verdrehte Jonas die Augen und zeigte mit seinem Finger in Richtung Mülleimer. »Ich nehme an, du hast die imposanten Neuigkeiten aus Tristans Evers Liebesleben bereits gelesen.«

Justus nickte und wirkte dabei ein wenig betreten. »Eigentlich wollte ich auf der Party deiner Mutter schon mit dir reden.«

»Du warst dort?«, fragte Jonas überrascht und dabei wurde ihm klar, dass er in der letzten Zeit viel zu sehr mit sich selbst beschäftigt war.

»Ja, aber nur ganz kurz. Ich war mir nicht sicher, ob ich dort willkommen bin. Außerdem hab ich wohl ziemlichen Mist gebaut.« Er schluckte, doch Jonas zuckte kaum mit der Wimper. »Ich habe Luisa von der Wette erzählt und jetzt denkt sie vermutlich, du hast dir nur einen Spaß mit ihr erlaubt.«

Jonas sprang auf, wobei sein Stuhl auf den Boden krachte. Ein fader Geschmack stieg ihm die Kehle hoch. »Du hast was? Das mit Luisa war doch überhaupt keine Wette!«

»Es tut mir ehrlich leid, Jonas«, sagte Justus zerknirscht. »Ich weiß auch nicht, was mich da geritten hat. Oder überhaupt die ganze letzte Zeit. Vielleicht hab ich einfach Angst um meine Karriere gehabt. Sie ist doch alles, was ich habe.«

Jonas' Wut auf seinen besten Freund, der sichtlich mit sich rang, war schlagartig wie weggeblasen und wurde abgelöst von Mitgefühl und ehrlicher Sorge. Er wusste, wie sehr Justus an seinem Musikerleben, dem Ruhm und Reichtum hing, während Jonas von seinen negativen Gedanken darüber nicht mehr loskam.

Resigniert ließ sich Jonas neben seinen Freund auf die Eckbank sinken. Etwas an diesem seltsamen Moment, gab ihm den Mut, seinem Freund die ganze Wahrheit zu sagen.

»Ich kann nicht mehr, Justus. Ich halte es einfach nicht mehr aus. Ich fühlte mich so müde und unendlich erschöpft. Luisa will nichts mehr von mir wissen. So kann ich nicht weitermachen. Dieses Leben macht mich kaputt.« Seine Eingeweide schnürten sich zusammen und Jonas fühlte sich den Tränen nahe. »Was für Luxusprobleme ich doch habe, nicht wahr? Andere würden sich ein Bein ausreißen, wenn sie so ein Leben führen könnten, wie ich es tue.« Zuerst brach er in hysterisches Gelächter aus, dann begann er zu schluchzen. »Aber ich kann einfach nicht mehr!«

Justus nahm ihn in den Arm und drückte ihn. »Es tut mir leid, Kumpel. Ich hatte wirklich keine Ahnung, dass es dir so schlecht geht.«

Wie sollte er auch? Jonas behielt gern für sich, was in seinem Innersten für Kämpfe tobten. Doch nun hatte er keine Kraft mehr, um weiterhin stark zu sein.

»Außerdem hat Tanja alles versaut.« Er weinte und seine Schultern bebten. Mit zitternder Stimme erzählte er Justus, was auf der Party seiner Mutter passiert war.

»Ich habe diese Tussi damals schon nicht leiden können, als du sie mir vorgestellt hast«, meinte er finster. »Du musst mit Luisa reden und die Sache klarstellen. Es bringt dich nicht weiter, wenn du deshalb in Selbstmitleid ertrinkst. Außerdem solltest du so schnell wie möglich mit Dirk sprechen. Sonst brichst du vermutlich bald zusammen.«

Jonas wusste, dass er recht hatte. So konnte es nicht bleiben! Sein Kopf hielt immer noch am Pflichtgefühl fest, das er Dirk und seinem Musikerleben gegenüber empfand, obwohl sein Herz es längst besser wusste. Er fürchtete sich vor den Konsequenzen, die seine Entscheidung mit sich bringen würde.

»Hör zu, Kumpel. Du musst wissen, was du willst. Es gibt für alles eine Lösung, auch wenn es gerade nicht danach aussieht. Vielleicht passiert alles im Leben aus einem bestimmten Grund. War das nicht immer dein Spruch? Ich kann dir nicht helfen, dein Leben in den Griff zu kriegen. Aber was deine Luisa betrifft, da habe ich eine Idee.«

Kapitel 25

Einen Monat später ...

Seit einer gefühlten Ewigkeit starrte Luisa auf die Wand gegenüber von ihrem Bett, die sie vergangenes Wochenende türkis gestrichen hatte. Tatsächlich hatte sie geglaubt, dass sie sich besser fühlen würde, wenn sie ihr Leben wieder in den Griff nahm, ihr Zuhause verschönerte und etwas zu tun hatte. Doch die Wirklichkeit sah anders aus.

Wenn sie nicht gerade in der Buchhandlung arbeitete, hing sie lustlos und traurig in ihrer Wohnung herum. Gegen ihren Willen suhlte sie sich förmlich in Selbstmitleid, obwohl sie sonst eigentlich nicht der Typ dafür war.

Immer wieder fragte sie sich, warum sie von Jonas' Charade nichts geahnt hatte. Ihr hätte doch klar sein müssen, dass ein Mann wie er sich nicht ernsthaft für eine so normale Frau, wie sie eine war, interessieren würde. Es war doch alles nur eine Frage der Zeit gewesen, bis er sich wieder eine dieser berühmten und reichen Schönheiten gesucht hätte.

Zum Glück bekam Conny in diesem Augenblick nichts von ihren trüben Gedanken mit. Sonst würde sie sich wieder eine Gardinenpredigt darüber anhören müssen, dass sie lieber wieder unter Menschen gehen sollte, statt sich vor dem Fernseher eine Tafel Schokolade nach der nächsten reinzuziehen und vor sich hin zu heulen.

Sie hatte ja recht! So konnte es nicht weitergehen! Es war schließlich nicht das erste Mal, dass sie sich von jemanden enttäuscht und verletzt fühlte. Das Leben ging weiter.

Plötzlich hielt sie es in ihrer Wohnung nicht länger aus. Ein weiterer trostloser Sonntag, den sie allein in ihrer Bude verbrachte, schien ihr zu viel. Luisa raffte sich auf, kochte sich eine Tasse Kaffee und sprang unter die Dusche. Ihr war kalt und ein bisschen übel. Das lag vermutlich an dem übermäßigen Schokoladenkonsum in den letzten Wochen. Süßkram war eben auch keine Lösung.

Ihr Lieblingsshampoo mit dem Pfirsichduft, das Betty ihr geschenkt hatte, frische Klamotten und ein wenig Make-up bewirkten sofort, dass sie sich besser fühlte. Ein Blick in den Kühlschrank verriet ihr, wie sehr sie sich selbst vernachlässigt hatte. Bis auf eine Flasche Weißwein und eine Packung Butter herrschte gähnende Leere. Sie musste dringend besser auf sich achten.

Vielleicht gab es bei ihrem Papa etwas Leckeres zu Mittag. Helena war eine hervorragende Köchin und legte Wert auf gesunde, ausgewogene Mahlzeiten, die dazu ausgezeichnet schmeckten.

Wir freuen uns, wenn du kommst. Essen gibt es um halb eins, antwortete ihr Vater per WhatsApp, nachdem sie ihm zuvor eine kurze Nachricht geschickt und ihren Besuch angekündigt hatte.

Gleich nach der Party hatte Jonas sie mit Anrufen und Textnachrichten geradezu bombardiert. Sie hatte alle gelöscht, ohne sie vorher zu lesen, die Mailbox hatte sie auch nicht abgehört. Das war kindisch, das war ihr bewusst. Doch zu diesem Zeitpunkt erschien ihr das richtig.

Mittlerweile hatte er aufgegeben. Dabei fiel ihr ein, dass sie immer noch einen Teil ihrer Sachen bei ihm hatte. Den kuscheligen weißen Pullover mit dem silberfarbenen Stern in der Mitte vermisste sie tatsächlich. Warum hatte sie auch ihr Lieblingsteil für den Herbst zu diesem Kurztrip einpacken müssen?

Vielleicht konnte sie ihn darum bitten, ihr die Sachen zu schicken. Noch nicht jetzt. Vielleicht eines Tages, wenn sie darüber hinweg war, dass er sich für diese Tanja entschieden hatte. Eigentlich sollte sie ihm dankbar sein. So ein Leben in der Öffentlichkeit wäre sowieso nichts für sie gewesen.

***

»Luisa, wie schön, dass du uns mal wieder besuchst.« Helena klang ehrlich erfreut. »Du hast dich in den letzten Wochen ganz schön rar gemacht.«

Ein köstlicher Duft stieg Luisa in die Nase, als sie Helena begrüßt hatte und ihr ins Haus folgte.

»Es gibt Rinderragout mit hausgemachten Nudeln und Endiviensalat aus dem Garten«, erklärte sie und lächelte verschmitzt, als Luisa erneut schnupperte.

»Dann hat es sich ja erst recht gelohnt, dass ich zu euch gefahren bin.«

Sie fühlte sich wohl in Helenas Gegenwart und war froh, dass sie sich dazu entschieden hatte. Der Besuch bei ihrem Vater und dessen Freundin würde ihr bestimmt guttun und sie auf andere Gedanken bringen.

»Dein Papa wird sich freuen, dich zu sehen.« Helenas grüne Augen strahlten warm aus ihrem schmalen Gesicht.

Wie aufs Stichwort kam er auch schon aus der Küche gerauscht. Seine Hände trocknete er an einem Geschirrtuch ab, bevor er es zur Seite legte und seine Tochter in den Arm nahm.

»Hallo, mein Mäuschen.«

»Hi, Paps. Helena hat mir schon verraten, was sie Leckeres gezaubert hat.«

Er schmunzelte. »Dabei muss ich immer an deine Großmutter denken. Rinderragout gab es bei ihr jeden ersten Sonntag im Monat. Kannst du dich noch daran erinnern?«

Luisa nickte. Die Sonntage, die sie früher bei Oma Frieda verbracht hatten, hatten für sie immer etwas Tröstliches gehabt, besonders nachdem ihre Mutter gestorben war.

Genüsslich spießte Luisa später die Nudeln auf ihre Gabel und tunkte sie in die dunkle Soße. »Das schmeckt echt köstlich!«, lobte sie die Köchin. Sie genoss die Gegenwart der beiden sehr und bemerkte, wie sie sich zum ersten Mal seit Wochen richtig entspannte.

Wie immer nach dem Mittagessen zog sich Helena für eine halbe Stunde zurück, um ein kleines Schläfchen zu halten, und Luisa freute sich darüber, ihren Vater für einen Moment für sich alleine zu haben.

»Wie geht es dir, mein Mäuschen? Hast du in der Zwischenzeit mit Jonas gesprochen?«

Luisa zog eine Grimasse und sah ihn streng an. »Jonas oder besser gesagt Tristan Evers ist Schnee von gestern.« Besonders überzeugend klang sie dabei nicht. Sie erzählte ihm noch einmal ihre Version der ganzen Geschichte.

»Und du hast ihm nicht die Möglichkeit gegeben, dir alles zu erklären? Was ist, wenn es sich nur um ein dummes Missverständnis handelt?« Sein fragender Blick bohrte sich in ihren.

Luisa schnappte nach Luft. »Papa! Er hat eine andere Frau geküsst! Die Presse hat sich geradezu mit Meldungen über das neue Traumpaar überschlagen.«

Er runzelte die Stirn. »Aber keiner der beiden hat das offiziell bestätigt und meines Wissens gab es danach keine neuen Schlagzeilen. Du weißt ja, Helena hat eine Schwäche für solche Schundblätter. Denkst du nicht, er würde sich mit ihr in der Öffentlichkeit zeigen, wenn sie wirklich zusammen wären?«

Ein berechtigter Einwand. Luisa zuckte die Schultern. »Ich weiß nicht, was ich denken soll. Eigentlich weiß ich überhaupt nichts mehr.«

»Soll ich dir was sagen, Luisa?«

Sie unterdrückte ein peinlich berührtes Zusammenzucken und nickte schließlich. Bestimmt würde ihr nicht gefallen, was jetzt kam.

»Ich finde, du bist ganz schön verbohrt, siehst nur, was du sehen willst. So kenne ich dich gar nicht.«

»Grundgütiger! Musst du denn gleich so ehrlich sein?«, fragte sie streng, lächelte dabei aber.

Vielleicht hatte ihr Vater nicht ganz unrecht und sie sollte mit Jonas sprechen. Die Schmetterlinge in ihren Bauch drehten begeistert ihre Runde. Doch Luisa wollte sich keine falschen Hoffnungen machen, auch wenn sie sich eingestehen musste, wie sehr ihr Jonas fehlte.

Mit einem anderen Blick auf die Dinge schien plötzlich wieder alles möglich. »Danke, Paps. Ich werde mir deine Worte durch den Kopf gehen lassen.«

Nach dem Kaffee und dem köstlichen Apfelkuchen am Nachmittag hatte es Luisa sehr eilig und verabschiedete sich von Helena und ihrem Vater.

Auf dem Heimweg wählte sie Jonas' Nummer. Doch der Teilnehmer war nicht erreichbar, hieß es. Nach vielen vergeblichen Versuchen hatte sich ihre Hand am Handy in einen Eisklumpen verwandelt. Es war ganz schön kalt heute.

Als sie wieder zu Hause war, schnappte sie sich ihren Laptop und machte es sich auf dem Sofa gemütlich. Luisa durchforstete das Internet nach Neuigkeiten über Jonas. Ihre Wangen fingen an zu glühen. Ihr Vater hatte Recht. Es gab nichts Neues zu berichten. Hatte sie Jonas Unrecht getan?

Luisa schüttelte den Kopf. Sie hatte doch genau gesehen, wie Tanja und er sich geküsst hatten!

Mit jeder Minute sank sie tiefer in ihr Kissen. Wie sehr sie ihn vermisste, seinen vertrauten Duft, sein Lächeln und seine warmen Hände auf ihrem Körper. Luisa seufzte. Hitze stieg in ihren Bauch und ihr Herz erinnerte sie an Jonas' leidenschaftliche Küsse.

»Stopp!«, schimpfte sie laut mit sich selbst. »Das hat doch alles keinen Sinn!«

Mit aller Kraft zwang sie sich dazu, ihre Gedanken wieder auf die Gegenwart zu lenken und genehmigte sich ein Glas von dem Weißwein in ihrem Kühlschrank. Doch frustrierenderweise half nicht einmal der Alkohol. Jede Zelle ihres Körpers sehnte sich nach Jonas.

***

Zum Glück hatten sich wenigstens die dunklen Wolken der letzten Tage verzogen und der Himmel klarte auf. Obwohl sie in der letzten Woche immer wieder vergeblich versucht hatte, Jonas zu erreichen, fühlte sie sich langsam besser, vielleicht sogar ein klein wenig zuversichtlich.

Ausnahmsweise war sie heute vor Conny im Laden, hatte vorher noch Croissants beim Bäcker gegenüber besorgt und bereitete schon mal einen Cappuccino für sie beide vor.

»Hey, das ist ja ein toller Service!«, rief Conny fröhlich, als sie die Tür hinter sich zumachte. »Perfekt. Ich hab nämlich noch gar nicht gefrühstückt. Betty und ich sind viel zu spät aufgestanden. Das war ein wundervoller Start in den Morgen, ganz nach meinem Geschmack.« Sie grinste anzüglich.

Luisa stöhnte auf und trank einen Schluck von ihrem Kaffee. »Bitte verschone mich mit Details.«

Hungrig schlang sie ihr Croissant hinunter und kratzte die Brösel auf dem Teller mit der flachen Hand zusammen.

»Gibt es bei dir etwas Neues?«

Conny musterte sie aufmerksam, doch Luisa schüttelte den Kopf.

Sie nippte an ihrer Tasse. »Ich habe es noch einige Male bei Jonas versucht. Aber ich konnte ihn nicht erreichen. Vielleicht hat er sich inzwischen eine neue Nummer besorgt oder er will nicht mehr mit mir sprechen, was weiß denn ich. Manchmal wäre ich gerne so gelassen und optimistisch wie mein Vater.«

Später hatten sie viel zu tun. Für einen Montag war viel los im Laden. Luisa beriet eine junge Mutter, die zwei kleine Mädchen im Schlepptau hatte. Eins davon quengelte permanent, während seine Schwester hingebungsvoll in einem großen Bilderbuch aus der Kinderecke blätterte. Sie half Conny mit den Bestellungen für den Onlineshop und räumte die Lieferung mit den neuen Büchern in die Regale.

Luisa war so vertieft in ihre Arbeit, dass sie zuerst nicht mitbekam, dass sich hinter ihr lautstark jemand räusperte. Gerade, als sie erneut in die Kiste mit den Neuerscheinungen greifen wollte, drehte sie sich um und blickte in ein Gesicht, das ihr vage bekannt vorkam.

Seine Nase und die Wangen waren von der Kälte draußen gerötet. Luisas Augen weiteten sich vor Überraschung, als sie begriff, wer da vor ihr stand.

»Justus, was machst du denn hier?«

Verlegen steckte er die Hände in die Taschen seines beigefarbenen Wollmantels und trat nervös von einem Fuß auf den anderen.

»Hallo, Luisa.« Er zögerte einen Moment, bevor er weitersprach. »Offengestanden wollte ich mit dir reden oder besser gesagt, dich um etwas bitten.«

Sie atmete tief durch. Justus klang aufgeregt und sie konnte es ihm nicht verdenken. Auf der Party war er ihr gegenüber nicht besonders freundlich gewesen. Sie zuckte kaum mit der Wimper.

»Was gibt es denn?«, fragte sie knapp.

Mittlerweile war auch Conny zu ihnen gestoßen. »Ist alles in Ordnung? Brauchst du Hilfe?«

Luisa schüttelte den Kopf. »Das ist Justus. Er spielt mit Jonas in der Band.« Ihr Tonfall ließ keinen Zweifel daran, dass sie auf der Hut war.

Interessiert verschränkte Conny die Arme vor der Brust und nickte ihm kurz zu. »Da bin ich aber mal gespannt.«

Er hielt kurz inne, um Luft zu holen, und kramte umständlich zwei Tickets aus seiner Tasche. »Hier.«

Luisa musterte die Karten samt Backstageausweisen und langsam riss ihr der Geduldsfaden. »Was bitte schön soll ich damit?«

»Es tut mir leid, dass ich mich auf der Party dir gegenüber so arrogant verhalten habe. Jonas und ich hatten einen dummen Streit und irgendwie wollte ich ihm eins auswischen. Das sind Karten für sein Konzert am Samstag und es würde ihm viel bedeuten, wenn du kommst. Du kannst gerne eine Freundin mitbringen.«

»Kann er mich denn nicht selbst fragen? Warum schickt er ausgerechnet dich?« Ihre gute Stimmung von heute Morgen war schlagartig wie weggeblasen.

»Bitte, Luisa. Es würde ihm viel bedeuten. Mehr kann ich dir im Moment nicht sagen.« Justus machte eine bedeutungsvolle Pause. »Es ist sein Abschiedskonzert.«

Kapitel 26

Heute war ein wichtiger Tag in seinem Leben. Eigentlich müsste er zu Hochform auflaufen und voller Energie sein. Stattdessen fühlte er sich nervös und niedergeschlagen.

Hatte er sich richtig entschieden? *Ja*, flüsterte sein Herz ihm zu.

Jetzt waren sie alle hier und hatten für den Auftritt, der in wenigen Stunden stattfinden würde, geprobt. Nur Jonas war nicht bei der Sache. Immer wieder wanderten seine Gedanken zu Luisa und er hoffte so sehr, dass sie kommen würde.

In den letzten Wochen hatte er sein Leben ganz schön auf den Kopf gestellt, Dinge hinterfragt und Entscheidungen getroffen. Tanja hatte auf sein Drängen hin endlich nachgegeben und vor zwei Tagen in einem Interview erzählt, dass sie und Jonas nur gute Freunde waren. Von wegen! Auf solche Freundschaften konnte er gut verzichten. Aber es war besser, als wenn sie weiterhin behauptet hätte, mit ihm liiert zu sein.

Angespannt ließ er seinen Blick über die Bühne wandern und beobachtete seine Bandkollegen, die miteinander scherzten oder ihre Instrumente stimmten. Justus gab den Tontechnikern ein paar Anweisungen und nickte ihm aufmunternd zu. Er freute sich aufrichtig für Justus, der schon bald seinen Platz in der Band einnehmen würde. Wer hätte gedacht, dass er ein derart begnadeter Sänger war? Dirk war begeistert gewesen, als er zufällig mitbekommen hatte, wie

Jonas' bester Kumpel im Proberaum *To the Moon and back* gesungen und sich dazu selbst auf der Gitarre begleite hatte, während er sich unbeobachtet gefühlt hatte.

»Ich kann mein Glück immer noch nicht fassen! Das habe ich alles dir zu verdanken.«

Jonas wusste, dass dies keine Höflichkeitsfloskel war. Justus meinte seine Worte ernst und sah in unverwandt an.

»In erster Linie hast du dir das selbst zu verdanken. Sei nicht so bescheiden. Warum ist mir eigentlich nie aufgefallen, was für eine grandiose Stimme du hast?«

Justus zuckte lässig die Schultern. »Vermutlich, weil du zu sehr mit dir selbst beschäftigt warst.«

Jonas schluckte. Sein Freund hatte recht.

»Wenn du nicht aussteigen würdest, hätte mir Dirk vermutlich nie diese Chance gegeben. Du warst immer sein unangefochtener Liebling. Meistens war ich mit meiner Rolle als heißer Gitarrist zufrieden.« Er grinste breit. »Doch ich muss zugeben, dass ich manchmal ganz schön eifersüchtig auf dich war. Als Sänger steht man eben immer im Mittelpunkt.«

»Jetzt hast du es geschafft, Justus.«

»Ja, und das mit fairen Mitteln und meinem unschlagbaren Talent.« Er konnte seinen Überschwang nicht zügeln.

»Ich bin mir sicher, dass du das großartig machst. Kannst du dir vorstellen, wie stolz ich auf dich bin?«, fragte Jonas gerührt.

Sein Freund winkte ab. »Jetzt werde bloß nicht sentimental!«

Über Jonas' Gesicht huschte ein Lächeln und verschwand sofort wieder. »Ich hoffe nur, dass Luisa kommt. Was, wenn nicht?«

Justus klopfte ihm aufmunternd auf die Schulter. »Die kommt schon. Du wirst sehen. Meine Überzeugungsarbeit hat bestimmt Wunder gewirkt.«

Jonas lachte. »Deine Bescheidenheit in allen Ehren.«

»Nein, im Ernst. Ich bin mir sicher, dass sie kommt. Als ich bei ihr in Regensburg war, habe ich ganz deutlich gespürt, dass du ihr noch immer etwas bedeutest. Mach dich locker!«

Justus hatte leicht reden. Er machte einen Schritt zur Seite, um einen der Techniker vorbeizulassen, der eine Kabeltrommel an ihnen vorbeitrug.

Kurz darauf verzog Jonas sich in seine Garderobe. Bis zu seinem Auftritt dauerte es noch ein bisschen und er hielt es für eine gute Idee, vorher noch zur Ruhe zu kommen, denn sein Puls raste wie verrückt. Er wusste nicht, ob es am Lampenfieber lag oder an der Angst, dass Luisa nicht kommen würde.

Immer wieder stand er auf, tigerte im Raum hin und her und ging gedanklich den Song noch einmal durch. Zum ersten Mal würde er einen deutschen Text singen. Außerdem hatte er das Lied selbst geschrieben. Nach endlosen Diskussionen hatte Dirk endlich nachgegeben und ihm seinen Willen gelassen.

Schließlich trat er heute zum letzten Mal auf die Bühne. Jonas war gespannt auf die Reaktion seiner Fans, war sich aber sicher, dass Justus als neuer Frontsänger sie restlos begeistern würde. Mit seinem unwiderstehlichen Charme und dem frechen Lächeln hatte er bisher noch jeden um den Finger gewickelt.

Jonas fühlte sich, als hätte sich der Kreis geschlossen. Trotzdem war ihm übel und eiskalt, aber er hatte sich noch unter Kontrolle. Er konnte sich nicht daran erinnern, wann er das letzte Mal so aufgeregt gewesen war.

Mit gesenktem Blick griff er in seine Hosentasche und zog ein Bild heraus. Es zeigte ihn und Luisa bei ihrer ersten gemeinsamen Wanderung. Zum Glück hatte er es auf dem Laptop gespeichert und ausgedruckt, bevor ihm bei einem seiner Spaziergänge das Handy in den See gefallen war.

Sein Blick glitt Richtung Uhr. Jetzt dauerte es nicht mehr lange und plötzlich fühlte er sich von einem wohligen Schauer der Vorfreude ergriffen.

Kapitel 27

Unschlüssig stand Luisa vor der Garderobentür und wischte sich die feuchten Hände am Saum ihres Kleides ab. Sie schluckte. Vielleicht hätte Justus lieber hier mit ihr warten sollen. Doch er war gemeinsam mit Conny ganz schnell verschwunden, nachdem er sie hergebracht hatte.

Ihr Atem ging stoßweise. Sie hatte keinen Schimmer, wie Jonas reagieren würde, wenn sie sich gleich gegenüberstünden.

Luisa konzentrierte sich auf ihre Schuhspitzen. Eine gefühlte Ewigkeit hatte sie über dem richtigen Outfit gebrütet und sich dann für das schwarze Kleid entschieden, dass sie bei ihrem ersten Date getragen hatte. Sogar der Unterwäsche aus roter Seide hatte sie nicht widerstehen können. Doch wer wusste, ob er die heute überhaupt zu Gesicht bekommen würde.

Nervös zeichnete sie mit ihrem linken Fuß imaginäre Kreise auf den Boden. Sie kämpfte gegen ihr Herzklopfen, fuhr sich immer wieder mit den Fingern durchs Haar und spürte die Hitze auf ihren Wangen. Endlich machte sie einen Schritt vorwärts und drückte die Türklinke hinunter.

»Hey, Jonas.« Langsam trat sie an ihn heran und schaute ihm dabei über den Garderobenspiegel direkt ins Gesicht.

Er drehte sich um, sprang auf und riss sie in seine Arme. »Du bist da!«

Ein warmes Gefühl entfaltete sich in ihrer Brust. Und dann senkte er seine Lippen auf ihren Mund.

Jonas blinzelte, als sie sich voneinander lösten und hauchte ihr einen zarten Kuss auf die Stirn. »Ich bin so froh, dass du hier bist. Du hast mir schrecklich gefehlt.«

Luisa schluckte. »Du hast mir auch gefehlt, Jonas. Du kannst dir gar nicht vorstellen, wie sehr.«

Jonas atmete tief ein, bevor er ihr wieder in die Augen sah. »Es tut mir alles so leid, ehrlich. Ich hätte dich auf der Feier meiner Mutter niemals allein lassen dürfen. Das mit Tanja ist ein dummes Missverständnis. Bitte glaub mir. Sie hat sich einfach auf mich gestürzt. Wahrscheinlich erhoffte sie sich, dadurch wieder in den Fokus der Presse zu rücken.«

»Es hat mich einfach so unfassbar verletzt, dich mit ihr zu sehen. Hättest du an meiner Stelle nicht das Gleiche gedacht? Ich habe mich auf dieser Party so unwohl gefühlt und dann hast du mich dort einfach stehen lassen …«

Jonas seufzte tief. »Die Bedingungen für ein unbeschwertes Kennenlernen waren nicht gerade die Besten. Dabei gibt es noch so vieles, was ich dir sagen will.«

Ihr Herzschlag geriet aus dem Takt und sie konnte den Blick nicht von ihm abwenden. Seine Augen hatten die Farbe von flüssigem Gold. Warum war ihr das vorher nie aufgefallen?

»Justus hat gesagt, das heute sei dein Abschiedskonzert. Stimmt das?«

Jonas nickte und lächelte weich. »Ich habe endlich kapiert, dass das Leben als Musiker einfach nichts mehr für mich ist.«

»Hast du schon einen Plan, wie es für dich weitergehen soll?«, wollte sie wissen und hoffte insgeheim, dass seine Pläne ein Leben mit ihr miteinbezogen.

»Vielleicht arbeite ich als Coach oder Songwriter. Das wird sich zeigen. Mein finanzielles Polster lässt mir zum Glück viel Spielraum. Aber die Presse wird sich bestimmt mit Meldungen über meinen Rücktritt überschlagen und ich rechne mit den wildesten Spekulationen. Deshalb werde ich mich in den kommenden Wochen erst mal zurückziehen. Ich dachte an einen Trip quer durch Amerika. Dort wollte ich schon immer mal hin. Und da ich überwiegend in Deutschland und einigen Teilen Europas bekannt bin, habe ich dort nichts zu befürchten.«

Ihr Blick huschte Richtung Gang, auf dem mittelweile rege Betriebsamkeit herrschte. Sie versuchte, ihre Enttäuschung zu verbergen, was ihr nicht besonders gut gelang.

Jonas griff nach ihrer Hand. »Ich habe gehofft, du würdest mich begleiten.«

Ein zärtliches Lächeln umspielte ihre Lippen und vor Erleichterung stieß sie einen tiefen Seufzer aus. »Das würde ich sehr gerne. Aber vorher muss ich mit Conny sprechen, ob ich mir so lange frei nehmen kann.«

Er schob seine Finger unter die Träger ihres Kleides und zog sie an sich.

Wenig später musste Jonas auf die Bühne.

In dem Gedränge entdeckte Luisa schließlich Conny, die sich einen guten Platz direkt davor gesichert hatte. Nach wüsten Beschimpfungen einiger Fans, weil sie sich so unverschämt durchgedrängelt hatte, hakte sie sich bei ihrer Freundin unter und grinste. Sie fühlte sich ein bisschen wie ein Groupie.

Gespannt hielt sie den Atem an, als das Licht anging und Jonas mit seiner Band die Bühne betrat. Das Publikum tobte und Luisa bekam eine Gänsehaut, als er die ersten Töne von *To the moon and back* anstimmte.

Jonas schluckte und verkündete im Anschluss an einige weitere Songs seinen Fans den Ausstieg aus der Musikbranche. Luisa fand, dass sie es relativ gefasst aufnahmen.

»Doch bevor Justus, unser neuer Leadsänger euch einen Vorgeschmack auf das, was euch künftig erwartet, geben wird, ist mein letzter Auftritt zugleich eine Art Premiere. Zum ersten Mal singe ich einen Song, den ich selbst geschrieben habe. Er heißt *Frei sein*. Ich widme ihn meiner Freundin Luisa, die mich gelehrt hat, meinem Bauchgefühl zu vertrauen.«

Dieser Satz traf Luisa wie ein Stromschlag und mitten in ihr Herz. Sie warf ihm einen zärtlichen Blick zu und formte lautlos mit den Lippen: »Ich liebe dich.«

Ende

Danksagung

Vielen Dank an dieser Stelle, dass ihr meine Bücher kauft, lest, rezensiert und meinen Traum vom Schreiben unterstützt. Ich freue mich über jede Nachricht, jeden Post auf Facebook und Co. und über jede Rezension, die ihr zu meinen Geschichten schreibt.

Danke an meinen Grafiker Torsten Sohrmann, der mir wieder ein großartiges Cover gezaubert hat.

Vielen Dank an meine Testleserinnen: Nadine, Michaela, Steffi, Kerstin, Verena, Tina und Irene. Euer Feedback ist unendlich wertvoll für mich.

Danke an Susi und Flo, die mich so großartig beim Verkauf meiner Taschenbücher unterstützen.

Ein riesiges Dankeschön geht auch an Cara von den Wortverzierer, die sich bei der zweiten Auflage um Rechtschreibung und Grammatik gekümmert hat.

Danke an meine Eltern und an meine Schwester, die mich in jeder Hinsicht unterstützen.

Ich danke meinem Mann und meinen Kindern, die ich von Herzen liebe und die mir den Rücken frei halten und an mich glauben.

Nachwort

Zu dieser Geschichte möchte ich noch anmerken, dass sie zu einem kleinen Teil auf wahrer Begebenheit beruht. Mein Blind Date damals war nicht so berühmt wie Jonas, aber L.A. Woman war tatsächlich mein Nickname. Genau wie Luisa und Jonas haben wir uns in Abendkleid und Anzug in München verabredet. Auch wenn aus uns beiden kein Paar geworden ist, erinnere ich mich gerne an diesen besonderen Abend zurück.

In meinem Freundes- und Bekanntenkreis kenne ich jedoch einige Paare, die über das Internet ihre große Liebe gefunden haben.

Über die Autorin

Susanne Kammerer lebt mit ihrer Familie in Bayern. Vormittags schreibt sie Geschichten und nachmittags ist sie als Taxifahrerin für ihre Kinder tätig. Wenn sie nicht gerade in die Tasten haut, näht und liest sie gerne oder genießt einen ausgedehnten Waldspaziergang mit ihren Lieben. Außerdem hat sie eine Schwäche für Spaghetti mit Tomatensoße und die Gilmore Girls.

Besucht mich gerne auf meiner Homepage:

www.susanne-kammerer.de

oder schreibt mir eine E-mail:

info@susanne-kammerer.de

Ich freue mich auf euch!

Pastablues

Als Sofia ihren Mann Nik in flagranti mit einer anderen erwischt, will sie die Trennung und zieht zu ihrer Mutter. Doch das ist gar nicht so einfach. Denn gemeinsam mit ihrem Noch-Ehemann führt sie ein erfolgreiches Restaurant.

Zu allem Unglück kündigt auch noch Sofias Nonna aus Italien ihren Besuch an, um sich bei ihrer Enkeltochter und deren Ehemann von einem Herzinfarkt zu erholen. Da die resolute und strenggläubige Großmutter von Scheidungen nichts hält und Sofia sich um deren Gesundheit sorgt, überredet sie Nik kurzerhand, für die Zeit während Nonnas Besuch wieder mit ihr zusammenzuziehen und das glückliche Paar zu spielen. Doch Nonna reist keineswegs alleine an. Im Schlepptau hat sie einen attraktiven Italiener, und zwar ausgerechnet Marcello, der bei Sofia nicht nur in ihrer Teenagerzeit für Herzklopfen gesorgt hat.